講談社文庫

老害の人

内館牧子

JN179660

講談社

老害の人

第一章

自分がどれほど「老害の人」かということに、当の本人はまったく気づいていないものだ。

たとえ、自分が後期高齢者枠にあろうがだ。

自分は実年齢よりずっと若くて、頭がしっかりしていて、分別がある。その自信がある。男女ともにだ。そうではない老人を見ると、彼らをいたわったりさえする。

「誰だってトシ取りゃ、思うようにはできませんよ。大丈夫、あなたは十分にできている方ですって。見ためもすごくお若いし。自分も見習わないと」

そして、心の中で「こうはなりたくないねえ。まわりの若い人に負担と迷惑をかけるのだけは、絶対にヤだねえ」と思うのだ。

自分がすでに「老害の人」として、まわりの若い人にどれほど負担と迷惑をかけているか。そんなことは考えもしない。

「高齢者」という言葉は、ことを荒立てることなく便利だ。若い人にしてみれば「高齢者」も「シニア」も単なる老人である。

そんな老人が、若さや頭脳や分別を自任したところで、たかが知れている。それより、自分が「老害の人」ではないかと、時々考えるべきだろう。

というのも、若い人がやんわりと遠回しに「そろそろ、お引き取り下さいな」とでも言うか。まず言わない。

いくらやんわりと遠回しに言おうが、老人が傷つくのがわかるからだ。それは、若い自分のいじめだと感じさせられる。その後味の悪さを引きずりたくない。

考えてみれば、老害をバラまくということは、その老人が元気だということだ。人間は年齢とともに、できないことが増えて行く。それでも、老害とされる人たちは、まだ何とか自分のことは自分でやっていけるレベルが多い。周囲にとっては、ありがたいことなのである。何よりも、老害をバラまくことは、本人にとっても「どっこい、生きている」のアピールだ。

困ったことに「老害の人」の多くは、自分は「余人をもって代え難い人間だ」とまだ思っている。

実は若い世代の人たちであっても、余人なんぞいくらでもいる。犬も歩けば余人に当たる。それが社会というものだ。

だが、年を取るほどに自分をアピールしたがる。それは、もう自分の世ではないと気づいているからか。その悲しみのなせるあがきだろうか。

いずれ誰もがその道を行く。そうなった時、無視されたり避けられたりはしたくない。そう思うと、今、多少の老害くらいは我慢して当然かもしれない。

戸山明代《とやまあきよ》はそう思ってはいる。彼女は五十四歳で、まだ「老人」には間がある。ただ、少し前に何かで読んだ言葉が気になっている。

「現代人は、どう生きるかということばかりを考え、どう死ぬかを考えて来なかった」

その通りだ。明代自身、「どう死ぬか」など考えたこともない。

だが、最近、この言葉はおかしいと思うようになった。

「どう死ぬかを考えよ」と言われても、何をどう考えよと言うのか。

よく雑誌で特集を組んでいるように、身辺整理の方法だの遺言の相談先だの、生前にやっておくべき雑事のすませ方だの、「どう死ぬか」がそれでないことは確かだ。延命治療はやめてとか、臨終は自宅でとか、そういうお願いごととも違うだろう。

何よりも、自分がいつ、どんな死に方をするかなどわからない。いつ死がやって来ても、それを堂々と受ける精神でいるように考えておけということか。だとしたら、結局それは「どう生きるか」だろう。存分に、自分が満たされるように生きて来ればこそ、死ぬことを堂々と受け止められる。そうだろう。

よく世間では言う。年齢で自分を制限せず、興味のあるものに臆せず挑戦して生きよと。つまりはそれが「どう死ぬか」につながるのではないか。

そう考えると、老害をバラまく迷惑老人たちの行為も、晩年を臆せず彩る生き方なのかもしれない。

明代は台所を片づけ終え、リビングルームの方に目をやった。

さっきから片時も休まず、父親の戸山福太郎《ふくたろう》が大声でしゃべっている。相手をさせられているのは、戸山純市《じゅんいち》。明代の夫である。福太郎は昭和十年、一九三五年五月生まれで、二〇二〇年の今年、緊急事態宣言中に八十五歳になった。

コロナ感染防止のための、その宣言は五月二十五日には解ける予定だ。福太郎の誕生祝いは、解けてから友達を呼んで開くことにしていた。

福太郎が大声で語りまくる自慢話は、台所まで聞こえてくる。八十五歳とは思えない声量の上、自慢話が絶頂に差しかかると、さらにトーンが上がる。

老害には色々な種類があるが、昔の自慢話はその典型だ。統計でも取ったなら、これが第一位ではないだろうか。

そしてたぶん、第二位は「世代交代に抵抗する」だろう。いつまでも現役でいたがり、若い者にポジションを譲らない。

両方とも若い人には迷惑千万で、言えるものならば、「もうとっくにあなたの時代は終わったんです。お話も行動も、誰も喜ばないんです。お国のためにもお引き願えませんか」と言いたいだろう。

だが、最近の若い人はもめごとを嫌う。だから、耐えて老害を浴びる。どうせ、先は見えている人たちだ。そう思うと、時には感嘆してみせる。質問さえする。もめるくらいなら、これでいいのだ。

福太郎は先の第一位と第二位を併せ持ち、最強最悪な「老害の人」である。

「それでね、純市君、俺はその時、取り引き相手の『富士《ふじ》遊具』に言ってやったんだよ。ああ、俺はハッキリ言ったよ、ハッキリ。『お宅、ウチが零細企業だからって、なめてやしませんか』って。その時の俺の目を見てタダ者じゃねえと思ったんだな、富士遊具の面々は」

そう言って一瞬息をついだ間《ま》を、純市は逃《のが》さなかった。

「ええよく伺《うかが》ってます、そのお話。お義父《とう》さん、突然、自分で煎茶をいれ始めたんですよね。『皆さん、のどがかわいたでしょう。まずは一服してからだ』って」

純市はここぞとばかりに立ち上がった。

「お義父さん、こっちもお茶いれましょう」

もう同じ話を何十回となく聞かされており、結末までそらで言える。しかし、福太郎は「座われ」と手で示し、さらに続けた。

「あの時の相手の顔、純市君に見せたかったよ。富士遊具は業界大手だ。俺にしてみりゃ雲の上の会社よ。それを俺がド迫力の目で凄《すご》んだ後、突然、煎茶だよ。そう来るとは思ってねえさ」

「ねえ。その先もよく伺ってます。お義父さんは爽《さわ》やかに笑って、お茶について語ったんですよね。『味は静岡、匂いは宇治《うじ》で、色は狭山《さやま》が第一位』って」

「違う違う。ちゃんと覚えとけ。『色は静岡、香りは宇治よ、味は狭山でトドメ刺す』。言ってみろ」

何回聞いても、逃げることばかりを考えているから覚えられないのだ。純市は正しく言い直しをさせられ、

「さすが、お義父さんは生まれも育ちも現在も埼玉で、たいしたものですよ。今、ちょうど狭山の新茶を取り寄せたところですから、やっぱりここは明代と三人でトドメを」

と、また腰を浮かした。

「いいから座われッ」

トドメを刺されて、また腰かけるしかない。

「相手は俺を見て、これは敵に回すより味方につけるべきだと思ったんだな。一緒に仕事をする方がいいと、瞬時にして俺の胆っ玉を見極めた」

純市は結末までわかっていると示したくて、なおも先回りして訴える。

「ホント、お義父さんは大物ですよ。その雲の上の富士遊具と、いい条件で手を組んだんですから」

「いやいやいや。大物は富士遊具だよ。俺がたいしたやり手だと一瞬で見抜くなんて、なかなかできねえよ」

ここから社員をふやした自慢に続くのだ。

「俺は社員も十五人にふやしてな。その社員で一番使えたのが、山本和美《やまもとかずみ》という女でさ。昭和三十年代に女を第一線に起用しようなんて男、たぶん、日本中に俺しかいなかったよ。周囲からはそりゃ色々言われたけど、俺は信念を頑として貫《つらぬ》いたね」

「みごとな先見の明で。あ、野球やってるかな」

明代がチラと見ると、純市はテレビのリモコンを手にしていたが、スイッチを入れられるわけがない。この後、山本和美がどう活躍したか、福太郎が彼女の見合いをどうセットしたか。聞きあきた自慢が延々と続くのだ。

明代が純市を救い出せばいいのだが、冗談じゃない。下手《へた》をすると自分まで取り込まれる。とはいえ、この老害の人は明代の実父だ。純市に申し訳ない思いはある。

「オーイ、明代ォ。こっち来て休めよ」

リビングから純市が呼んだ。

これもいつものSOSだ。巻き込まれたくない明代は、

「ハーイ」

と明るく返事をし、急いでスマホを耳に当てた。そのまま小走りにリビングに行く。もちろん、電話など誰からもかかっていない。だが、スマホに、

「ごめんね、そのまま待って」

と言い、父親と夫に小さく頭を下げた。

「ガイドの仕事のことで、電話中なのよ。ごめん」

明代は「小江戸川越《かわごえ》検定」の一級を持っており、ボランティア団体でガイドをやっていた。と言ってもコロナ禍の今、ガイドの依頼はほとんどない。電話が来るはずもないのだ。

それもあって、純市は明代のウソに気づいている。何よりも、「ウソ電」はいつも使う手だからだ。自慢話さえできればいい福太郎は、全然気づいていない。

明代がウソ電を続けながら台所に戻ると、自慢話は絶頂を迎えていた。

「その和美に男の子が生まれてな。これが頭のいい子で、誰に似たんだって話になると、その子が言うんだよ」

「『福太郎ジジに似たんだよ』ですよね」

「そうなんだ。自分の頭の良し悪しなんか、本人にはわかんねえもんだよ。だけど子供は本能的にキャッチするんだろうな。確かに、俺は業界でもキレ者で通ってたしなァ」

「狭山のお茶を……」

「のどかわいてねえよ」

「あ……そうですか……」

「あの頭のいいガキが、今じゃ政治家の、それも大臣クラスの顧問弁護士だよ。偉くなっても昔のまんまに俺を『ジジ』って呼びやがって。憧《あこが》れなんだってよ」

「お義父さんは、僕にとっても憧れですよ」

このセリフに行き着くのは、もはや自慢話から逃げられないと観念した時だ。

純市が義父に逆らいにくいことには、理由がある。

福太郎は生まれてこの方、埼玉県岩谷《いわたに》市以外に暮らしたことがない。五年前からは、一人娘の明代家族と同居している。だが、二回の建て直しを経た庭つき一軒家は、元々は福太郎の生家だ。

岩谷市は川越市に隣接しており、住みやすくていい都市である。なのに「天下の川越」があまりにも有名で、どうも割を食っている。岩谷の各町内から山車《だし》が出て、それをぶつけ合う喧嘩《けんか》祭りは、男女を問わずに市民の血をたぎらせる。だが、「小江戸川越」の全国的知名度と人気にはかなわない。

福太郎の父、つまり明代の祖父は昭和八年、一九三三年に東京の池袋《いけぶくろ》に「雀《じゃく》躍堂《やくどう》」という小さな会社を起こした。仕事は花札、双六《すごろく》、福笑い、カルタ、トランプ等々のゲームの製作販売である。社屋は賃貸の小さな平家。当時の国鉄一本で岩谷駅から通える。それだけが取り得だった。

長男の福太郎は埼玉県立岩谷商業高校を出ると同時に、「雀躍堂」に入社した。社員わずか五人で、新入社員は福太郎一人だった。

昭和三十七年に初代《しょだい》が亡くなると、会社は二代目の福太郎が継いだ。そして、まだ二十七歳の若きアンテナを張りめぐらし、数々の新商品を打ち出した。

今で言うところの「ボードゲーム」で、売り切れ続出の人気は「一寸先《いっすん》ゲーム」だったという。これは一寸先には山あり谷あり、運あり不運ありの、人間の一生をゲームにしたものだ。

さらには流行の野球盤を双六にしたり、将棋ゲーム、囲碁ゲーム、動物の成長を競い合うゲームなどを数々作った。

コンピューターのない時代、それらは子供ばかりか大人をも夢中にさせたと、福太郎は自慢しまくる。

その一方、手堅い経営者でもあった。社員を二十三人にまで増やし、池袋の土地を買い取った。そして、社屋も三階建ての自社ビルにしたのだから、ここに至るまでの自慢話はいくらでもあるだろう。

業界紙はもとより、たまにはビジネス雑誌にも紹介される「株式会社雀躍堂代表取締役社長　戸山福太郎」だったのだ。海外との取り引きもあり、ラジオ番組の出演もあった。

その日々は、間違いなく福太郎の全盛期であり、社員を束ね、前進する刺激は「戸山福太郎」という男の土台を作ったのだ。狭山茶の話も、この頃だろう。

昭和三十九年、一九六四年に東京で初めてのオリンピックが開催された。明代が生まれたのはその二年後、昭和四十一年のことである。オリンピックを機に、日本は劇的に発展したが、それでもまだ戦後二十一年だ。

福太郎は、生まれたのが後継ぎの男児でないことを、露骨にがっかりしたらしい。そんなことも平気で口にできる時代だった。

明代は東京の短大を出ると、都心の大手デパートに勤めた。そこで知り合ったのが、井川《いかわ》純市である。

純市は三十五歳になろうとしている頃、大企業における自分の将来に、冷めた思いを抱いたらしい。明代は恋人の彼を家にもたびたび連れて来ており、福太郎も純市の人となりをわかっていた。

そこで切り出したのだ。

「純市君、明代と結婚して雀躍堂を継ぐ気はねえか」

純市には兄と弟がおり、茨城に住む両親も婿《むこ》入りにはさほど抵抗はないようだった。こうして、明代はプロポーズもされていないうちに、父親の鶴の一声で結婚してしまった。

もっとも二人とも、いずれは一緒になろうと思っていた。交際期間も長くなっており、明代もはや二十九歳だった。

何よりも純市は自分がトップに立ってビジネスを仕切ることに大きな魅力を

感じたようだ。確かに今は零細企業だが、もっと大きく、もっと力を持つ企業にしてみせる。それは、大手デパートの一社員としては得難いときめきに違いなかった。

福太郎は張り切って婿を鍛えた。遅まきながらの英才教育で、交渉の場にも海外にも、あらゆる場に伴った。福太郎の妻、八重《やえ》が明代に、

「不出来な息子を生むより、ずっとよかったわ。これも私が明代を生んだおかげよねえ」

とよく言ったものだ。

雀躍堂は現在も小企業には違いないが、業績はいい。コロナ禍により、「外出自粛」が言われて三ヵ月、家族で楽しめるボードゲームに目が向けられたことは大きい。

純市はコロナに襲われる以前から、家族で楽しめるアナログなゲームを守って来た。コンピューターゲームが爆発的な人気を博しても、「家族」というマーケットは絶対に底を打たない。そう信じていた。そして、それは「外出自粛」で形になった。

福太郎は現在の業績も自分が蒔《ま》いた種であり、自分が育てた樹であり、自分が実らせた果実だと信じ込んでいる。

だが現実には十年前、七十五歳になると同時に純市に社長を譲り、身を引いていた。十年も前から、実権は純市に移っている。当時五十歳だった純市は、若い社員たちとコンピューターゲームをも研究しながら、雀躍堂のスタンスを模索していた。

戸山家が、コロナ下であっても経済的に困らずにすんでいるのは、純市の力がかなり大きい。だが、そんな話が通る福太郎ではない。

何よりも、純市には「義父から英才教育を受けた恩義」や「どこにでも同行し、鍛えられた恩義」があった。さらには「惜しみなく人脈を広げてくれた恩義」への念は深い。そして今日までずっと、実の息子として愛されたという感謝が非常に大きかった。

福太郎は今や単なる「老害の人」だ。なのに、どうしても逆らえずにいる。

結局は明代も父親の恩恵に浴している。かつ後期高齢者に逆らうのもイヤで、その害には目をつぶる。

ところが、さらに困ったことが起きていた。福太郎は引退して十年がたつのに、五年前からは週に何度か出勤するようになったのだ。

十年前、雀躍堂を純市に譲った日、福太郎は全社員三十五人の前で挨拶《あいさつ》した。

「高齢者は、引くべき潮時をわきまえていなければいけません。いくら自分に自信があっても、その自信はもはや時代的に役に立たず、老人の一人よがりの自信なのです。私は七十五歳で後期高齢者の仲間入りをする日に、副社長の戸山純市に何もかも譲ろうと、前から決めておりました」

感心したように聴く社員たちに、深々と頭を下げた。

「雀躍堂がここまで伸びたのは、何よりも何よりも皆さんの力です。純市も鍛えられたとはいえ、正直言って皆さんの方が深く知っていたり、適切な判断をしたりということは多々あります。どうか、未熟な新社長を支えてやって下さい」

その後で、わざとらしく神妙に加えた。

「とはいえ、私はこれから古女房と顔をつき合わせる毎日です。喧嘩をしても行く場所がありません。せめて、私の逃げ場として一室を用意してほしいと新社長にお願いしました。女房のご機嫌を損ねないよう暮らしますので、その一室に来ることはゼロでしょう。ただ、安心材料みたいなものです」

神妙な福太郎がおかしく、社員たちは笑って拍手した。若い社員から「いつでも来て下さーい」と声も飛んだ。

その後、福太郎は別室で、純市と新副社長の斉田徹《さいたとおる》に言った。

「申し訳ないね、純市君。いや、社長。来ることもない俺のために、一部屋あけさせて」

「何をおっしゃいますか。いつでもいらして、ご自由にお使い下さい。ねえ、斉田君」

「そうですよ。こっちもまだまだ教えて頂くことがありますし」

リタイアする老オーナーへの餞《はなむけ》に、このくらいのことは言うだろう。

「斉田君と相談しましてね」

純市は斉田を促《うなが》した。

「はい。部屋があるのですから、『顧問』か『相談役』という肩書きがあった方がいいんじゃないかと、新社長と一致したんです。どちらがよろしいですか？　部屋のドアにはそのプレートをつけますから」

「それと、必要ないとおっしゃるでしょうが、名刺も作っておきましょうか？」

そう言う二人に、福太郎は即座に、

「顧問も相談役も、これだ」

と、両腕で大きくバツを作り、拒んだ。

「お義父さんの潔《いさぎよ》いやめ方から考えますと、完全リタイアするから後は頼むということでしょうが、形だけでもどうですか。いわば今日まで第一線にいた人が、何もかも失うと、やっぱり淋しいんじゃないですか」

七十五歳まで居座れば十二分だろうに、ここが純市の人のよさだ。

福太郎はまたもバツを作った。

「顧問も相談役も、終わったジジイが就く役職ってすぐわかるじゃねえか。お情けで与えられた役職だろうが。冗談じゃねえよ」

そして、二人に命じた。

「肩書きは『経営戦略室長』にしてくれ」

「え……？」

「……ケイエイセンリャク……シツチョウ」

「そうだ。プレートも名刺もそれで」

勝手に役職を決めた福太郎は明言した。

「心配するな。ここに来ることはねえってば。どうせ形だけの役職なら、現役感あふれるヤツがいいからな」

純市も斉田も「やはり淋しいのだ」と察し、その偉そうな肩書きを受けいれた。

実際、五年間は福太郎が会社に行くことはまったくなかった。五つ年下の八重と温泉巡りをしたり、桜前線を追ったり、仲のいい老夫婦ぶりだった。マンション暮らしの娘一家を、よく庭のバーベキューにも招いていた。

ところが、八重が一年ほどの長患いの末に、七十五歳で亡くなった。家族には余命が伝えられており、福太郎も誰もが覚悟はしていた。

八重の死を契機に、娘一家はマンションを引き払い、福太郎の住む一軒家で同居を始めたのである。八十歳の老人を一人にしてはおけない。それもリタイアして、一日中一人なのだ。娘夫婦にとって同居は当然の選択だった。

しかし、まったくの計算外だったことが起きた。いないに等しい「経営戦略室長」が、週に一、二回は出社するようになったのだ。

出社はありえないと思っていた純市だからこそ、ことあるごとに、

「あの部屋はいつでも、ご自由にお使い下さい。遠慮はいりません」

と、言っていた。それが突然、

「純市君、明日、会社に行ってみるよ。五年ぶりだ」

と言い出したのだから、純市は焦《あせ》った。経営戦略室はとっくに物置きになっており、天井近くまで段ボールなどが積み上げられていた。ドアプレートなんぞは、どこに行ったかわからない。

純市は慌《あわ》てて会社に電話した。

「今、残業で何人残ってる？　三人。じゃ、その三人で、すぐに経営戦略室を

片づけてくれ。残業の仕事は後でいい。明日、突然親父《おやじ》が行くって言うんだよ。あッ、それとプレート、総務かどっかにあるよな。探して掛けて。頼むな」

あれから五年。今や八十五歳になろうとする福太郎だが、今では週に一度は出勤する。純市が契約しているタクシーに同乗し、往復する。

ある日、純市と帰宅した福太郎は、

「ああ、疲れた。行けば行ったで、色々とやることがあってねえ」

と、どこか嬉しそうに風呂場に直行した。

純市は疲れ切って、ソファにもたれて動かない。

「あなた、着換えたら?」

純市は動かないまま答えた。

「お義父さん、とても八十五の老人じゃないよ。頭も体もたいしたもんだ。だけどなァ……」

最後まで聞かなくてもわかった。

「老害ね」

「ああ。出社するたびに自慢話、自慢話、自慢話。それも大昔の」

福太郎が出社すると、女子社員が自販機のお茶を紙コップに入れ、「経営戦略室」に持って行く。すると、その女子社員をつかまえて、自慢話が始まる。

「俺が社長時代に紙コップにしたんだ。あの時代、女子社員がお茶くみして茶碗を洗うのは当たり前でさ。だけど、俺は女子社員はすごい戦力になると踏んでいた。茶碗なんか洗わせてる場合じゃないってな。まだそこをわかってない社会だったけど、俺はちゃんと見てたよ。経営者は先を読まなきゃダメなんだ。俺は海外の経営事情とかも勉強してたしね。自分で言うのもナンだけど、ホントに大企業の社長らが一目も二目も置くほどの洞察力と体力で、走り回ったからね」

「……すごいですね。では失礼します」

女子社員が一礼して出て行こうとすると、止める。

「信じてないだろ。いや、ホントに若い時の脚腰の強さはアスリート並みだったんだ。今は年齢も年齢だし、コロナで外出できないから」

「……ですよね。では……」

「コロナのせいで脚腰も弱るよ。だけど、やっぱり昔の鍛練は今にいい効果を及ぼすよね。そこらのジジイとは違うって、いつも言われるからな」

「そう思います……」

「だろ。それでね」

女子社員が部屋を出て来たのは、紙コップを持って行ってから十五分後だった。総務には女性社員が他に二名いるが、彼女たちは「自慢話？」と口の前で手をグーパーして問うた。被害者は顔をしかめ、グーパーを返した。

十三名の女性社員の中、紙コップ係の総務三人は、かわりばんこに被害者になるのだ。

朝のお茶を持って行かざるを得ない以上、当番は逃げられない。

純市はソファに上体を起こし、明代にぼやいた。

「午後になると、社員たちの仕事ぶりを見るように、じっくりと机の間を回るんだよ」

「そして自慢か……」

「いや、経営者のあり方とかをさ……」

「えーッ？　説くの？」

「うん。小さい企業は長所が色々とあるのに、それにみんな気づかない。大きいところにコンプレックスなんか持つ。バカだよってな」

そして、自慢げに社員たちを見回すらしい。

「小さい会社の何よりもいいところは、小回りがきくことだ。だろ？　わかるだろ」

大声で確かめられては、社員たちも仕事の手を止めてうなずくしかない。福太郎が、

「あれはいつだったかなァ。うちの経営が苦しかった時だった」

と続けるや、社員の一人がすぐに言ったそうだ。

「恐竜の話ですね、前にお話しされていた」

全員がうなずく。もう誰もが何度も聞いている。だが、福太郎は初めて話すように言うのだ。

「そう、恐竜だよ。俺は何かで読んだんだ。世界にその名が轟《とどろ》く大企業の社長

が、何万という数の全社員に訓辞の放送をしたんだな」

「はい、以前に伺いました。恐竜が滅んだ理由ですよね」

福太郎は気にもとめずに話すのだと、純市は顔をしかめた。福太郎は、

「恐竜は大きすぎて、小回りがきかなくて絶滅したって、その社長は言うんだな。どうだ、驚くだろ？」

と声を張る。社員たちは初めて聞いたかのように、深くうなずく。

「いや、学問的に正しいかは知らんよ。だけど、この話は小企業のプラス面を明確にした。そう思うだろ？　俺はそう思ったから、周囲の反対を押し切って組織を見直した。これがうまくいってねえ。知ってるか？」

とっくに知ってるが、またもみんなは「えーッ」などと驚いて見せる。若い人は偉い。

「いいか、若い君たちもこれだ！　と思ったら絶対にやり抜くんだ。俺みたいにだ。そのかわり、勉強は必須だよ。俺の勉強ぶりに驚いて、講演の話が引きも切らなくてね」

社員たちは諦《あきら》めて、毎回静かに拝聴する。難を逃れた席の男性社員たちは、

チラチラと気の毒そうに視線を送るしかない。

大声はずっと、純市の社長席にも届いていた。とうとう純市は席を立ち、福太郎のところに行った。

「戦略室長、彼らは今日中に納める仕事をかかえてましてね。お話は以前にも拝聴しておりますし」

「社長はいつもそう言うけどさ、俺の話は必ず彼らを奮起させるんだよ。励まされるんだよ、俺も頑張ろうって。だろ？」

またも「だろ？」だ。致し方なく誰もがあいまいにうなずく。

「いい話ってのは、聞くたびに新しい発見があるんだ。へこたれないビジネスマンのあり方を、年長者が伝えておくのは当然だ」

それを聞き、純市は自分の社長席を示した。

「ビジネスマンのあり方と言われて思い出しました。室長にご相談したいことがあったんです」

「おお、何でも相談してくれ」

相談ごとなどあるわけもないが、何とでもなる。純市が社員たちに目で謝ると、ガクッと机に突っ伏して見せる者までいた。当然だ。

長風呂の福太郎が出て来る前に、純市はソファに上体を起こし、真剣に言った。

「あの老害、さすがにどうにかしなくちゃいけないところに来てるんだよ。家族が聞かされるのもたまったものじゃないけど、社員にやられるのは本当に困る」

「私が言おうか、やんわり」

「俺も遠回しに何度も言ってるけど、ダメなんだ。自分の言うことが若い者を励まし、やる気にさせると思い込んでるからなァ」

「それって、色んなスポーツ大会で年寄りの偉い人が長い挨拶するのと同じだよね」

「それだよ。『選手諸君はつらい練習に耐えてドウタラ』、『出場できなかった仲間の分もドウタラ』、『正々堂々とネバーギブアップでドウタラ……』」

「言い古されたありきたりの言葉を並べまくって、そんなもンに選手の誰が感動するのよ。聴かされる側は立ちっ放しで、野外だったらガンガン陽が当たる中でよ。『クソジジイ、早よ失せろッ』って思うわ、若い子じゃなくたって」

　純市はため息をついた。

「どこにでもいるんだよ、老害の人はな……」

「この間、新聞だか雑誌だかの人生相談に『自慢ばかりの姑《しゅうとめ》に気がおかしくなりそうだ』ってのがあってさ。回答者は『ボランティアだと思ってつきあえ』だって。この回答者、老害被害を何も経験してないと思ったわ。ボランティアときた」

　純市はしばらく黙り、言った。

「いや、正しいかもな。若い社員たちがイヤイヤながらもつきあうのは、どっかにボランティア精神があるんだろうな」

　あるかもしれない。老害の人に向かってハッキリと言わないのは、後味の悪さを引きずりたくないばかりではない。八十年も九十年も頑張って生き抜き、二度と再び若くはなれない老人の繰り言くらい、聴いてやりゃいいんだという思いもあるだろう。それはボランティアの一種かもしれない。

「この間、テレビでやってたんだけど、コロナは高齢者が重症化しやすいって言うじゃない。びっくりしたわよ。該当する高齢者が日本の全人口の三分の一だって！　日本人の三分の一が六十五歳以上の高齢者、つまりは老人だよ。三千六百万人だってよ」

「三千六百万人全員が老害の人ではないだろうけど、ボランティアだと観念して相手してる人たちが、日本中にいるってことだよな」

「うん……。何だか励まされるね」

「まあな……」

その三千六百万人の中には、介護や看護が必要な高齢者も多いはずだ。福太郎がそうなったら、明代も純市もできる限りのことはすると決めている。だが、少なくとも今は老害のバラ蒔《ま》きで済んでいる。そう考えると、もっと寄り添ってやらねばとも思う。


五月二十五日に予定通り、コロナの緊急事態宣言が解けた。待っていたかのように俊《しゅん》の高校で三者面談があった。高卒後の進路について、担任と保護者と本人が話し合うのだ。

俊は純市と明代の長男で、この四月に埼玉県立岩谷第一高校の三年になった。

六つ上に長女の梨子《りこ》がおり、都内の栄養大学を卒業し、東京は港区《みなと》の御成門《おなりもん》医科大学付属病院に管理栄養士として勤めた。就職と同時に実家を出て、病院近くの小さなマンションに一人暮らしをしている。

岩谷一高は、戸山宅から自転車で十五分ほどのところにあり、文武両道の進学校だ。俊はその道のりを、毎日ランニングで往復する。学校からさらに二十分ほど奥にある「松木《まつき》ファーム」という農園でアルバイトもしているのだが、その往復もランニングだ。

というのも、俊は中学校の頃から関東ではそこそこ名の聞こえた駅伝選手である。中学では他の選手のレベルが低く、「全国中学生駅伝大会」には出場できなかった。

だが、小学生の頃から「箱根駅伝に出たい」と言っていただけに、高校は何としても岩谷一高に入りたがった。ここの陸上部は公立ながら強豪で、過去には「全国高校駅伝」で四位に入賞したこともある。

入学以来、俊は同大会に出場し、一区十キロのレギュラーだった。全国のエリート選手を相手に、昨年は区間第三位。新聞の埼玉版に紹介されたほどだ。

担任教師は三者面談で、緊張気味の俊の肩を叩いた。

「戸山はすごいんだよな。お母さんに自慢したか？」

「いえ……」

小声で答える俊を前に、担任は資料を広げた。

「戸山君には今、箱根駅伝の名門大学から誘いが来てましてね」

担任は資料の一枚を指さした。

「ええッ?!　三校も……」

目を疑った。

誘いがあることは聞いていたが、三校もとは思わなかった。いずれも箱根駅伝を度外視しても、全国的に名の通った大学だ。

「戸山はどうしたい？」

「今はまだ具体的には考えられないです」

「学校の成績も悪くないから、国公立の体育学部を受験するのもいいよ。だけど、この三校のどこかにスポーツ推薦で行くのもアリだよ」

「はい」

言葉少なの俊に、明代は言った。

「俊、先生のおっしゃる通りよ。箱根の名門大ばかりだから、レギュラーになるのは簡単じゃないだろうけど、その四年間はすごく大きいと思うよ」

「うん」

よく夫と話すのだが、走ることやその経験を一生の仕事につなげるのは難しい。ならば親としては、名の通った大学を出て教師になる道もいいと思う。母校の教師になれたなら、なおいい。駅伝チームの監督になる目も出るかもしれない。親にとって、理想的な皮算用だ。

だが、皮算用ではない本音としては、雀躍堂の四代目になってほしい。福太郎も純市もそう思っているのがわかる。だが、誰も口には出さない。

俊にその気がないことを何となく感じる以上、その話はできない。俊自身、四代目を望まれていることは十分に察しているはずだ。

「戸山家としては、家業を継ぐことについては、どうお考えなんですか。曽祖父の代からの会社ですよね」

「はい。私の父にしてみれば、四代目を継いで欲しいと思います」

俊がふと目を伏せたように思った。

「ただ、父も夫も私も、子供に強いる時代ではないと思っています。無理強いして子供の人生を台なしにしては本末転倒です」

明代たちは自分にそう言い聞かせて来たのだ。

「おっしゃる通りです。最終的には子供に任せる時代ですし、子供自身が自分の人生に責任を負う時代なんです」

「ええ。ですから私どもは、箱根駅伝をめざすという夢を追ってくれればいいと、そう思っています」

俊が口を開いた。

「親が物わかりがよくて、何かかえってつらいとこもあるんですけど、自分の力を評価してくれた三校には、本当に感謝しています。だけど、部活を引退するまでは、どんな進路にせよ、そっちに頭がいかないって言うか。今は学校の往復もバイトの往復も走って鍛えてますし、もう少ししてから答を出させてほしいです……」

「先生、俊は部活とバイトだけじゃないんですよォ。あきれてますけど、消防団にも入ってるんです」

俊は明代の服を引っ張った。

「もう！　言うなよ」

担任は明らさまに驚いた。

「消防団？　岩谷市の？　戸山、それか？」

「はい。市民が作っている消防団です。バイト先のオーナーがずっと団長だったとかで、強く勧められたんです」

「オーナー、松木達夫《たつお》さんだな。いい野菜作りで有名な」

明代は言葉を添えた。

「先生、今、全国の消防団で入団者が減っているらしいんです。話を聞いているうちに俊も地元のためにひと肌脱ごうと思わされたようで」

「そうでしたか。びっくりしたなァ、消防団もか。団員はみんな、別の本職持ってるんだよな」

「はい。サラリーマンとか自営とか」

「親としても初めて知ったんですが、十八歳以上でないと入団できないんです。ですから、俊はこの四月に入ったばかりです。ただ、松木さんを慕って団員たちがよく農園に来るそうで、以前から親しくなって。今はみんなと警備したり、道具の点検整備をしたり。もう少し、受験に目を向けて欲しいんですが、駅伝もバイトも消防団も全部、本人の意志で決めたことですし」

「頼もしいなァ、戸山」

担任はしみじみとそう言い、明代は何が頼もしいのかわからずにいた。俊もそんな顔をしている。

「お母さん、僕はそういう子こそが人生で伸びると思ってます。他人の喜怒哀楽がわかる子に必ず育ちますし、視野が広がりますから。子供の受験勉強を一家総出でサポートし、第一志望大学に入ってもバンザイばかりではないんですよ。入学直後からもぬけの殻になる子を、今まで何人も見て来ました。そこから立ち直るには時間的にも精神的にも大変です。難関大学を突破しながら、中退した教え子もいますし」

正面切ってほめられた俊は、困ったように下を向いている。

「戸山、結論は部活の引退後でいいよ。思い切り色んなことやって、それから決める方が進路も確かだ。イヤァ、お母さん、楽しみですよ。戸山は」

校門のところで別れた俊は、そのままバイト先の松木ファームに元気に走って行った。その背を見送りながら、明代は嬉しさ半分、諦め半分だった。

夢の箱根駅伝で有名大学に入り、色んな人たちがいる消防団でも活動する。松木ファームには高齢者のパートもいるという。その人たちも必ず俊を伸ばしてくれるだろう。担任が言うように、楽しみな子に育ち、世に出て活躍してくれる。

それは四代目にはならないということである。家業の四代目として、さらに伸ばして欲しいが、それは繰り言だ。

明代はスーパーに寄り、いつもは買わない高価なカニ缶を買った。今夜はカニのちらし寿司にしよう。四代目への親の未練を断ち切った祝いだ。

その夜、豪華な食卓に福太郎も純市も驚いた。カニちらしの他にマグロとホタテの刺身やら、イクラと魚介のサラダやらテーブル一杯なのだ。明代が俊がほめられたことを話すと、二人とも誇らし気だった。たぶん、たぶんだが、「この優秀な子が跡を継いでくれないか」と思っただろう。俊は照れているのか、カニちらしをかっこむばかりだ。

福太郎がそんな俊に優しい目を向けた。

「俊、お前の好きなように生きろ。会社を継ごうなんて、絶対に考えなくていいからな。純市の後は何とかなる。誰か優秀な社員に継がせる手もあるしな。お前は考えなくていい」

何度も「考えなくていい」と言う福太郎に、明代は本音が隠れている気がした。

「俊、人生なんてホントに、ホンットに短いよ。お前も気がつきゃ俺になってる。八十五になってる」

「ジイちゃんが八十五だなんて、誰も信じないよ。頭も体もお世辞じゃなくて若いからなァ」

明代は「まずい！」と思った。たぶん、純市も同時に思ったはずだ。ここから先は「仕事でかけずり回ることが男の精神と体を創る」と、自分に重ねた自慢になる。必ずなる。

「俊、男ってのはな、ジイちゃんがひとつの手本になるかなとも思うけど、あのな」

来たッ。明代と純市が慌てて目を見かわした時、俊のスマホが鳴った。

「オオ、お姉ちゃん」

「俊、野菜送ってくれてありがと。いいとこでバイトしてくれて助かるよ。松木ファームの野菜はさすが評判だけのことはある」

「うまいだろ。形が悪かったりすると売るわけにいかないからさ、持ってけって」

明代は電話を福太郎に渡すよう、俊に目配せした。梨子と話させれば、自慢話が少しは遠のく。

「梨子か。ジイちゃんも八十五だよ、八十五。たまにはジジ孝行して顔見せに帰れよ」

「ごめーん、帰れないのよ。今、病院はどこもコロナで大変で」

「そうか。仕事もいいけど、早いとこ結婚しろ。ひ孫見せてくれよ」

福太郎は最も嫌がられることを言い放ち、梨子は無視した。そして、明代に代わるよう言ったらしい。

「ママ、私、しばらく帰れないよ。コロナ病棟の担当ではないけど、仲間がマスクやゴーグルで頑張ってんだもん。栄養や食事面では完璧に力にならないと」

「そりゃそうだよね。梨子もしっかり感染対策やって、元気でね。パパも心配してるし」

純市が脇から大声をあげた。

「パパは心配してないからな。梨子がやり甲斐持って今の仕事に取り組んでるの、わかるしさ」

「パパって正面切って、そういうクサいこと言うんだね」

そう言う梨子に、明代はまた弾んだ声をあげた。

「俊も名門大学から三校も誘いが来てるし、担任が将来が楽しみなタイプだって。梨子みたいに自分に向いた仕事についてほしいよねえ」

「そうだ、俊に代わってよ。野菜のおいしさ言いたいから」

福太郎の話に合いの手を入れていた俊は、差し出されたスマホに、

「また送るよーッ」

と叫んだ。

俊は祖父の相手をよくする。同じ自慢話の繰り返しでも、嫌がらずに聞く。どうも消防団リーダーの教えらしい。リーダーは無名企業のサラリーマンだと聞くが、俊は言っていたことがある。

「座右の書は、教育勅語と五《ご》箇条《かじょう》の御《ご》誓文《せいもん》だってよ。ぶっとんだよ、僕。ヤバくね？　って」

あの時は明代もぶっとんだが、俊は彼から長幼の序とか親に孝行とかを教わったおかげで、祖父の老害にも心優しいのだろう。ありがたいことだ。

「松木ファーム」は、岩谷市内に計一町五反、約一万五千平方メートルの土地を持つ。そこで有機野菜や大麦、小麦、果物などを作っている。

オーナーの松木達夫は今年七十五歳になる。妻の美代子《みよこ》に加えてパートやアルバイトを使い、地産地消を貫く。

自分たちで作物を収穫し、種を採《と》る。種は古くから受けつがれて来た固定種、在来種だ。そして、自分たちが採った種だけを蒔く。むろん無農薬で育て、また収穫する。再び種を採る。蒔く。その循環農業に徹底してこだわって来た。

栄養価の高さはもちろんだが、昔の野菜の味がすると評判だった。昔の人参はくせがあり、ほうれん草はえぐみがあった。ピーマンもトマトもごぼうも葉物野菜も、みんな味が濃かった。昨今の野菜は食べやすく優しくなり、子供が平気で食べる。

それはいいことだろうが、松木は野菜本来の味に戻したかった。

できることなら、自慢の小麦でパンを焼き、うまい野菜料理を出すレストランも開きたかった。農業体験やお祭りなどのイベントで、子供たちにも伝えたいことは数多くある。

だが、脱サラして四十歳で始めた農業は、ここまでで精一杯だった。気がつくと七十五。ともにやってきた美代子も七十二になった。

夫婦とも、これ以上は何もできないと十分にわかっていた。評判を聞いた全国各地から、宅配の依頼が多かったが、もはや対応できない。岩谷市内からの注文にのみ応《こた》え、アルバイトやパートが配達する。俊はそれもトレーニングと考え、自転車で回っていた。

松木は「自分で始めて自分で終わる」ということに納得していた。脱サラして三十五年、自分のこだわりが多くの人たちに愛され、幸せな農業生活だった。「後期高齢者」の今年を機に、少しずつ仕事仕舞いを始めるつもりでいる。

午後四時頃、部活のない俊がランニングで出勤すると、すでに配達用の品物が用意されていた。大学生のバイト達がワンボックスカーに積んでいる。すぐに自分の配達分をチェックし始める俊に、松木がペットボトルの茶を出した。

「走って来たばっかりで、すぐ配達に行くのはきついよ。いくら若くても、ま、一服しろ」

「頂きますッ」

俊がラッパ飲みしていると、突然、福太郎が現われた。

「あれェ、ジイちゃん！　どうしたの」

福太郎は松木に頭を下げた。

「孫がいつもお世話になってます」

「いやいや、よく働いてくれて大助かりです。本当に喜んでいます」

「実は明日、私の八十五回目の誕生日会をやるんです。もう誕生日は過ぎたんですけど、何せ緊急事態宣言で」

「八十五歳ですか！　私のちょうど十歳上ですね。お若いなァ、いつお会いしても」

「いやいや、そんな。明日は友達も四、五人来ますし、宣言が解けた祝いを兼ねてうまい野菜料理を娘に作らせようと思いまして。少し買いに来ました」

「そうでしたか。福太郎さん、野菜は私からの誕生日プレゼントにさせて下さい。いいのがありますから」

「いや、それはダメです」

「こんな八十五がいらっしゃると思うと、こっちも元気が出ますから」

「いや、買わせて下さい」

ありきたりな押し問答を聞くのはたまらないと思った俊は、遮《さえぎ》った。

「松木さん、僕が野菜と果物買います。バイト料ありますんで、祖父にプレゼントします」

松木は笑った。

「さすがだな、俊。大岡裁きだ。よし、いつもと違って、全然曲がってない野菜や果物や、いいのを俊にやる」

「オーッ！　ラッキーじゃん、僕。ジイちゃん、プレゼントだよ、僕からタダの」

俊が手を叩くと、松木が言った。

「福太郎さん、羨《うらやま》しいですよ。頼もしいお孫さんをお持ちで。雀躍堂は安泰だ」

「いやいや、跡を継ぐような時代じゃありません。無理強いする気はゼロですよ」

話はまたここに行く。俊は聞こえないふりをした。

「福太郎さん、私も自分の代でやり切ろうと思ってます」

「何よりもこの孫、頭はさっぱりですが、体力があることだけが取り柄で。実は私も若い頃は剣道でならしましてね。会社がどんなに苦境に立っても、前を向いている男だとアチコチで言われて」

僕は「まずい」と思った。松木にまで老害を浴びせられない。

「ジイちゃん、いつか松木さんの野菜作り見せてもらうといいよ。僕が言うのはナマイキだけど、子供見るみたいな目で野菜見てる」

「そうか。松木さんも私も、自分に合った仕事ができて、幸せってことですよねえ。そうじゃない人間が多いですから」

よかった、話が逸《そ》れたと俊はホッとした。松木も笑顔を返した。

「本当に好きなように生きるが勝ちだと思いますよ。このトシになるとよくわかります」

「松木さんは、私のトシまであと十年もある。まだ十分に新しいことができますよ」

「いや、十年なんてすぐ過ぎます。それもこのトシになるとわかるんですよね」

松木は遠くを見る目をした。

「この世にいるのは、一瞬だなァ……」

福太郎もそんな目をした。

「だから、失敗を恐がりすぎないことです。どうせ一瞬の世ですから」

そして、俊の方を見た。

「お前も箱根駅伝がやりてえなら、それで進路を決めるのがいいよ」

俊は胸を撫《な》でおろした。箱根駅伝まで話が逸れれば大丈夫だ。

ただ、老害の人というのは、逼迫《ひっぱく》したコロナ問題からでも、政治経済の話からでも、もののみごとに自分の話に持って行く。匠《たくみ》の技だ。

それだけは避けなければならない。俊はプレゼントされた野菜をまとめながら、

「松木さん、今日は僕、祖父のタクシーに同乗して配達します。頂いた野菜もあって、走っては帰れませんし」

と言った。

リュックに入れれば走って帰れるが、とにかく祖父を早く連れ出す方がいい。

何も知らぬ福太郎は、

「いくつになってもジイちゃんっ子で」

と相好《そうごう》を崩した。


五月三十一日の日曜日、リビングと隣室の食堂をぶち抜いて福太郎の誕生日会が準備された。座布団に座わるのはきついだろうと、椅子にテーブルだ。コロナの緊急事態宣言が解除され、ビールや酒も飲める。明代は松木ファームの野菜で、煮物や浅漬けからラタトゥーユ、魚介のサラダまで色々と作った。


誕生日会は五年に一度やる。八十歳以来なのでこの程度の面倒は親孝行だ。

椅子やテーブルの準備をすませ、純市が台所に入って来た。

「老害仲間の四人、十分にソーシャルディスタンス取ったよ。久々の老害四重奏、老害カルテットだな」

「五人よ。老害クインテット」

「え！　今回はオヤジ入れて四人だろ。春子《はるこ》さんは来られないとかって」

「来るわよ。誘われるとまずは断るんだって。それで理由をくっつけては、行けるようになったって言うそうよ。それでね、必ず遅れて来るんだってさ。里《さと》枝《え》さんからも電話があった。この老害にゃ手を焼くわって」

里枝は春子の息子の嫁で、同居している。

「必ず遅れて行くって、変わった老害だな」

「よくある老害よ。かまってほしいの」

「ふーん……」

純市は理解していないようだったが、まずは断れば、仲間たちは「どこか悪いの？」とか「どうしたの？」とか心配する。そうやってかまってもらうと、自尊心が満たされるらしい。

さらに遅れて行けば、自分一人の登場だ。みんなの目が自分だけに注がれる。それにも心が満たされるらしい。

国文学科出身の里枝は、以前に、

「光源氏《ひかるげんじ》よ」

とせせら笑ったことがある。

『源氏物語』の光源氏は、右大臣邸での藤を見る会にわざと遅れて行くのよ。美しい光源氏が一人で入ってくるんだから、そりゃ目立つわよ」

そして、うんざりしたように言ったものだ。

「光源氏と違うところは、うちの姑はそれを毎回やること。やりすぎて、今じゃ誰も気にしないし、誰もかまわない。単なる遅刻バアサンだもん」

純市は明代にそう説明されて、やっとわかったようだった。

午後二時、春子をのぞくカルテットが集まり、賑《にぎ》やかに誕生日会が始まった。十分に取ったソーシャルディスタンスは、耳が遠い老人たちには気の毒だ。その上、全員がマスクだ。だが、致し方ない。

料理を運びながら明代と純市が挨拶に行くと、早くも大声が飛びかっている。

「気の毒だ」と心配したのは甘かった。何が気の毒なものか。耳なんぞ遠くても何の問題もない。

カルテットの四人は、それぞれが自分のパート演奏に夢中で、他のパートなど聞いちゃいないのだ。聞こえなくても問題ない。

福太郎は相変らず、「昔の自慢話パート」をこれでもかとかき鳴らす。

竹下勇三《たけしたゆうぞう》は、岩谷駅前のクリーニング店の二代目で、昭和十八年生まれの七十六歳だ。この人はひたすら「病気自慢パート」。二ヵ月近くの入院を経て、死ぬ寸前からの生還談を、明代でさえ何回も聞いている。

今日は、話のマクラにコロナのパンデミックを置き、時評を取り入れた構成になっていた。

「俺はもう完璧に感染対策してるよ。俺たちは重症化しやすいし、何よりも俺なんか腹切って、基礎疾患があるだろ。それも死ぬ直前まで行った重病だもんよ。そういうことを経験して生還すると、命のありがたみがつくづくわかる。俺、ホントによく助かったと思うよ。その一番の理由ってのがさ」

話は続くが、誰も聞いちゃいない。

「体力自慢パート」の吉田武《よしだたけし》は、地元岩谷市の小さな印刷工場に七十歳まで勤めた。若い頃から筋金入りの「撮り鉄」だ。北海道から沖縄まで、全国の鉄道を追い続け、今年で九十歳になる。だが、頭も体も確かで、とてもそうは見えない若さである。

事実、二年前の八十八歳まで鉄道写真を撮っていた。むろん、若い人と同じにはできっこない。都内の電車を四季の風景に合わせ、シャッターを切る。

だが、さすがに体力が続かず、八十九歳からは「詠《よ》み鉄」に転向した。鉄道の俳句ばかりを詠むのだ。むろん、体力的に撮り鉄が難しくなったとは、決して言わない。

「まだまだ撮りたいものは多いし、また撮るよ。けどなァ、写真を撮るには文学的素養が必要だって気づいてさ」

八十七歳になる妻の桃子《ももこ》だけは、夫のパートに和音を重ねる。

「そう。だからこの人、俳句始めたのよ。文学的素養は将来、九十五くらいからの写真に絶対にいい効果出すよね。私もダンナの俳句と同時に水彩画始めたけど、人間に年齢はないって、心底思う。ホンットに思う。前向きにどんどんやる人が、一番いい人生だよ」

「俺は今でも駅の階段、手すりにつかまんないで昇り降りするよ。体力がないだのとほざくジジイ、ババアは単なる怠慢なんだよ」

「そ。ダンナと私がいい証拠」

誰も聞いちゃいない。夫婦で話してろ。

「俺が雀躍堂を継いだ頃はさ、女は家庭でおさんどんと子守りをする役って決まってたんだよ。男はアチコチに女作ったりな。ひでえ時代だよ。だけど俺は女の力を早くから見抜いてた。山本和美って女がいて、これがすげえんだ」

また「山本和美」が始まった。純市と目配せして、明代が逃げようとした時、チャイムが鳴った。

「あ、春子さんだわ」

玄関から里枝の声が聞こえた。

「入りますよーッ」

吉田がリュックを引き寄せ、

「これで全員おそろいだな」

と、なぜか桃子とうなずきあった。

春子は杖《つえ》をつき、里枝の手を借りて入ってきた。

「遅くなりまして。まァまァ、福太郎さんおめでとうございます。私までお招きにあずかって。皆さん、お久しぶりです」

各パート、「オオ」と言ったきりで、光源氏もどきなど無視だ。自分の演奏しか考えていない。

「で、その山本和美をだ、俺は中枢の役職に抜擢したよ。世間は仰天したね」

病気自慢パートの竹下が遮った。

「何回も聞いたよ、その話」

老人は残酷だ。平気で言う。

「話してねえことがあるんだよ」

老人は負けない。平気で返す。

吉田が声を張りあげた。

「抜擢されると、本人は天にも昇るんだよ。だけど周囲のやっかみがひどいんだ。俺も撮り鉄を始めて二年くらいで抜擢されたことがあってさァ。あの時分には『撮り鉄』なんて言葉はなかったけど、俺はあの頃、青森の津軽《つがる》鉄道と岩木山《いわきさん》を撮りに通いつめてたのよ。もうバンバン休暇取ってな。出世より鉄道よ」

吉田が一気に言うのは、他のパートに「割り込み演奏」されないためだ。

「金木《かなぎ》あたりで津軽鉄道は岩木山の前を通るんだよ。だから金木に入《い》り浸《びた》りよ」

桃子は誇らし気に夫を見つめた。

「金木って太宰治《だざいおさむ》の故郷で、私も金木。今は五所川原《ごしょがわら》市だけど、いいとこだよ。ね、アンタ」

「いいとこだ。ところが何日張り込んでも、俺が狙ってる岩木山と違うんだよ。金木の安宿に泊まりこんで、諦めて明日で帰ろうと思ったらその明日に、狙い以上の神々しいばかりの姿を見せてくれてさ。あれほどの岩木山は初めて見た。富士より上だ」

「元々、富士なんて目じゃないよ。あれほどのお岩木の前を走る津軽鉄道、それも二両編成でさ。あの写真には泣けたわよ」

この夫婦も他のパートが割り込まないよう、息つぎもせずにしゃべる。

「大変なのはその後だ。その写真が日本写真家連合協会の後藤公助《ごとうこうすけ》会長の目に留まって、『ジャパンカメラ』って有名な雑誌の表紙に抜擢だもんよ」

この話もみんな知っている。明代もだ。もう何回聞いただろう。妻になった桃子は金木の一膳飯屋に勤めていて、そこで吉田と知りあったと続くのだ。

春子は、せっかく遅れて来たのに、誰もかまってくれない。ついに大声を張りあげた。

「明代さん、すごいごちそうね」

「たくさん召し上がって下さい。このお皿とそっちとあっちのお皿は、松木ファームのおいしい野菜ですから」

春子はふと淋し気に目を伏せた。

「こんなに食べられるかしら……。以前のようには食欲がないのよ。一日一食がやっと……」

里枝が明代に目配せしたが、意味がわからなかった。

桃子が心配した。

「大丈夫？　どっか悪いの？」

待ってましたとばかりに、春子は力なく言う。

「それがわからないの……。今さら病院に行って検査したり、入院したりはイヤだから放っておくのよ。来年はもうこの世にいないと思うし、だから今日は何としても来ようと思って」

「バカねえ、人生百年よ。まだ何だってできるのよ。私と一緒に水彩画やらない？　岩谷市民講座だから、お金かからないし」

「春子さん、俺と俳句やるか？　俺は独学で全然習ってないんだよ。だってさ、鉄道を詠ませたら絶対に俺の方が先生よりうまいもんな」

「この人の言う通りよ。春子さん、大好きな何かを俳句にしてみたら？　うちに来て、この人に習いなって」

やはり、吉田夫婦はいい。「どう生きるか」を笑顔でとらえ、実行している。これがつまりは「どう死ぬか」なのだ。明代は仲のいい夫婦がともに楽しむ様子を目の前にして、改めてそう思った。

しかし、春子は目を伏せてつぶやく。

「ありがとう。でも、私はじきいなくなるから。おいしそうなのに、この通り食べられないしね……」

里枝がさり気なく、明代を台所へと連れ出した。台所の椅子に座わるなり、

「ウー、もう勘弁だよ」

とうなってリビングをうかがった。聞こえてはまずいらしい。

「うちの春子バァバ、かまってもらいたくて『私はじきいなくなる』っていう新しいセリフを思いついたのよ」

「あらァ！　よくいるよね。『死にたい。早く死にたい』って言う老人。聞き苦しいっちゃないわ」

「それを言えば、誰かが必ず何か言ってくれて、かまってくれるじゃない。『弱気になるトシじゃないですよ』とか『コロナが終息したらみんなでうまいもん食べに行こうよ』とか『春子さんがいないとつまんないわ』とか」

「それって、たいていはその場しのぎの言葉よ。何か言わないとまずいから」

「そうよ。思うに『こんなに食べられるかしら』ってのは、『私はじきいなくなる』の前振りなんだよ。今は何かというとこのセットよ」

「でも、食欲ないのは心配だよね」

「毎食毎食、完食です」

「は……？」

「それで必ず言うの。『今日は何とか食べられたわ』って新セリフ」

「あらァ……」

「バァバはあと二十年はいなくなんないよ。嫁の私の方がいなくなる」

老害クインテットを見て、里枝も吉田夫婦をほめちぎった。

「仲いいし、二人で前向いてるもんね。知ってる？　ご主人の俳句と奥さんの水彩画で本を出すのが夢なんだって」

「すごい！　すごいよ。九十歳と八十七歳でそんな夢まで持つって」

「ね。吟行《ぎんこう》って言うか、ご主人が俳句作りで近くに出かけるでしょ。奥さんはスケッチブックとお弁当持って一緒に行って」

「理想の老後だよねえ……」

「体力自慢だけあって、ゆっくりでも自分の脚で歩くしね」

リビングから純市の声がした。

「明代ーッ、里枝さーん、来てーッ」

行くと、吉田がさっき引き寄せたリュックから、薄い本を十冊ほど取り出した。

「皆さんにプレゼントです。お恥ずかしい」

と言う割には、全然恥ずかし気でない吉田の横で、桃子が自慢気に一冊ずつ手渡していく。

表紙は若葉が茂る絵に、墨で、

『美しい日々(第一句集) 俳句 吉田鉄心
挿画 吉田桃子』

と書かれていた。「鉄心」は俳号らしい。

福太郎が本を手に、声をあげた。

「ホントに作ってしまったか! 聞いてはいたけど、早くもやったねえ。吉田の俳句に奥さんの絵か」

「人生百年だから百句。今までに撮った写真の中から選んで、俺がその写真に合わせて句作してさ。桃子は句を元に水彩画を二十枚描いて」

五十ページほどの薄い本だが、きちんとした体裁で、カラーだ。

里枝が手に取り、感極《きわま》ったように言った。

「もっと時間がかかると伺ってましたけど、すごいです……。すごすぎます」

桃子が可愛らしく笑った。

「最初はそう思ったの。でも夫婦ともヒマですもの。二人でお茶やお酒を飲んでしゃべって作って、描いて。何かすぐできちゃった」

この二人は老害クインテットから外そう。みごとだ。残りの者たちで、老害三重奏は完璧にできる。

突然、吉田が純市に聞いた。

「いかがですか、ぜひご感想を」

「はァ……いや私は文学はまったくダメでして。これほどのきれいなカラーの本、お金かかっただろうなと、ついそっちです。すみません」

「俺は活版がすたれるまでずっと、小さな印刷工場にいましたんでね。色々とツテがあって安く作ってもらったんですよ」

桃子も微笑して聞いた。

「純市さん、どの俳句がお好きですか？　文学が苦手な人の感想こそ、私たちのためになりますし」

純市は困り果て、

「この……『春おぼろ車掌に起こされ目がかすむ』……って、いいですね」

「ほう。どこがいいですか」

「……何と言うか、春らしいと言うか」

「浅いな、解釈が。これは春霞《はるがすみ》の『おぼろ』と目が『かすむ』をかけてるんですよ。そこのところを感じ取ってほしいなァ」

「すみません……不調法で」

桃子は別のページの絵を示し、

「絵はいかが？　明代さん」

何だかイモ虫にしか見えない電車だった。ほめないわけにはいかず、

「明るい絵で、心が弾みますね」

と言うと、桃子はため息をついた。

「明るくないでしょ。これは青森の冬の空ですよ。俳句も『凍《い》てし夜遠くに響く鉄路の音』ですよ」

「あ、そうか。凍ってましたね」

もう聞くな！　すると今度はずっとページを繰っていた竹下に、桃子が目を向けた。

「ずっとお読み頂くと、主人が影響を受けた俳人がおわかりになるでしょ？」

竹下に、病気自慢以外のことがわかるだろうか。

「いやァ……俳句は詳しくなくて」

吉田は静かに言った。

「心の師は松尾芭蕉《まつおばしょう》です」

臆面もなく言い切った吉田に、竹下は即答した。

「芭蕉なら知ってます。『古池や蛙《かわず》飛び込む水の音』だ」

吉田はかむりを振った。

「素人《しろうと》はすぐその句を言う。もっといい句がたくさんあるんだ、芭蕉には。俺は『初しぐれ猿も小蓑《こみの》をほしげ也《なり》』という句が一番だな。芭蕉は深いんですよ。俺はもう毎日が勉強です」

この講釈を何とか終わらせねばと思った時、春子が言った。誰もかまってくれず、自分が埋もれていると焦ったらしい。

「五ページ目の『山手線神宮《じんぐう》の森風疼《うず》く』って、私、好きですねえ」

「ありがとうございます。どこがお好きですか」

「野球が終わった後の、静けさがよく出てますよ。私はもう野球なんか見ずにいなくなりますが、若い頃を思い出します」

「この句、野球とは関係ないんだよなァ。黒く静まり返った神宮の森。夜風は体を刺すように冷たい。その近くを、山手線の灯が走る。暗と明の対比を詠んだ句です」

「私の絵もそうなってるでしょ?」

何だか「窓つき板カマボコ」のような山手線だった。

「今、また二人で第二集を出す準備中なんですよ」

ウッ。まだ出すのか。また配布されて感想を言わされちゃたまらない。絵の下手さは見ればわかるが、独学の俳句もひどい。チラと見ると、国文学科卒の里枝はうつむいていた。目が合うと当てられるからだろう。

すると桃子が笑顔で言った。

「私たち夫婦は二十五ページが一番好きなんです。『塩握り入道雲も共に食う』。お握りの白さ、入道雲の白さ、夏空の青さ、そこをひた走る列車。握りめしどころか、青年は入道雲にもかぶりつく若さなんですよ。それらが全部出てますでしょう。私も水彩画家としてこの名句の邪魔にならないよう何日も悩みました。それで青い空と白い入道雲だけで表現したんです。ね、アンタ」

「俳人」と「水彩画家」はしみじみと二十五ページに見入ったが、すでに全員が本を閉じていた。

「今の俺には俳句を作ることは、生きることなんだ。桃子にしても絵はな」

二人は目を見てうなずきあった。

明代は早く切りあげたいので、

「第二集、楽しみにしてますね」

と言っておいた。

自分の趣味の何かを他人に渡し、喜ばれていると思うのは老害ではなかろうか。吉田夫婦はいい生き方をしているが、素人の作品に感想を言わされ、その感想に講釈をたれる。つきあえない。

いつだったか雑誌に、

「作品を見せあって、仲間と交流しましょう」

と識者が書いていた。交流は「仲間」内に限ることだ。それ以外を巻き込まないことだ。

明代と里枝は早く台所に逃げようと、汚れた皿を集めた。春子は何もかも完食しており、皿は洗う必要がないほどきれいだった。

テーブルに置かれた『美しい日々』を見ながら、三重奏ではなく、やはり吉田夫婦を加えたクインテットのままだと、明代はため息をついた。

汚れた皿などを手に、台所に逃げ帰った明代と里枝は大きく息をついた。

「何か会うたびごとにみんな、老害の度合いが上がってないか？」

その通りだ。だが、誰もが日常生活ができる健康状態に踏みとどまっている。つまり「健康寿命」を保っている。日本人の二〇一六年のそれは「男性七十二・一四歳。女性七十四・七九歳」である。五重奏の面々はそれより遥かに上だ。立派なのだ。だからと言って、いつも優しい気持では包みこめない。

「うちの父が一番ひどいかと思ってたけど、みんなひどいよねえ。自慢話にも色々あるんだってよくわかった。病気自慢、元気自慢、趣味自慢……ウー、勘弁してほしい」

「老人が困るのはさ、自分が自慢してるってことに気がつかないんだよね」

「そ。『今日はあったかいねえ』と同じに言ってんの」

「頭もさびついてんのよ。自分らだって若い時は聞きたくなかったって、思い出せないんだから」

「私ら、気をつけなきゃね。『老害の人』とだけは言われたくないよ」

そう言って、明代はクッキーの缶を開けた。竹下の手土産《みやげ》で、岩谷市の老舗《しにせ》「セーヌ堂」の名菓だ。おいしい上に、創業から百年変わらぬレトロなパッケージ。それがSNSで若者人気に火をつけた。里枝も見るなり声をあげた。

「オ！　セーヌ堂のクッキー。ねえ、少しもらって帰ってもいい？」

「いいわよ。今、デザートになったら出すんだけど、みんなそんなに食べないし」

里枝は明代の出す密封容器につめながら、とろけるような目をした。

「このクッキー、孫の杏奈《あんな》が大好きなのよォ。まだ四歳だってのに、味がわかるんだわね。テレビ電話でも必ず『バァバ、遊びに行くから、お菓子ね。翔《しよう》君と仲よく分けるからね』って言うのよ。自分は翔君のお姉ちゃんだってこと、ちゃんとわきまえてるの。バババカだけど、かしこい子だと思う」

また出た……、孫自慢。里枝はこれさえなければ、いい友達だ。だが、孫自慢を周囲が聞きたくないことに、まったく気づいていない。頭がさびついている。本人がそう言っていたばかりではないか。

里枝には一人息子がおり、新聞社の北陸支局に勤務している。家族で金沢市《かなざわ》に住んでいるのだが、息子の二人の子供が里枝にとっては孫だ。

「この、きれいなお花のクッキーもらっていい？　女の子ってお花が好きでさァ」

明代が返事をする前に、里枝は容器に移した。

「この間ね、杏奈が絵を描いて送って来たのよ。私の顔をクレヨンで描いて、『ばあば、だいすき』って平仮名で添えちゃってサァ。すぐにテレビ電話が来て『バァバ、杏奈ねえ、お花のついた靴が欲しいの。買って』だわよ。息子も嫁もバァバに言えってのが見え見え。私が甘いからよ」

話は止まらない。リビングのクインテットと何ら違わない。そして、孫自慢のバカどもはほとんどが言うのだ。里枝も言う。

「孫なんていない方がいいかもよ。お金と体力ばっかりいるんだから」

孫のいない人がいたと気づくと、こう言って急いで取り繕《つくろ》うのだろう。そっちに頭を回すより、孫自慢をやめる方向に回せ！

明代がボランティアでやっている川越市の観光ガイド、その客たちも似たり寄ったりだ。川越は伝統が今に生きる美しい町である。昭和の匂いも残っており、全国的に有名だ。

明代は五十代から上の、シニア女性グループや団体につくことが多い。その年代の女性は自己主張もするし、騒々しくもある。質問も活発であるだけに、五十四歳の明代が適任なのだろう。

彼女たちをガイドするのは楽しい。旅を心底楽しんでいる様子も嬉しい。ただ、たったひとつ辟易《へきえき》させられるのが、孫の話である。

いつだったか、明代が川越の歴史を話していると、七十代後半かという女性が、手帳を取り出して話し始めた。

「川越には蔵造りと呼ばれる建築様式があるんですよね。それは、江戸時代からのもので、有名な『時の鐘』も蔵造りだって。街並みにピッタリで、市の指定有形文化財なんですよね」

明代が「よくご存じですねえ」とほめると、彼女はグループみんなに聞こえるように言った。

「孫娘が東大で建築を専攻していましてね。女の子にとって東大ってだけでも敬遠されますのに、建築なんてリケジョですよ。私が嫁のもらい手を心配したら、『ババは古いのよ』って笑われましたけど、今回は色々と教えてくれて。ま、その授業料をねだられましたけど」

嬉しそうに首をすくめると、別のバァバが言った。

「お孫さん、東大！　羨ましいわ」

「いえいえ、東大なんていくらでもいますから」

「うちの孫息子は頭は並み以下ですけど、雑誌のイケメンコンテストだかで二位に入って。なぜだか知らないけど一位の子より、うちの孫の方が雑誌モデルとして売れてるんですよ。何かテレビからも声がかかったとかで。私にしてみれば甘えっ子のまんまですけど」

孫自慢は一気に他のメンバーにも広がる。それはもう山火事の勢いだ。乳飲み児から二十代の商社マンまで、見たこともなければ関心もない孫の話を、バアバたちはマスク越しに叫び合う。

「京都の大学に入った孫娘がいましてね。一人でやっていけるかと心配で心配で。でも、私の誕生日に匂い袋と手紙をくれたんです。『おばあちゃん、人生を楽しんでね。いつでも味方だよ』って。私、涙で手紙も何も見えなくなりました……」

「うちの孫息子は小学校六年生なんですけど、一人じゃ何にもできなくて。なのに私が熱を出した時、病院につき添ってくれたんです。受付も全部やってくれて、『僕が立て替えとくから、座わってて』って、自分のお小遣《こづか》いで会計をすませて。もう涙で何も見えなくなって」

孫自慢の老害婆は、すぐ「涙で何も見えなくなる」のだ。

時には、そばで聞いている明代に話を振る人もいる。

「ガイドさん、戸山さんでしたよね？　お孫さんは？」

「いない」などと言おうものなら、「まァ、お淋しい」のストレートな空気か、逆に「孫なんていない方がいいかもよ」の、とりなす空気かが流れる。そのため、明代はいつも、

「はい。幼稚園年長の孫娘と、二歳の孫息子です」

と答えておく。二度と会うこともない人たちだ。どうだっていい。

コロナ禍でガイドの需要は激減したが、こういう孫自慢の老害を受けずにすむのは、寿命が延びる気がする。

明代は孫自慢を聞くたびに心の中で、「お宅の孫なんて、いわば普通の子じゃないの。そりゃ織田信長《おだのぶなが》とかベートーベンとか、小野小町《おののこまち》なら自慢してもいいわよ。だけど、どの子もどの子もそこらにいる凡庸《ぼんよう》な子じゃないの」と思う。

里枝はクッキーの密封容器を紙袋に入れ、柔らかな笑みを浮かべている。どれほど可愛いのかと思う。身内で可愛がる分には、溺愛していい。可愛くて当然だ。だが、他人に垂れ流すなと言うのだ。他人は腹の中で信長や小町と比べて、せせら笑っているのだから。

明代は「いつか私にも孫ができるだろう」と思うが、いつになるかはわからない。梨子は仕事一筋で、結婚の話さえうるさがる。俊はまだ高校生だ。十年以上も先になるかもしれない。

だが明代はきつく自分に言い聞かせている。孫ができたとしても、絶対に老害をバラまかない。反面教師ばかりの中、それだけは肝に銘じていた。

世の祖父母は「うちの孫は信長か？　ベートーベンか？　はたまた小町か？」と自問することだ。ありきたりな才覚や美貌は自慢にはならないとわかるだろう。明代はいつもそう思っていた。

クッキーの一番いいところをドカッと抜いた里枝は、ショボい残りを菓子皿に並べた。明代は日本茶と紅茶を準備した。

「老害話、そろそろ終わってるといいけどね。ホント、老害は公害だよ。排気ガスや煤煙《ばいえん》と同じだって」

そう言う里枝に、私は腹の中で、「そのセリフ、そっくりアンタに返すよ、この排気ガスが」と思ったが口にはしない。孫自慢さえ我慢すれば、いい友達なのだ。

茶菓の盆を持ってリビングに入った二人は、愕然《がくぜん》とした。クインテットの演奏は終わる気配さえなかったのだ。

春子はせっかく遅刻して来た効果がなく、声が大きくなっている。

「私ね、生き過ぎたと思ってるの。人間って適当なところで死なないと、まわりに迷惑ばかりかけるでしょ。そりゃ、私はじきいなくなるから心配はないんだけど」

病気自慢の竹下が、春子を遮った。

「アンタ、さっきからじきいなくなるばっかり言ってるけどさ、経験がないから口先だけに聞こえるんだよ」

「あら、どこが口先なの」

気色ばむ春子を手で制した竹下に、明代と里枝は目を見かわした。始まる始まる、竹下の臨死体験談がまた開幕する。

「俺なんか腹切って、意識不明が続いたろ。あっちの世ギリギリまで行ったんだよ」

この臨死体験談は、明代も里枝も純市も自分の体験のように最後まで話せる。何回聞いたかわからない。老害クインテットの面々もそのはずだが、いつも自分の話に必死で、ろくに聞いていない。そのため、いつでも「初めて聞く話」なのだろう。むろん、初めて聞こうが、毎回聞いてはいない。

「臨死体験っていうと、よく花畑の向こうに川があって、死んだ爺《じい》さん婆《ばあ》さんが『おいでおいで』って手招きするっていうだろ。全然違う。俺の場合は全然違ったね」

もう聞きたくもない里枝が、話をさり気なく春子に振った。

「お義母《かあ》さん、竹下さんは臨死体験から生還なさったんですよ。お義母さんは元気なんですから、竹下さんにしてみれば『じきいなくなる』なんて軽く言わず、楽しく生きようってことですよ。ね、竹下さん」

春子がすぐに言った。

「私は口先じゃなくて、本気で言ってるのよ。考えてもみてよ。これから先、みんなで集まるのってお葬式くらいよ。それも長生きすればするほど、死んだ時に来てくれる人が減っているの。だから、私、早く死にたいの。それに、死ねば灰になって何もかも終わるしね。もう一時も早く終わりたい……」

こんな辛気《しんき》くさいことを、毎日聞かされる里枝はたまったものではあるまい。孫が救いというのもわかる気がする。

その時、桃子が春子に句集の一ページを示した。

「死ねば灰になって何もかも終わるって、春子さん、それ違うよ」

そのページには、桃子の水彩画でピラミッドが描かれていた。その前をトロッコのようなものが走っている。エジプトなら、トロッコよりラクダを描いた方がそれらしいだろうに。

「春子さん、これ青森の岩木山よ」

明代は「え、ピラミッドじゃなかったか」とあきれ、「岩木山麓ってトロッコが走ってるんだ」と思った。

「死んだ人はね、春子さん。私は小さい時から母や近所の人に言われたの。死んだらみんな岩木山に帰って楽しく暮らすんだよって。私のまわりの人たちは、岩木山を『お岩木』とか『お山』って呼ぶの。神《かみ》さんがいる山だから『お』をつけるんだと、私は思うの」

吉田も言った。

「そうだよ。どこの県の人も、死ねばみんな故郷の山に帰るんだよ。それでみんな神さんになって、ご先祖さんになる」

「元々、私らお山の神さんから、この世に遣《つか》わされてきたんだからさァ、そりゃ用がすめばお山に戻されるのよ。あっちで神さんの仕事も手伝わなきゃなんないしさ」

何だかいい話だった。用がすめば、神が故郷の山に呼び戻す。それだけのことなのだ、たぶん死は。

老害の人たちは、呼び戻される日が近いだけに、自分がこの世にいた証拠を自慢し、語りまくるのだ、きっと。

明代は妙に腑に落ちて、嬉しそうな目で桃子を見たのがまずかった。目が合ってしまった。

「明代さん、この岩木山と五能《ごのう》線の句はどう？」

トロッコは五能線だったのか。吉田夫婦は俳句さえ持ち出さなければ、老害少なめの人なのだが。

里枝に助けを求めて目をやると、「私に話しかけないでオーラ」を全身から発し、茶菓の用意に打ちこんでいた。

ピラミッド、いや岩木山の前を走る列車は、人より砂利を乗せる方が似合う絵だ。本当に桃子は絵が下手だ。

だが、吉田はそうは思わないらしい。たいした夫婦愛である。

「いい絵だろ。これに合う句が実は二句あってさ。どっちが一番って言えない出来だったんだよ。な、桃子」

「ね。でも私ら、一枚の絵に一句って決めてたからさ。で、私がこっちを選んだの。どう？　福太郎さん」

明代は指名が福太郎に移り、ホッとした。

「『五能線お岩木肴《さかな》に妻と酒』……ですか」

「桃子絶賛の一句でさ。たった十七文字で、鉄道と山と妻にこれほどの愛を感じさせる句は、普通の人は詠めないってんだよ。だけど俺はもうひとつの句がよくて夫婦喧嘩よ」

吉田は思い入れたっぷりに目をつぶり、「もうひとつの句」をそらんじた。

「お岩木とさしで飲む酒五能線」

福太郎が何か言う前に、吉田本人が言った。

「桃子が『妻がいない』って怒るわけさ。でも俺は岩木山とさしで飲みながら、その場にいない妻を思ってるわけよ。句の裏にこめた夫婦の情愛がよく出てるよなァ」

自分でほめちぎるのなら、他人に聞くな。

その時、里枝がつぶやいた。

「両方とも季語がない……」

それを耳にした吉田は、一瞬固まったように見えた。やっぱり忘れていたのだ。老人のこの程度の「お楽しみ」に感想を強要されるのは、本当に迷惑だ。

だが、老害の人は負けない。

「この句は俺の冒険なんだよ。ある時、季語がなくたって、いい句は作れるんじゃないかと気づいてさ」

国文科を出た里枝は、江戸時代に「無季俳句」が出て来たことを記憶していた。

「でもやっぱり俳句は季語がいるでしょう。吉田さんの師と仰ぐ芭蕉にしても」

「あ、彼の時代はね」

芭蕉を「彼」と来た。里枝は、芭蕉にも無季俳句があることを言わなかった。九十歳の吉田をいじめたくない。

「俺は何つうか、決めごとを打ち破るパワーってかな、それを表現してみたかったわけよ」

桃子が横から言った。

「私、二句ともすごくパワーを感じるんですよ。それは季語がないからじゃないかねえ。いかが、福太郎さん」

よかった。話がまた父親に向かった。

福太郎はまともに答えた。

「季語のことはわからねえけど、やっぱり裏に込めた情愛より、ナマ身の女房と飲む句がいいよなァ」

「さすが！　嬉しいわ」

喜ぶ桃子に、福太郎はしんみりと語り始めた。

「女房ってのは何があっても味方なんだよな。昔、俺が考えていた新しいカードゲームを、他社が嗅ぎつけて先に出しやがってさ。落ち込んだら女房が『アンタならもっとすごいのができる。立ち上がれッ』って」

またそこに持って行ったか。立ち上がって「もっとすごいの」を作った時、他社がどれほどショックを受けたか。新聞やテレビでも紹介されたと自慢が続くのだ。

竹下が一瞬の間《ま》に割り込んだ。老人は体が多少動かなくても、口をはさむのはすばしっこい。

「ホント、女房は味方だよなァ。俺なんて臨死体験までしたのに、もう一回手術の必要が出てな。女房が泣くんだよ。こいつのために平然と手術受けようと思ったよ。成功したらまた泣きやがってさ。あの大病は夫婦で乗り越えたと思うよ。前にも話したかなァ、医者が俺たち夫婦に感激したってんだよ」

もう何回も聞いた。ここから延々と腹切り自慢が続くのだ。

明代と里枝は「ごゆっくり」と言い残して部屋を出た。

老害の人のいいところは、「ごゆっくり」しないことだ。高齢者ゆえ、寝る時間も早い。今回も夜七時半には、全員引き上げて行った。

六月に入ると、松木ファームの野菜畑に絹糸のような細い雨が降り、どの野菜も生き生きとした緑色を見せていた。

緑一色の中、薄紫色のジャガイモの花が煙って見える。つるがのびて黄色の花をつけはじめたカボチャもある。かぶや新玉ねぎ、にんじんは掘り起こされ、あたりに土の匂いをさせている。

インゲンは、可憐《かれん》な豆の花をそよがせており、青々としたサヤも育っている。畑には季節の動きがすべて出る。豆類はサヤを見ただけで、中の実が充実していることがわかる。

まだ朝の六時だが、俊はそれらを丁寧にチェックしながら、

「オー、アスパラ君、よく育ってるな」

と話しかける。いつも松木がやっているようにだ。

松木は青森のりんご農園主の言葉によって、確信したのだという。

その農園主は、語りかけるりんごの木と語りかけずに無視する木を決め、実験してみた。植物が人間の言葉を理解するかどうかだ。そこで一方には毎日語りかけ、ほめ、ねぎらう。一方は無視する。

やがて、二本の木には明らかに違いが出たそうだ。語りかけられる木は太く

なり、ぐんぐんと葉が茂った。だが、無視された木は成長が悪く、葉も色が悪くて力がなかったという。

りんご農園主は、雑誌で答えていた。

「植物はみんな、人間の言葉も思いもわかるんです。片一方の木には、可哀想なことをしたよなァ……」

松木から聞いたこの話が、俊は好きだった。

「オイ、ジャガイモの花、お前知ってっか？　石川啄木《いしかわたくぼく》が、あの天下の啄木が、お前を歌に詠んでんだぞ」

俊は花に顔を近づけて言った。

「馬鈴薯《ばれいしよ》のうす紫の花に降る　雨を思へり都の雨に」

端《はた》から見たら、完全に「イッちゃってる人」だ。俊はそう思ったが、啄木の力も借りれば、抜群においしいジャガイモができるのではないか。

「オーイ、俊。早いなァ」

振り向くと、松木と佐多道彦《さたみちひこ》が手を振り、近づいてきた。

佐多は、フレンチレストラン「シェ・サタ」のオーナーシェフで、四十二歳店は岩谷市の住宅街に建ち、アンティークな香りのする一軒家だ。いかにも高級店に見えるが、佐多はできる限り値段を抑えていた。それもあって、東京近郊では予約の取れない店に数えられている。全国から来る客に出す野菜は、四季を通じて松木ファームのものだ。それも毎朝、佐多本人が畑に来て、松木と話しながら最良のものを選んで仕入れて行く。

「俊、いいのか？　学校は。サボリか？」

佐多が笑うと、松木が答えた。

「今日は創立記念日で、学校は休みだって。休みの時は必ず朝から来てるよな、俊」

「相変らず走って来るのか？　箱根駅伝に出たら、俺が店で特別料理を作ってやるよ」

「お願いしますッ」

二人はすぐに野菜に目を落とした。話をかわしながら、丁寧に一種類ずつ見て行く。かじったりもする。

俊はズッキーニに話しかけた。

「いい色だ。いいね。よく頑張《がんば》ってんじゃん」
二人に聞こえないよう、小声になっていた。

そろそろ、どの大学の推薦を受けるか、俊は決めるべき時に来ていた。各大学の陸上部から担任や部活顧問に、状況の問い合わせも来ていた。将来にかかる決断であり、俊の心から離れない問題だった。しかし、来月には決める必要がある。親が望んでいる大学名は予測がついたが、決めかねていた。

こんな状況であればこそ、俊の楽しみは消防団の集まりだ。地域防災の担い手として、消防署の訓練を見学したり、救命講習会に出たりは、こり固まった心に風穴をあけてくれる。今日は消防道具の点検と、火災時に使うポンプの試運転をやった。

岩谷市全体の消防団員数は百九十六名だ。俊が所属しているのは「第二分団第三部」で、五十代の団長以下十二人。俊だけが十代で、他は二十代から四十代である。

今、消防団員のなり手が全国的に少ない中、岩谷市は何とか保っている。まして第二分団第三部は十代も二十代もいる。平均年齢も他に比べて若く、羨《うらやま》しがられていた。

点検と試運転を終えると、俊と三人の団員は松木ファームへ向かった。三人は今、サラリーマンや家業を継いでいるが、かつては俊と同じに、ファームでアルバイトをしていた。

そして俊を含む四人とも、消防団に入ったのは松木の強い勧めによる。松木は団長当時から面倒見がよかったが、それは消防団を退いた今も変わらない。

若い団員が立ち寄ってくれて、酒をくみかわすのは、松木にとって至福の一《ひと》刻《とき》だった。

「克二《かつじ》、もっと強引に新団員を引っぱり込めよ」

「はい。声はかけてるんですけど、みんな仕事が忙しいからの一言で」

克二は東京の小さなリフォーム会社のサラリーマンだ。岩谷市の生まれ育ちで、今も岩谷に住んでいるが、大学は東京の二流私大である。

かつて、明代も俊も驚いたように、座右の書は「教育勅語」と「五箇條の御誓文」。そして中学生の頃に、マンガで知った大山倍達《おおやまますたつ》に憧れた。大山は最強の空手家である。

克二は空手道場に通い始め、そこで礼節や人の倫《みち》を叩きこまれた。

それは三十歳の今も克二のバックボーンになっており、「消防団とは人の倫だ」と団員たちに説き聞かせる。敬語だの長幼の序だの、礼儀作法にうるさいのに、若い団員たちには人気があった。若者に嫌われたくない大人が多い中、「嫌わば嫌え」という姿勢がかえって好感を持たれるのかもしれない。

その時、春野菜と豚肉の炒め物をうまそうにビールで流し込んでいた林透《はやしとおる》が、俊を見て笑った。

「二十歳になるまで酒に手を出さない態度、偉い！　俺なんか隠れて十八から飲んでたもんなァ」

教育勅語の克二が小突いた。

「自慢になるか。天誅《てんちゅう》が下るぞ」

透は旧帝大の国立大学を出て、日本を代表する食品メーカーに勤めている。入社して二年後の二十四歳から二年間、ロサンゼルス支社に勤務し、半年前に帰国したばかりの二十七歳だ。

本人は私立の進学校時代から、映画プロデューサーを目指していた。大学に行かず、ハリウッドに行って修業すると言う息子に、親は焦った。なれそうもない職業を目指し、人生を棒に振ってはならぬと、理屈と情の二刀流で説き伏せにかかった。

さんざん話し合いをする中、透にもどこか臆するところがあったのだ。映画プロデューサーの夢に見切りをつけ、一流国立大学から一流大企業に入った。入ってみると海外との折衝も多く刺激的で、今ではこの選択に満足している。

その透が正面切って言った。

「松木さん、俺、バイトしてた高校生の時から、ずっと思ってたことがあるんですよ。将来を考えた時、農園のやり方、あり方を変えるべきですよ」

「何だ、突然」

「いや、ずっと考えてたんです。これほどうまい野菜を作って、知る人ぞ知る人気です。だけど、ずっとそこ止まりです。ずっと、『知る人ぞ知る』でいいとは思いません、俺」

手酌の松木に畳みかけた。

「俺がバイトしてた頃から、俊がバイトしてる今まで同じです。昭和の農業」

松木は苦笑した。

「耕運機もあるし、新型の軽トラもあるし、ＩＣＴでハウス内の温度や換気もコントロールしてる。昭和より進歩してるよ」

ＩＣＴとは情報通信技術のことで、高齢者の見守りなどにも活用されている。

「それに、ここは俺一代で終えると決めてるから、これ以上は何もいらないんだ。昭和の農業だからこそ、うまい野菜ができるってこともあるだろうしさ」

透は譲らなかった。

「よく、色んなところで『自分の代で終えるから』って言葉聞きますけど、それって老人の言い訳ですよ。老舗の料理屋にしても、物作り技能にしても何にしても、本心では自分の代で終わりたくなんかないでしょう」

「いや、農業にしても物作り技能にしても、後継者がいない現実を冷静に見てるんだよ。自分の代で終える決心は、言い訳じゃない。最高の最期を飾るからなという決意だよ」

「松木さんの、このメッチャうまい野菜は」

透はそこまで言うとキュウリに味噌をつけ、音をたててかじった。

「次の世代に伝えないと、ハッキリ言いますが、やった意味がない」

黙って聞いていた克二が、その言葉に応じた。年長者への失礼な物言いに怒るかと思ったら、さらに強い言葉だった。

「松木さん、老人の責任とは『若い人間に仕事の面白《おもしろ》さと生きる面白さを伝えること』です。他には何もしなくていい」

「まったく、俺が老人だってハッキリ言ってくれるねえ」

冗談めかして言った松木だが、冗談には聞こえなかった。

透が追い討ちをかけた。

「ロサンゼルスで俺、アメリカの農業も見て来ましたし、農産物の流通にも関わりました。今、日本全国の若い農業家たちは、全然負けてませんよ。ＡＩでもＳＮＳでもロボットでも取り込み、同業者と手を組み、新しい農業をやってます」

克二がすぐに続けた。

「透の言う通りです。後継者不足を言い訳にするんじゃなくて、少しでも新しいものを取り入れて、農業の面白さを発信して、後継者が現われるように、関心を持たせるべきでしょう」

その時、俊が初めて口を開いた。

「自分はまだ高校生で偉そうなことは言えないんですけど、松木さんの昭和的な農業は好きです」

透がせせら笑った。

「若いな、高校生。昔々、昭和三十年代に『三ちゃん農業』って言葉があったんだよ。農業はジイちゃん、バアちゃん、カアちゃんでやるものだってな」

「松木ファームはそれだって言うんですか」

「そうなり始めてる。大体、手をかける昭和的農業だからうまい野菜ができるって、その考え方が根本的に違うと、俺は思うね。腰をかがめて収穫したり、手分けして肥料をやったりは、機械がやっても同じ。時間と労力は激減する」

俊が顔を上げた。

「僕は昭和的考え方はいいと思います。ただ、透さんの言う通り、もっと労力を減らせるところは減らす方が楽だと思います。だけど、ロボットや色んな機器の導入はお金がかかります」

「そう。俺一代で終わるんだし、機器を使いこなす前に死んじゃうよ。金もかけられない。俊の言う通りだ」

ホッとしたように言う松木に、俊は即座に反論した。

「いや、設備費をかけない分野を、もっと開拓できると思います。宅配アプリとかＳＮＳとか。ＩＣＴにしても、松木ファームは最低限の活用しかしてませんし」

つられたように、竹下剛《たけしたつよし》も初めて口を開いた。

彼は老害クインテットの病気自慢パート、竹下勇三の孫だ。父親が「竹下クリーニング店」の三代目で、剛は岩谷市の市立高校を出ると、ごく自然に四代目として店に入った。今年で四年目、二十二歳になる。

「俺はもっと近隣の農家と協力して、共同で前に進めることが必要だと思います。今、全国の若い農業家たちは共同でブランド野菜作ったり、すごく拡販してますから」

松木が声をあげた。

「オイオイ、四人とも全員敵かよ。味方は古女房だけか」

隣りに座わる妻の美代子が笑った。

「三ちゃん農業のカアちゃんから言わせてもらうと、若い人はこうでなくちゃ」

「……そうだな。まあな……」

「皆さんは、年を取るってどういうことか想像できる？」

俊が答えた。

「体が動かなくなるとか、物忘れがひどくなるとか」

「若い人はそう思うわよね。でも、ああ年取ったなァって一番感じるのは……欲がなくなること」

美代子は笑顔を向けた。

「私も若い時は海外旅行がしたい、お金が欲しい、服が欲しい、すてきな人と出会いたい、友達より幸せになりたい、あの人には負けたくないって、もう欲だらけよ。でも何十年かたった時、ふと気づいたの。今の私はどれも全然欲しくないって。何であんなに欲があったんだろうね。あの時、若い時代は遠くに遠くに……行ったんだと思った」

松木が同じた。

「ホント、何であんなにギラギラしてたかなァ」

「皆さんがバイトに来た頃は、この人、もう落ちついてましたけど、女にもターイヘン！」

困ったように酒を飲む松木を、克二が正面から見た。

「いや、俺がバイト始めた頃は、松木さん、まだターイヘンでしたよ。確かノリコとかいう」

美代子が声をあげた。

「あらァ、克二さん、ノリコの時代にバイトしてたんだ。ファームを捨てて彼女と逃げかねない状況、思い出すわァ」

「奥さん、よく平気でしたね」

「この人が女とどっかに逃げたら、このファームを慰謝料に取って、思い通りにやろうと思ったのよ。うちで採れた小麦粉でクッキー作って売ったり、小さなレストランを開いたり」

松木は無言で酒を飲んでいる。

「野菜作りはこの人ほどうまくできなくても、私も大体は学んできた。だから若い人も老人もドンドン入れて、新しくやってみたいなァって。そのうちに、跡継ぎたい人が出てくることもありうるじゃない。楽しみよ、自分でできるのは」

そして、松木の肩をトントンと叩いた。

「いや、結婚してよかったと思ってるのよ」

苦笑してみせるしかない松木に、美代子は語りかけた。

「欲があったよね、あの頃は」

松木はしばらく黙り、うなずいた。

「な。何だってあんなに女に夢中になれたんだろうな」

「ね、ノリコの前はミユキ。その前はハルミとトモエの二股」

「よく覚えてるな、お前。俺だって女だけじゃなかったよ。もっといい野菜を作りたい、もっと土地を広げたい、有名レストランに卸《おろ》したい。一流シェフに認められたい。欲があったよな」

美代子は若い消防団員たちに、優しい目を向けた。

「欲がある時代というのは、攻撃的な時代なのよ。自然に欲が消えた年代、私らね。私らに攻撃しろというのは間違ってる。それって人生の流れに逆らってるもの」

誰もが無言だった。

日本人男性の平均寿命は八十一歳だ。俊はあと六十四年ある。四人の最年長の克二でさえ、五十一年ある。半世紀が残されている。だが、松木に残された時間は六年だ。俊の十分の一以下だ。これから新しい手段で農業に生きるより、人生の店閉まいを考える。それが健全な年代であり、人生の自然な流れなのだ。

「みんなに言っとくけど、俺と女房は畑にいられる限り、いい野菜を作るからな。手伝いに来てくれよ」

松木と美代子はみんなに笑って一礼してみせた。

その笑顔にはまったく屈託がなかった。脱サラ後の松木は農法もわからず、経済的にも困窮し、心を許せる仲間もいなかった。美代子は女に走る夫に、つらい思いもしただろう。だが今は、何もかもが遠くへ去ったような、静かな夫婦を感じさせる。

そんな二人には、克二も透も剛も、そして俊も何も突っ込めなかった。

「若い時ってホントに短いよなァ……。見てみな、俺の頭。少し前までは白髪だったのにさ、今じゃその白髪が禿《は》げてきた」

美代子は笑って夫の背に手を回した。

朝、明代が手を洗っていると、俊が入って来た。

「俊、早く食べないと遅刻だよ。あ、その前に手を洗って」

コロナが流行して以来、明代は実によく手を洗う。

「僕、大学決めたから。東京学院大にする」

「あらァ！　いいじゃない、いいじゃない。パパとママも東学がいいねって内心思ってたのよ」

「顔に出てたよ。でも、親の希望に合わせたわけじゃないよ。今日、担任にも言う」

僕は自分でごはんをてんこ盛りにし、佃煮《つくだに》をゴソッとのせた。

東京学院大は偏差値も高く、就職もよく、創立百年超の有名私大だ。ここの出身という肩書きは、これから生きていく上で役に立つ。そんな大学にスポーツ推薦で入れるのは大変な特典だ。

僕が東学を選んだもうひとつの理由に、明代は気づいていた。「大変な特典」の出所《でどころ》、つまり箱根駅伝だ。東京学院大は毎年、一月二日、三日の本番を走るシード校ではない。だが、予選会では最下位の十位で出場権を得たことが幾度かある。結果、箱根を走る。

僕はどうしても箱根路を走りたいと、中学生の頃から言っていた。東京学院大以外の二校は、いずれもシード校のランクだった。そこには五輪代表選手もいれば、日本選手権の一万メートルで二十七分台を出す選手もいる。僕が箱根路を走ることはありえないだろう。

東京学院大も三十人の部員がいるというし、レギュラーは楽ではない。だが、まだ少しは夢が持てるというものだ。

「俊、いい決断をしたじゃないの」

明代は喜びをおさえ切れず、声が弾んだ。俊は音をたてて味噌汁を飲みながら、うなずいた。椀の上に出ている目が安堵《あんど》しているように、明代には見えた。ああ、親として、ひとつ重荷を降ろした。そう思った。


学校を終えて、俊がファームに行くと、松木が四、五本のトウモロコシが入った袋を手渡した。

「これ、佐多さんの店に届けて。今年のトウモロコシは特にいい出来なんで、試食してくれってな」

「はい。あ、ホントにいい実つけてますねえ」

「だろ。昭和農業の力よ」

俊は笑って走り出した。

「シェ・サタ」はまだ開店前で、三人の若い料理人が準備に動き回っていた。二十代前半から後半だろう。若い人にとって、料理人は憧れの仕事だ。いい野菜を作りたい人は少なくても、いい野菜を料理したい人は多いのだ。

佐多は客席のテーブルでトウモロコシを受け取ると、皮をむいた。

「すげえ。色にも形にも実にも、力があるよなァ」

そして、かじった。

「いいね。ナマだと甘みがよくわかる」

「松木さんに伝えます」

俊は立ち上がって一礼した。

「メシ食ってけよ」

「え？」

「今、これで何か作るよ」

佐多はトウモロコシをかざした。

「俊、俺のメシ食ったことないだろ」

「高校生が来るとこじゃないですから」

「確かにな。今、簡単なもの作るよ。松木さんの野菜がいかにうまいか、他の野菜ではダメか、高校生でもわかるよ」

佐多はトウモロコシを見た。

「いつまでやってくれるんだかな」

「自分の代で終わらせるって、いつも言ってます」

「そうなるだろうな。何とか若い人を探す方法、俺も何度も提案したよ。この間はシェフ仲間二人と説得したし。松木さんの野菜作りを知りたい若いヤツはいっぱいいるってな。松木さんの野菜を出したいシェフは何人もいるって。みんなで手を組んで、やろうよって。新しいことが必ずできて、面白くなると言ったんだけどな」

俊は「攻撃的にはなれない年代」ということを思った。

「そしたら、松木さん何て言ったと思う？　あと四十歳若けりゃなってさ」

「……四十歳……ですか」

「そう言われちゃ、返せねえよ」

「よく、挑戦するのに年齢はないって言いますけど」

「ケッ。まだ老人じゃないヤツらが、口先だけできれいにまとめてるだけだ」

佐多はトウモロコシを手に立ち上がった。

「年を取るってことは、いつも頭の中に残り時間の意識があるってことなんだよ」

厨房《ちゅうぼう》に向かう佐多の背は力強く、四十二歳の体だった。俊は自分の十八歳という若さに、身震いがした。

このところ、戸山家の庭では蟬《せみ》が鳴く。岩谷市には、まだ蟬もトンボもいる。庭には大きなトチの木があり、夏空に伸びている。蟬の声はそこから聞こえてくる。

庭を眺めながら、梨子が感嘆した。

「オー！　蟬じゃん」

「梨子、ここに帰って来たの半年ぶりくらいでしょ。そりゃ蟬だって鳴くわよ。夏だもの」

「東京のマンションじゃ、夏が来ても蟬なんていないの。ああ、コロナコロナで病院を駈けずり回っているうちに、季節は移ったんだね」

明代は麦茶と冷たいゼリーを出しながら、庭を眺めている梨子の後姿を見た。

「梨子、アンタ太ったんじゃない？」

「えーッ?! 半年ぶりに帰った娘に、そう言うかァ？」

「服のせいかな」

「それもある。だけど一番の理由は食事がいい加減なことだよ。コロナ対応に追われて、管理栄養士が自分の食事を管理できないって、困ったもンだよね」

「今、パパもお祖父《じい》ちゃんも帰って来るから、栄養のあるごはん、みんなでさ」

「ジイちゃんはまだ会社に顔出してんの？」

「はいッ。おっしゃる通りでございます。週二回は確実に、ご出社されております」

「週二?! 迷惑ゥ！」

「パパもさ、部屋を『いつでも自由に使って下さい』なんて口走ったものだから、来るなと言えないのよ」

蟬の声を浴び、緑の庭に向かって深呼吸をする梨子は、身も心も実家に安らいでいるように見えた。

　著名人も続けて命を落とすコロナ禍の、その最前線で娘は戦っている。たまの実家で、ゆっくりするがいい。親としては心配な仕事ではあるが、何を言っても耳を貸すまい。

　夏の長い陽がやっと落ちた頃、家族全員がそろって食卓を囲んだ。

「すごいな。梨子が帰るとウナギか」

　純市が喜んだ通り、食卓にはう巻き、うざく、ひつまぶしに押し寿司も並んだ。

　いつもは冷酒を浴びるように飲む梨子だが、今夜はビールを少しだ。

「何よ、梨子。太りたくないから飲まないの？」

「ジイちゃんが心配するから、お酒は控えてるの」

「いいことだ。酔いどれ女は嫁のもらい手ないからな」

「そ。でもジイちゃんの前では飲まないことにしただけ。陰じゃ昔通り酔いどれてるよ」

　ケロッと言う孫娘に、福太郎は相好を崩した。

「山本和美と同じだな。昔、会社に山本和美って女がいてさ」

また山本和美だ。

「こいつがよくできる女なんだけど、俺を尊敬しててね。酒の飲み方まで俺を真似《まね》しやがってさ」

この後、和美が福太郎の前では飲まないことに話が行き、またしても自慢になるのだ。いったい、何回話せば気がすむのか。

「長幼の序」を消防団で躾《しつけ》られている俊が、一手に聞き役に回る。助かる。

食後のスイカをテーブルに出した時、突然俊が立ち上がった。

「えー、皆さんおそろいなので発表致します」

福太郎が手を叩いた。

「オオ、入学を東学大に伝えたか」

と、嬉し気に純市とグラスを合わせた。

俊は大きく息を吸うと、ハッキリと言った。

「僕、大学には行かないことにしました」

グラスが、宙で止まった。

「松木ファームで農業やります」

誰も声がなかった。賛成とか反対とか言う以前に、俊が何を言っているのか理解できていないのだ。

「突然に聞こえるかもしれないけど、前から松木ファームの農業に関心があった。それで今年、大学からの誘いが来ると、何か尻に火がついちゃって」

「俊、パパにはわけわからん。お前の一番やりたいことは箱根駅伝に出ることだろ」

「うん、ずっとそれ。だけど、色んな大学から推薦が来た時、考えちゃって。僕、どこに入っても箱根路を走れずに卒業するなって」

「そういう見切りのつけ方、恥ずかしいと思わないのか」

「いや、見切り時だと思った。勧誘されて尻に火がついてわかった。今、僕が一番やりたいのは箱根を走ることじゃないって」

「だからって突然農業に行くか？」

「だから突然じゃなくて、前から関心があったって言ってんだろ」

「関心だけでできる仕事じゃないよ。何の知識も技術もなく、ファームでバイトしてただけの十八歳だろ」

「わかってるよ。教わりながらやるし、松木さんだって脱サラして四十歳からのスタートだよ。できるんだよ」

「松木さんが四十からできたんなら、お前も四十からでいい。四十からやれ」

純市は畳みかけた。

「大学に行って、箱根にも挑戦して、それからやれ。それでも二十三だ」

「その時、松木さんは八十だよ。農業教えるのは無理だって」

「松木さんは独学でなし遂げたんだろ。八十でもそばにいてくれりゃいいだろうが」

「要は僕のこと、大学やりたいんだろ」

大学だけは出しておきたい。それは明代もまったく同じだ。大学が何の役にも立たないとしても、出ておいた方がいい。

「僕、一生できる仕事として、野菜作りに絞った。何を言われてもやるから」

明代は俊の強い言い方を受け、穏《おだ》やかに諭《さと》した。内心は全然穏やかではなかった。

「だけど、あれほど夢見て、あれほど頑張った箱根よ。一生選手ではいられないけど、後進の指導はできる。監督になったり、学校の先生になったり、色んな仕事があるでしょ」

「それも一生は続けられない。若い人に道を譲らされたり、定年があったり」

明代はチラと純市を見た。

大手デパートに勤めていた純市は、「ここで一生働いてどうなるのか。定年と同時に俺の一生は終わるのだ」と悩んでいた。明代も同じデパートの社員として、そのやるせなさはよく理解していた。

あの時、「娘と結婚して『雀躍堂』を継がないか」と申し出た福太郎に、純市はすぐに乗った。それは、俊と同じに「一生を懸《か》ける」には、大会社勤務は値しないと見切ったのだろう。

「僕、仲間をふやして、地域と連係して、松木ファームを全国区にする。松木さんの野菜は、いつまでも『知る人ぞ知る』じゃもったいないって、周囲はみんなわかってるんだよ。いずれは自家製野菜のレストランも作って、岩谷野菜を絶対にブランド化する」

それならなおさら大学での学びは必要だ。純市は断言した。

「わかった。ならば、まず大学に行け。それから農業をやればいい」

明代もすぐに賛成した。

「大人の狡《ずる》さと思うかもしれないけど、東学大出身という肩書きは社会では大きいの。俊が思ってるよりずっとずっと」

「それはわかる。だけど、東学大で法律や経済を勉強する四年間、もったいない」

それを聞くと、純市は大きくうなずいた。

「それなら農大に行け。推薦大学はみんなやめていい。農大でみっちりと農業を学べ」

落としどころとして、それはある。やはり大学は出ておいた方がいい。

明代もうなずいた。

「俊の農業への思いを聞くと、大学で学ぶことが重要だと思うよね。たとえば日本農大とかどう？　あそこなら箱根もゼロではないでしょ。箱根をめざすことは、農業をやる上でも絶対にプラスになる」

日本農業大学は、やはり箱根駅伝の本戦に出場するレベルにはない。だが、東学大と同じに予選会には必ず出場する。そして、それを突破して本戦に出た過去もある。

「パパもそう思う。確かに、俊が今から理系の受験勉強するのは大変だと思うよ。だけど、一番やりたい農業のためだ。頑張れるだろう」

俊は両親の目を、正面から見た。

「農大には行かない。箱根ももういい」

そして言い切った。

「僕、考えて考えてたどりついたんだよ。箱根に青春を懸けるより、農業に一生を懸けようって」

一寸の先もわからない無謀な夢を語る俊の目には力があった。「青春」という限りあるものから、「一生」という生涯のものに飛び込む目かもしれない。

誰も何も返せなかった。

梨子は太り気味だというのに、デザートのケーキの二つ目に、無言で手を伸ばした。

「実は僕もちょっと農大を考えたんだ。それで、カリキュラムを調べたり、うちの卒業生の農大OBに聞いたりもしたよ。確かに『農法』を深く学べると思った。だけど僕が身につけたいのは、まずどう農業を維持していくかってことなんだよ。だから、すぐに松木ファームで現場に立ちたい」

純市が手で制した。

「その考え方は狭いよ」

俊がムッとしたのがわかった。

「松木さんがこだわる自家採種とか、農薬を使わないとか、そういう農法を農大できちんと研究して、理論的にもバックボーンを作っておけと言うんだよ」

「僕は早く現場に出て、学ぶって言ってんの」

「大学時代の四年間に、研究者から習ったり、全国の野菜農家を訪ね歩いたり、実習させてもらうことも大事だろう。それが大学のカリキュラムにあるかどうか、パパは知らないけど、なければ休みを利用して自分で行けばいい」

俊は一歩も引かなかった。

「それは松木ファームに入ってから、十分に両立できる。自分の現場を知って、それで他の現場も見せてもらう。学生よりずっと得るものが大きいに決まってるよ」

ケーキの二個目をあらかた食べた梨子が、断じた。

「私もやっぱり、基本をきちんと教わることはすごく大事だと思うよ」

「農大に行けっての？」

「いや、俊にとっては、四年間が長すぎてもったいないんでしょ。なら、二年間くらいの農業専門学校、ないの？　今、色んなジャンルで専門学校出た人がいい仕事してるよ。うちの病院だって、リハビリなんかの理学療法士も、レントゲンとかの診療放射線技師も大活躍だもん。みんな学校でしっかりと教わったことが、元になってんのよ」

明代は唐突に、吉田の俳句を思い出していた。季語がなかったり、意味がわからなかったりのあれらも、きちんと基礎を習えば違っただろう。何が「鉄道の句を詠ませれば、俺は先生よりうまいから」だ。

それまで聞き役一方だった福太郎が、ハッキリと言った。

「俊、お前の気持はよくわかった。十八で一生を考えるあたり、頼もしいじゃねえか」

　俊は頭を下げた。

　純市があわてて父を止めた。

「お義父さん、それは違うでしょう。頼もしいどころか単純に無鉄砲、無自覚です」

「いや、純市君ならわかるだろう。どこかの組織で都合よく使われて定年になる虚《むな》しさをさ。俊はだから青春に懸けるんじゃなくて、一生に懸けたいと言うんだ。十八歳がそれを言う。こんな頼もしい話があるか？」

　思いがけない援軍に、俊の目は潤《うる》んでいるように見えた。

　次の瞬間、福太郎は命じた。

「ならば、雀躍堂を継げ」

　部屋が静まり返った。もしかしたら、俊が「大学に行かない」と宣言した時より、皆は驚いたかもしれない。

「お前のその考えを満たすなら、何も他人の跡を継ぐことはねえ。家業の四代目として、一生を懸けて思う存分にやってみろ」

俊は混乱しているように見えた。

「大学は行かなくていい。そのかわり俺や父親から帝王教育を受けろ。間違いなく、お前の一生を懸ける価値がある」

俊は大きく息を吸った。

「ジイちゃんがたったひとつ、見逃していることがある。僕はゲームとかじゃなくて、農業が好きなんだよ。やりたいことは家業じゃなくて、農業なんだよ」

「ほう。お前、家業には魅力がねえってのか。家業は一生を懸けるに値しねえってか」

「違うよ！　僕は農業をやりたいってだけで、他の仕事をどうこう言ってんじゃないよ」

福太郎は一歩も譲らない。

「俊、よーく考えろ。他人に使われて終わる一生と違う人生が、お前にはすでに用意されてるんだ。それに向かえ」

俊は力のない目で、悲し気に福太郎を見た。

「ジイちゃんは、松木さんから『四代目がいていいですね』とかって言われて、『いや、思った通りに好きな道を生きればいいんです』って言ったよな。『跡を継がせるとかの時代じゃないんです』って言ったろ。それで『あっという間に八十五歳になるんですから』って。あれ、みんなウソかよ」

今度は福太郎が悲しそうな目をした。

「いや、ウソじゃない。だけど、どうせ継ぐんなら家業を継いでほしい」

それは明代の、そして純市の本心でもあった。今まで本心を隠して来たが、梨子も俊もわかっていたはずだ。

梨子が思い出したように言った。

「ファームの跡を継ぎたいってこと、松木さんは何だって？」

「まだ何も言ってない。僕、まず家族に言ってからだと思って」

明代はそれを聞き、まだ打つ手はある。何か翻意させる手だてがあると考えた。

第三章

言うことを言った俊は、スッキリしたのだろう。まだ残っているう巻きをたいらげ、スイカにかぶりついた。

福太郎も明代も純市も無言だった。何をどう言っていいのか、この場をどうすればいいのか。ただ、明代はまだ翻意への希望を持っていた。

誰もが、ぬるくなったビールを無理して飲んだりしていた。そんな中で梨子だけが、

「もう俊は最悪！　う巻き、私ももっと食べたかったのに」

と場違いな声をあげ、俊はオーバーに手を合わせた。

「ごめん。たまにしか来ねーヤツのこと眼中になかった」

「たまにしか来ないから、普通は気を遣うんじゃないの」

「そういう考え方もあるよな」

面白くもおかしくもないことを言っている姉弟は、このギクシャクした雰囲気を救おうとしているように思えた。

やがて俊はお腹をさわりながら立った。

「うー、食った食った。ごっそうさん！」

そして、笑みを浮かべた目で、みんなを見た。

「僕、人生懸けて力一杯やるから」

どう返したらいいものか、わからない。明代も純市も福太郎も決して許しているわけではないのだ。

「ジイちゃんも親父もごめん。四代目なのに四代目になれなくて」

深々と一礼すると、自分の部屋に引き上げて行った。

誰もスイカには手をつけず、気の抜けたビールをチビチビとなめた。せめて手を動かしているしかないのだ。

やがて梨子が台所に行き、密封容器やラップを持って来た。残った料理を移しかえたり、ラップで包んだりする。

「明日食べた方がいいよ。もったいない」

　明代はため息をついた。

「うなぎ料理より俊がもったいない」

　誰も返せなかった。だが、絶対にみんな同じことを思っている。頭がよく、スポーツマンで、根性もある俊を、どうして他人にくれてやらねばならないのか。

　梨子は使った皿などを重ね始めた。無言のリビングに、皿が鳴る音だけがする。

「ジイちゃんもパパもママも、今の世の中わかってるでしょ。子供は自由に自分の人生を生きるっていう時代なの。生まれた時から家業を継ぐって決められるとか、結婚相手を決められるとか、そういう時代じゃないの」

　片づけ物を盆にのせながら、

「思わぬ展開をさ、面白がっちゃいなよ」

　と、梨子は言った。

　福太郎が暗い顔で、

「面白がれねえよ。何だって他人の家業を……」

とつぶやいた。明代も純市もそう思っていた。

夜更《よふ》け、居間に夫婦二人きりになると、明代は相談した。

「松木さんにまだ話してないなら、何か引っくり返す手があると思うのよ」

黙って熱いお茶をする純市に、自信をこめた。

「俊だって人生懸けるとか言ってるけど、自信があるわけじゃないわよ。何か小さいきっかけで、目がさめるって言うか、事態が引っくり返ることって絶対にある」

「なら、どうやれって言うんだよ」

答えられなかった。自分では考えられないから相談しているのだ。

「俺たちが俊より先に、松木さんに状況を話すのか？　それで断ってもらうとか。そんなことなら逆効果だよ」

「……だからって、どうしたら」

純市は天井を見上げた。

「こういうことは、本人が気持を変えてくれるしか手がないんだよ……。うちの会社だって、退職決めた人間はどんなに止めても、いい条件出しても、みんな辞めてってたもんな」

純市はしばらく黙り、力なく言った。

「そういう時代なんだよ」

すでに諦《あきら》めている口調だった。

明代は諦めていなかった。家業は継がなくていい。そういう時代なら、それでいい。だが、きちんと大学を出て、安定した仕事についてほしい。農業なんて何の保証もない。今は若くても、将来はどうなるのか。おてんと様に左右される職業なんて論外だ。

よく若い人は「やらずに後悔するより、やって後悔した方がいい」と言う。恥ずかしくて赤面するほどのきれいごとだ。やって大失敗して後悔して、家族は崩壊。友人たちと顔を合わせることも避けて、生きて行くのか。後悔したくないからと、何にでも挑戦するのは頭が悪いだけだ。明代はそう思う。だが、俊にそう言ったところで、聞くわけがない。

先々のことなど考えないから、若者なのだ。先々がないから昔のことばかり言うのが老人なのだ……。

松木ファームには松木夫婦と克二、透、剛が集まっていた。俊が呼び出していた。

「何だよ、俊。突然」

克二が言うと、俊は立ち上がった。

「お話ししたいことがあって、集まっていただきました。休日にすみません」

俊は松木を見た。

「自分は高校を出たら、松木ファームで仕事をさせてもらいたいと思います」

「えーッ?!」

声をあげたのは美代子だった。他の者たちは意味がよくわかっていないようだ。

「俊君、松木の下で野菜作りをやるってこと？　大学に行かないで、会社に就職もしないで、農業をやるってこと？　松木ファームに就職するってこと？」

「はい。前から少しずつ考えていて、ここに来てハッキリと気持がかたまりました。松木さん、お願いします。野菜作り、教えて下さい」

松木は返事をしない。あまりのことに返事ができないのではないか。

克二が聞いた。

「お前、松木さんの跡継ぐってことか？」

「そんなだいそれたこと言えませんが、いつかそうなれたらいいと思っています」

明快な答に、またみんな黙った。

「学校にはまだ話していません。先に家族にと思って、昨日話しました」

松木が驚いたように目を上げたが、黙ったままだった。

克二が言った。

「反対されたろ。当たり前だ」

「はい。されました。自分は今、単なるバイトですけど、松木さんに鍛えられれば、必ず力をつけて行けると思います。仕事を広げて行けます。僕、まだ十八ですから」

誰にとっても、「十八」という若さはとうに忘れていたものだった。虚を突かれ、克二も返せなかった。

透が笑った。

「そうか、俊は紅白歌合戦を十八回しか見てないってことか」

笑いは起こらなかった。

「松木さん、自分は一生の仕事として野菜作りを選びます。腹も根性も据わってます。家族がとやかく言うことではありません。自分の将来ですから」

松木は何も答えず、透がスパッと言い切った。

「松木さんには悪いけど、俺は反対。俊は今、熱に浮かされてるんだよ。俺も十八だったもんな、ハリウッドで映画プロデューサーになるって、本気で思ってたのは。根拠もないのになれるって確信があった」

俊を正面から見た。

「俺、今、心の底から思ってるよ。映画プロデューサーの道に進まなくて本当によかった」

透は松木に目をやった。

「松木さんの農園は一代でつぶすには本当に惜しいと思います。だけど、俊は必ず熱からさめます。若いから、一度やってからやめてもやり直しはききますよ。だけど俊、松木さんをその気にさせて、責任取れるか？」

剛も反対した。

「俊は優秀だし、有名大学から引きもあるんだし、俺もそれを生かす方がいいと思う。言いにくいけど、いくら教わっても、俊が松木さんになれるもんでもない」

俊は気色ばんだ。

「何もやらないうちから、そう言って欲しくないです」

克二がなだめるように、その言葉を継いだ。

「そりゃそうだよな。実は俺は賛成なんだ、松木さんの仕事を継ぐの。十八でここまで決心する何かがあるんなら、やれよ。うまく行くか行かないかなんて、十八で考えることないよ。うまく行かせる気だけで、突っ走れる年齢なんだ」

「克二さん、そりゃきれいごとですよ」

透が鋭く言った。

「十八にもなったら、自分の将来を本気で考えないと。『うまく行かせる気だけで突っ走れ』は乱暴です」

「乱暴じゃない十八は、人生に失敗もしなけりゃ成功もしない。それで面白いか？」

克二はゆっくりと言った。

「最近、思うんだよ。人間の九十九パーセント以上は結局普通に生きて、普通に死ぬんだなァって。必ず『普通って何だ』とか『九十九パーセントってどっから出た数字だ』とか、難くせつけるバカはいるよ。でも、俺自身の実感で言ってんだ。学生の頃、末は大経営者かノーベル賞かとか、何か大物になりそうだってヤツ、男にも女にもいたよ。だけど、俺の感じじゃ九十九パーセント以上が、一般市民として生きてる」

克二は遠い目をした。

「子供がいて、ローンを抱えて、会社に通って。優秀なヤツらも、優秀じゃなかった俺も同じだよ。クラス会なんか行くと思うもんな。誰も彼もやっぱり普通か……って。俺と同じに、少ない小遣いからクラス会の会費出して、来てんだなって」

克二は語気を強めた。

「誤解するなよ。俺、『普通』は全然悪くないと思ってるよ。ただ、何をやったって、たいていは普通以上にはならないってこと。どうせ一生、小市民なら、やりたいことに舵《かじ》を切って生きる方がいい。最近、そう思う」

俊が克二に言い切った。

「僕、普通でも普通でなくても、生きて行くにはカネが大切だと思ってます」

「その通りだ。カネで幸せは買えないって、誇らし気に言うヤツはいるけどな」

「はい。カネだけで幸せにはなれませんが、カネがないと幸せになれない。僕はそう思ってます」

俊は大きく息を吸い、松木の方を見た。

「なら僕は、好きなことを仕事にして、それでカネを得たい。カネが得られるよう頑張ります。やりたくない仕事してカネを手にしても、絶対に幸せじゃないですから」

一言も口を開かなかった松木が、初めて言った。

「俊の面倒は見られない」

初秋の雨が窓を叩き始めた。

「実の息子二人が逃げた仕事を、他人の息子にさせられない。二人が逃げたのは『朝から晩まで』が原因だよ。朝から晩までの仕事があまりに過酷だってのがひとつ。もうひとつは農場主の俺が、朝から晩までカネの工面とカネの回し方を考えていること」

美代子がうなずいた。

「私もこの人も、内心では息子のどちらかが継いでくれないかと思ってたの。でも、賃金は安いしボーナスもない。何よりも、金銭的に成功しないと、次の代には譲れないのよ。どうして、大切なよその息子に譲れる？　一代で終わることは、私たちも責任から解放されることなの」

俊は引かなかった。

「松木さん、僕がこの仕事を習いたくて、このファームを続けたいの、嬉しくはないですか」

松木は長くおし黙った。そして言った。

「……嬉しいよ」

「なら、やらせて下さい」

今度の松木はすぐに言った。

「なら、雀躍堂継げ」

にらみつける目だった。

「優良企業の四代目オーナーとして、もっと大きくしろ」

俊もにらみつけた。

「僕がやりたいのは野菜作りです」

「だから、面倒見られないって言ってんだろ」

雨の音だけが激しくなった。

克二が松木を見た。

「たとえば五年間だけ、俊にやらせてみたらどうですか。五年たっても俊は二十三です。二十三なら大変な若さで、いくらでもやり直しがききます。五年たってダメなら、そこでファームを閉じればいい」

反対していた透が後押しした。

「五年と区切るんなら、俺も大反対はしない。俊も気がすむだろうし。な、剛」

「そうですね。ただ、俺が家業のクリーニング店を継いだ時、どれほど親が喜んだかと思うと、俊も家族に頭を下げた方がいいよ。『五年やってダメなら、雀躍堂を継がせてくれ』って。克二さん、そう思いませんか」

「その通りだな。だから五年間だけ好きにさせてくれって」

松木はこのやり取りを聞きながら、体に力がみなぎるのを押さえられなかった。

他人の息子を、こんなに不安定な仕事に引き込めないと本気で思いながらも、「徹底して鍛える」と早くも思っていた。十八歳が、まだ十代の少年が、閉めるはずの農園に飛び込んできた。信じられなかった。

「松木さん、俊のことお願いします」

克二がそう言って頭を下げ、俊も透も剛もそうした。

松木は心の中で、「俊が一人前になるまで死ねないな」と思った。五年で一人前になれるわけもなかったが、松木は老いた自分が、十八歳によって生き直す熱をハッキリと感じた。

だが、それを見せるのは恥ずかしい。大きく息を吐く松木の思いを、美代子だけは察していた。

明代は松木から「お話がありますので、お伺いしたい」という電話を受けた。

その夜、リビングには明代、純市、福太郎、そして俊が並んだ。松木には克二がつき添っており、二人ともスーツを着ていた。

明代が教育勅語と五箇條の御誓文の克二と会うのは初めてだったが、確かに堂々とした三十歳だ。

松木の話は聞かなくてもわかる。戸山家にとって歓迎すべきものではない。今もって何とか翻意させられないかと悶々としている。あの日、「それなら家業を継げ」という祖父や親の本心が顕《あら》わになったことで、家族はギクシャクもしている。

家族が何かを言う前に、松木が頭を下げた。

「俊君から気持を聞き、声もないほど驚きました。農業に関心があったことはわかっていましたが、まさか本格的にやりたいと言うとは考えてもおりませんでした」

家族三人は伏し目がちだった。

一人息子の気持を変えることはもはや無理だろうと、覚悟はついていた。どうにもならない諦めがそうさせていたし、親の方が子供に同調する、ということも「時代」なのだと言い聞かせてもいた。

本当は明代も純市も、福太郎を同席させたくなかった。松木の顔を見たら「泥棒」と叫んで撲《なぐ》りかかりかねないからだ。

大切な息子が何としても働くという以上、松木と喧嘩になってはまずい。親は息子が働きやすいように、穏便に話し合いに応じるしかない。

明代と純市は同席をさり気なく遠慮させようとしたが、福太郎は無視である。そして、松木の言葉が終わるなり、強く言った。

「私は孫に、雀躍堂を継げと言いました。当然ですよ。そちらは自然相手の肉体労働で、収入も少ないでしょう。大根一本、菜っ葉一枚の薄利多売だ。いくらおいしいと評判でも三ちゃん農業で、先なんて何もないじゃないですか。どうしてそんなところに、大事な孫を渡せますか」

ああ、初《しょ》っ端《ぱな》からここまで言うか。言葉を選ぶとか状況を考えるとか、老人は頭が回らないのだ。

純市が慌てて何か言おうとした時、老害の人はさらに言った。

「松木さん、アンタ無責任だよ。自分の子供は二人とも安定した場所に隔離して、他人の孫を、それも十八の前途洋々な子をうまいこと丸めこんで」

さすがに俊が遮った。

「いや、それは違う。何としても松木さんの仕事がしたいと、僕から言った。自分ではずっと考えてたけど、決心がつかなかった。自然相手で保証はないし。だから、東学大に行こうと思ったんだよ。だけど……やっぱりやりたい。やる。気持がかたまったから突然言ったんだよ」

克二が同調した。

「その通りなんです。自分や消防団の仲間もその場にいて、松木さんもみんな初めて聞いたんです。松木さんはハッキリと『面倒見る気はない。雀躍堂を継げ』と命じました」

純市が静かに応じた。

「正直なところ、うちは誰も賛成しておりません。本人がいくら熱くなっても、あまりにも無謀な選択で、長く生きてきた親から見ればとても喜んで送り出せません」

松木は静かに言った。

「はい。農業は誰にでも推められる仕事ではありません」

やっと穏やかな空気になるかという時に、老害の人はそれをひっくり返してくれた。

「そうだよ。農業人口はどんどん減ってンだろ。その理由は明確だって、テメエらが一番わかってンだろうが。そうだよ、『きつい、汚ない、危険』の３Ｋじゃねえか」

純市が「それ以上は言うな」とばかりに、慌てて福太郎の体を突ついたのが、明代にも見えた。だが、明代は「もっと言え、もっと言え」と思っていた。常識人は忖度《そんたく》して言えないことを、老人は平気で言う。老害も役に立つというものだ。

思えば老害とされる人は、口数が多い。後先を考えず、言いたいことを言う。そんな自分に酔い、際限なくいくらでも言う。

まだまだ先のある人間は、つい相手の立場を考えたり、言葉を選んだりする。これからも生きていく以上、ことを荒立てたくない。だが、老人はどうせ、近々お迎えが来るのだ。強気だ。

純市が突ついた手を簡単に払いのけ、福太郎は続けた。

「3Kのくせしてボーナスもなけりゃ、給料だって他人《ひと》に言えねえ額だろ。採れ高払いか？　採れねえ時は現物支給か？　キャベツや大根で払われても困るってんだよ」

そうだ、そうだ。

純市が何か言いかけたが、今度は明代がその体を突ついた。ここは老害の人に任せる方が得策だ。どうせ半端に若い純市は「子供の人生ですから」などとつっまんねーことを言うのだ。

するといいが強い目を向けた。

「大手デパートを辞めて、雀躍堂に入った親父ならわかると思う。他人に命じられてやる仕事で一生を終えたくないって。農業は全部自分で考え、自分で決断する。雀躍堂を、自分の力でここまで大きくしたジイちゃんなら、もっとわかるだろ」

まずい！　明代は焦った。こんなことを言えば、福太郎を有頂天にするだけだ。たちどころに自慢や昔話になり、老害の悪いところが全開になる。また行きつく先は山本和美になる。

「俊の言う通りだ。ジイちゃんは他人に命じられて生きるのは男じゃないと思ったんだよ。だから、頭を使いまくってさ」

俊はそれを聞き、笑顔を見せた。こいつ、十八のくせして計算ずくだ。明代はあきれていた。

「うん。僕はジイちゃんの男としての生き方、すごく尊敬してるし目標なんだよ。一人で未知のジャンルに飛び出す気概っていうか、ジイちゃんだけは理解してくれると思う」

計算ずくでいくらでもべらつく。

「俊、わかるよ、当たり前だ。ジイちゃんもな、周囲の反対を押し切ってさ。あれはいつだったかなァ」

何とか止めないとならない。明代は割り込んだ。

「松木さん、夫も私も息子の気持はわかるんです。ですけど、高校生のバイトでしかない息子に、こんな大きな決断をさせるのは恐いんです」

「はい。今、福太郎さんがおっしゃったことはすべて当たっています。私は今もってお金の問題が頭から離れません。小さな農園が自然を相手にすることは、ご家族が考えておられるより遥かに大変です。それでも生きている実感が湧く仕事ですから、何とか息子のどちらかが継いでほしいと祈っていました。でも、二人には話をする前に断わられました。時代が時代ですから、私もすぐに一代で終わりにしようと決めました」

現実に戻された福太郎は、また核心をついた。

「うちの十八の孫がやりたいって言ったんだから、松木さん、シメタと思ったでしょうが」

「言われた夜は眠れませんでした。責任が負えないという恐さと、あと……やはり嬉しくて」

「ほう。とろけたかね」

「もう一度、自分が生き直せるみたいな力が湧きました」

「そりゃ、こっちのセリフだよ。孫が雀躍堂継いでくれりゃ、このジジイも父親もみんな生き直せるんだ。よそのクソジジイを生き直させてどうする。盗っ人はいつの世も猛々《たけだけ》しいよ」

老害の人でなければ出ない言葉だ。よく言ってくれたと思う明代だったが、さすがに俊が怒ったように言い切った。

「僕、ゆくゆくはレストランも併設したいし、農業体験とか、岩谷市の喧嘩祭りに合わせて何かイベントもやりたい。岩谷市や近隣の農家と手を組めば、色んなことができるんだよ。絶対に『岩谷野菜』をブランド化する」

純市がたしなめた。

「それができれば万々歳だけど、世の中ってとこは、たいていのことはうまく行かない。ブランド化どころか、その日のメシも食えなくなる」

「俊、ママもそう思う。パパのような心配は、親なら誰でもするよ。松木さんがいつもお金のことを考えてるって、正直に言ってくれたけど、どう考えても条件が悪すぎるわ」

松木はすぐに同調した。

「その通りです。それだけでも条件が悪いのに、俊君には言いましたが、もしもうちの仕事をやるなら、丁稚《でっち》になってもらうしかないんです」

「えーッ?! デッチ?! 今時、デッチ?!」

明代は叫び、純市は固まった。

「はい。丁稚はうちに同居が望ましいんですが、今の時代ですから、通い丁稚でも構いません」

「カヨイデッチ……」

「はい。私は今、毎朝五時半に起きます。朝食後、七時までに事務仕事を終え、七時半には畑に出ます。いったん九時には帰宅し、野菜を洗ったり、不要な葉を取ったり調整作業をやります。それを計量して袋詰め、箱詰めをやって

発送します。午後に再び畑です。夕方にはバンで配送に回ります。丁稚として
ずっと一緒にやってもらわないと、流れがわかりません」

一気に言う松木に、福太郎がのどかな声をあげた。

「そう言や昔、『番頭はんと丁稚どん』というテレビドラマがありましたなァ。茶川一郎《ちゃがわいちろう》とか大村崑《おおむらこん》とか出て。笑えたなァ、アレ」

福太郎を無視し、純市が確認した。

「今の時代でも丁稚は無給ですか」

「はい。住みこみも通いも丁稚は基本的に無給です。ただ、食住はついています」

のどかだった福太郎が大声をあげた。

「ダメだ。笑ってられない。それだけ働かされて無給じゃ、息子二人が逃げて当たり前だ。雀躍堂がいかに優良企業かって、俺はよーくわかったよ。俊、人生を無駄にするな」

克二が割って入った。

「この先、俊君が失敗するかどうかは半々です。何も始めないうちから、その

半分ばかりを考えることこそ、人生を無駄にしませんか」

　そして、皆を見回した。

「僕は五箇條の御誓文の他に、明治天皇の御製《ぎょせい》と昭憲《しょうけん》皇太后の御歌《みうた》がいつも心にあります。それは一日一首詠まれたものですが皇太后に次の御歌がありまず」

　克二はゆっくりとそらんじた。

「かりそめのことはおもはでくらすこそ　世にながらへむ薬なるらめ」

　明代でも意味はとれた。これから先、起こるか起こらないかわからないことは、思わないで暮らせと詠んでいる。それこそが、人生を長く生きるための薬だと説いている。

　克二は畳みかけた。

「僕の息子はまだ五歳ですが、子を持つと親の気持がわかります。息子が俊君のようなことを言ったら反対します。ですがその時、御歌を思い出すに決まっています」

　克二は身を乗り出した。

「どうでしょうか、五年間だけ俊君に好きなようにやらせてみては。五年後に本人が失敗だと思ったら、やめればいいんです。それでも俊君は二十三です。いくらでもやり直しのスタートが切れます」

室内は静まり返るしかなかった。

やがて、松木が姿勢を正した。

「そうさせて頂けませんか。十八歳から思いっきり五年間やって、それでダメなら本人も私も諦めがつきます。後悔もありません。もし、五年より前にダメだとなったら、そこでやめて構いません」

俊が間髪を入れずにハッキリと言った。それは「宣言」という言い方だった。

「僕、まずは二十三まで徹底的にやります」

これで許していいのか。明代はそう思ったし、純市も思っていた。

だが、誰よりも早く、老害が答えた。

「わかった。松木さん、五年間だけ、五年間だけ通い丁稚させます。よろしくお願いします」

そして、俊に命じた。

「五年たってダメなら、雀躍堂継げ」

明代は「ダメなら大学に行け」と言いたかった。しかし、俊は福太郎に大きくうなずいていた。

「そのつもりだった」

これですべて……終わった。

明代も純市も、大切に育てた息子を他人に盗られた気がしてならなかった。もしかしたら五年たてば、いや五年より前に雀躍堂に入っているかもしれないが、かりそめの希望は持たないことだ。

純市が婿入りすると決めた時、茨城の両親は息子を盗られた気になったのではないか。今頃になって胸がふさがった。

翌日の昼、俊は福太郎を「セーヌ堂」のランチに誘った。福太郎が許可を出したから、父も母も従ったのだ。五年たてば、いやもっと前に見切って家業に就《つ》くだろうと期待していたにせよだ。

クッキーで有名なセーヌ堂だが、小さなレストランも併設していた。日曜日は特別ランチが千八十円で食べられる。俊にも支払えて、かつ洒落《しゃれ》た雰囲気が福太郎へのお礼にふさわしいと思った。

窓辺の席で、俊は立ち上がってお辞儀をした。

「ジイちゃんのおかげで、松木ファームに入れます」

「どうせ、五年たたねえで帰ってくるよ。そしたら雀躍堂の四代目だ。松木に恩を着せたし、俺はうまいことやったよな。こっちがお礼したいよ」

俊は笑って受け流した。絶対に野菜作りでプロになると決めていた。ここまで家族や家業に衝撃を与えた以上、何があっても乗り越えてやるという自信もあった。

福太郎はマグカップのコンソメをすすった。

「いいもんだな、孫におごられるってのは。パトカーのオモチャ持って、ヨチヨチと歩いてた孫にな」

「いつか松木ファームに僕はレストランを開く。そしたら最初にジイちゃんを招待する」

「丁稚奉公から始めて、いつになるんだかな。俺が生きてる間に……」

福太郎が最後まで言い終わらないうちに、ひとつ置いたテーブルから激しい声がした。

「誰か店の人、ちょっと来てッ」

見ると七十代後半かという女性だった。一人で千八十円のランチコースのようだ。

若い女性店員が飛び出してきた。

「何よ、アンタ、バイト？　ちゃんとした人を出してよ。早くよ、早くッ」

出て来た男性店長を一瞥《いちべつ》すると、女性は厳しく言った。

「スープがぬるいのよ。さんざん待たせたあげく、人肌のスープって何なのよ」

「申し訳ありません。熱々のところをお出ししたんですが」

「言い訳したって、ぬるいものはぬるいの。ミニサラダのレタスは乾いてるし。こんなもの出して、セーヌ堂の名が泣くわよ。ランチメニューだからって手を抜いてるの？」

「いえ、決してそんな」

「へえ、そう。私、今日までに何回注意した？　何回言ってもダメってことは、手を抜いてるからよ」

「すぐにスープとサラダをお取りかえ致します」

「私、取りかえろって言った？」

「え？」

「そうじゃなくて、ご注意申し上げてんのよ。安いランチでも手を抜くなって」

「申し訳ございません。ご注意頂きましたお礼に、今回はお支払いは結構です。ありがとうございました」

「バカにしないで」

迫力のある低い声だった。

「私がタダにしてもらおうとして、イチャモンつけたと思ったのね？」

「あ、いえ決して」

「もういい。ぬるいスープも乾いたサラダも頂きます。お代は支払いますが、二度と来ません」

店長はさらに頭を下げると、俊と福太郎のところに来た。

「スープとサラダ、お取りかえしましょうか」

福太郎が、二人のカラのカップと皿を示した。

「いや、スープは熱かったし、サラダも乾いてなんかなかったよ」

「そうですか、安心しました」

福太郎は声をひそめた。

「あのバアサン、単なるクレーマーだろ。今日まで何回もクレームつけてるって言ってたな」

福太郎は彼女の席を見やり、声をひそめた。

「そのたびに二度と来ないってんだろ。で、毎回来てんだろ」

「いえいえ。毎回、ご要望にお応えできませんで、当店が悪いものですから」

「カッコつけなくていいって。人間、年取るとさ、何にでもクレームつけるヤツがいるんだよ。老害だよ。老害なんて放っとけって」

「お客様も何かございましたらおっしゃって下さい。どうぞ、ごゆっくり」

店長は一礼すると、奥へと消えた。福太郎は自分の老害など思いもせずに、俊にぼやいてみせた。

「イチャモンつけるのが生き甲斐の年寄りってのは、昔っからいるんだよ。イチャモンつけてる間は、少なくとも相手にしてもらえるからな」

クレーマー女性は不快気に、チキンソテーにナイフを入れていた。

「年寄りはいつも感じてんだよ。自分は『いてもいなくてもいい人間』に扱われてることをさ」

「え、そう感じてるの？」

「当たり前だよ。まともな年寄りなら、俺はいらねえ人間だなってわかるよ。だから、クレームでもつけなきゃ、生きてンだか死んでンだか、自分でもわかんねえ……」

「あの人は、ぼっちランチだもんな」

「何だ、それ」

「一人ぼっちのランチ」

福太郎は自分の幸せを思った。自分は孫息子の将来に断を下し、お礼のランチをごちそうになっている。松木との席では、確かに純市や明代より存在感を示していたと自信があった。もともと自分が老害の人とは思ったこともない福太郎だ。今も他の老人と違い、要《かなめ》の人間なのだ。そう思うと、ゾクゾクした。

その時、レジから声が聞こえてきた。ぼっちランチの女だった。

「こんな物、いりません。二度とあいうスープやサラダを出さなければよろしいの」

店は詫《わ》びのつもりか、小さなクッキーの袋を渡そうとしていた。ぼっちランチはミもフタもなく手で払うようにすると、外に出て行った。

「もらっときゃ丸く収まるのになァ」

俊の言葉に、福太郎は首を振った。

「もらっちゃ沽券《こけん》にかかわるんだよ。老人だからってなめるなって」

「老人が思うほどなめてないと思うけどな」

「なめてるよ」

彼女のテーブルのチキンソテーは半分残され、デザートのプリンにもコーヒーにも手をつけていなかった。これも沽券なのだと福太郎にはよくわかっていた。

玄関で大きな声がした。

「こんにちはーッ。福太郎さーん、いる？」

「あがるよーッ」

明代がエプロンで手を拭《ふ》きながら出て行くと、吉田と桃子だった。

二人はリビングに入るなり、大きな紙袋を差し出した。

「明代さん、弘前《ひろさき》の嶽《だけ》きみ。出始めよ！」

トウモロコシが五、六本入っていた。

「あらァ！　二人して青森に行ってたの？」

「そ。ＧｏＴｏトラベル、ＧｏＴｏイートの恩恵をたっぷり頂いて」

「まったく仲のよろしいこと」

「この嶽きみって、間違いなく日本で一番おいしいトウモロコシよ。ね、アンタ」

「桃子の『ふるさと愛』に、俺もすっかり津軽《つがる》人だよ。それを差し引いても、これはうまいよ」

「青森じゃトウモロコシをきみって呼ぶの。ね、アンタ」

「そう。嶽高原で採れるんだけど、寒暖差が大きいからな、きみの糖度は十八度以上だよ。果物並みで生でも食えるよ。な、桃子」

二人の声に福太郎も出て来た。

「しかし仲いいねえ、アンタら。新婚旅行でも通るよな」

二人は渋面《じゅうめん》を作った。

「いやいや、俺はいい句が浮かばなくて苦しい旅でさ。桃子はスケッチしながら、青森の空は美しすぎて描けないって、苦しむし。な、桃子」

「そう。水彩画で一番明るいのは、画用紙の白なのよ。だけど青森の空はそれより明るいの。でも空は白じゃなくて青でしょ。どうやって、あの明るい故郷の空色を作るか。泣いちゃった」

「ホントに泣いてやがんの。だけどやっと会心の空色が作れたんだよな」

桃子は誇らし気にスケッチブックを広げた。それは逮捕された犯人を隠すような、ブルーシートの青だった。この色作るのに泣くか？　ホームセンターのペンキコーナーにはいくらでも並んでいる色だ。

吉田がカバンからノートを取り出したので、明代はすぐに腰を浮かした。

「お茶いれますね」

ノートに書かれた駄句の感想を聞くに決まっている。

「明代さん、いいから座わって」

明代が立つより、吉田がノートを広げる方が一瞬、早かった。

「第二句集は、故郷青森の句ばかりにしようって桃子と話してさ。ま、俺も心は津軽人だからよ」

吉田はもったいぶって一句をそらんじた。

「『満月やウサギ餅《もち》つく無人駅』。月は秋の季語で、餅つくは冬の季語だけどよ、今は温暖化で季節も変わったからよ」

そんなムチャクチャが、俳句に通用するものかと、明代でさえ思った。

また、その句に合わせる桃子の絵は、大福餅のようにのっぺりと丸い満月だった。そこにウサギだかカピバラだか不明な動物が、バットを振っているシルエットだ。

福太郎がおごそかに感想を言った。

「いい句だけど、いささか時代遅れの感はあるな。宇宙にも月にも行ける今、ウサギが餅ついてるなんて子供だって思わねえだろう」

明代は「いいからほめておけ。ほめて早く終わらせろ」と目配せした。だが、福太郎は時代をとらえた自分の意見に惚れ惚れし、胸を張っている。

「福太郎さん、そりゃ違うよ。人が宇宙や月に行きたがるのは間違ってるんだ」

「どうして。人間のロマンだよ」

「だから、俳句やらないヤツは浅いってんだよ。月に行きたがるのをロマンだと言うなら、ウサギが餅ついてると思うのもロマンなんだよ」

桃子がすぐに同調した。

「この人の言う通りよ。何でもかんでも解明するのが正しいとする人は、オツムが一直線で文学や芸術を理解できないのよ。宇宙や月を解明してどうすんの。つまんない一生だよ。アンタ、あのすごい一句を披露しなよ」

大変だ。明代は今度こそキリッと立った。

「お茶いれてきます」

「明代さん、お茶は夫のすごい一句の感想を聞いてからでいいわ」

笑顔でこの強さだ。とても出て行けない。致し方なくまた座わる。

下手な趣味を講釈する老害はどうにもならない。有識者だか何だかが「いくつになってもチャレンジできる」だの「好奇心に年齢はない」だのと、煽《あお》るからだ。まったく、有識者だか何だかは、責任取れるのか?

「奥津軽で詠んだ一句だ。『在来線粧《よそお》う山が見え隠れ』」

吉田は明代に能書きをたれた。

「俳句では『山笑う』が春の季語で『山滴《したた》る』が夏なんだよ。秋は『山粧う』。明代さん、冬は何だと思う?」

「さあ……『山白く』ですか」

「つまんない答だね。『山眠る』だよ。俳句の世界では、山ひとつの四季に、これほどの美しい言葉を使うんだ。在来線で林の中を走ると、紅葉で粧った山が見え隠れする。俺はそれを詠んだんだけど、桃子の絵、これがまた風情があってね」

スケッチブックには、広島のもみじまんじゅうのような紅葉が描かれていた。

明代は今度こそ、立ち上がった。もみじまんじゅうの感想を聞かれる前に、何としても逃げねばならない。

岩谷市から見える秩父《ちちぶ》連山が、「山粧う」になった日、明代は福太郎の定期検診につき添い、岩谷市民病院にいた。

特に悪いところはないのだが、年齢も年齢なので三ヵ月に一度は血液検査やレントゲンや、問診を受けている。

コロナワクチンはこれからだが、入口で体温を計られ、消毒液を手に取る。

医師は検査のデータを見ながら、

「年齢相応の衰えはありますが、なぜか前回より数字がいいんですよ。たいしたもんだなァ。ただ、必ずワクチン接種を受けて、感染防止対策に気を抜かないで下さい」

と言って笑顔を見せた。

ロビー階には会計窓口がいくつもある。明代は福太郎とその列に並びながら、つい俊のことをぼやいた。

「五年間だけと言われても、ずっと戻って来ないこともあるよね……」

「いや、一年で戻ってくることだってあるよ。かりそめはやめろって」

「うん……。俊を取られて、何か張りあいなくなっちゃって」

「俺は生きる気力が湧いてきた」

「松木さんみたいなこと言うね」

「俊が戻ってくるまでは絶対に死ねない。戻って来る日を思うと、気力が湧くんだよなァ」

「だから、前回より数字がよくなってんだ。めでたいジイサン」

ご機嫌に高笑いする福太郎が会計を終えた時だ。隣りの窓口から怒鳴り声が聞こえてきた。

「この計算おかしいじゃないの。私は後期高齢者で、医療費は一割負担よ。何だって十割負担になってんのッ」

「いえ、それは先ほど二番窓口でご説明致しました通りで」

「アンタじゃダメ。二番窓口の係員も言ってることが要領得ないのよ。わかる人出してッ」

「担当の私が十分にわかりますので」

「いいから、わかる人出してッ」

響く声に、会計を待つ人たちが目をやる。

立ち去りながら福太郎も声の方を見た。その瞬間、「あッ」と息を飲んだ。ぼっちランチの女だった。

福太郎は明代に、

「セーヌ堂でもクレームをつけて騒いでいた女だ」

と小声で言った。そしてもっと小声で言った。

「一人ぼっちでメシ食ってて、俊が『ぼっちランチ』の女だと言ったんだよ」

カウンターではすぐに男性係員が出て来て、丁寧に説明している。怒《いか》れるぼっちと違い、説明の声は小さいが、何となく事情はわかった。

ぼっちは今回、健康保険証も診察カードも忘れたのだ。別のバッグに入れたままだったらしい。そのため、二番窓口で臨時の診察券が発行された。その

際、

「今回は、この臨時診察券で診察できます。ただ、診療費は便宜上、今回だけ十割頂きます。次回にその九割を返金致しますので」

と説明を受けていたようだ。ぼっちはろくに聞いていなかったか、理解できなかったかだろう。

丁寧に説明する男性係員に、くってかかった。

「だからって私に今日、一万円近くも払えって言うの？　私じゃなくたって、年金暮らしが突然そう言われたら、誰だって困るわよ。私、一割の千円だけ支払いますから」

「いえ、申し訳ございませんが、決められておりますので今回は十割お支払い下さい。次回必ず九割を返金致しますので」

「信用できないわッ」

「いえ、今まで忘れた方にはそうしておりますし、パソコンにも入っております。ご心配には及びません。ご説明がわかりにくくて大変失礼申し上げました」

「病院長にちゃんと教育するように、私からお手紙出します。よろしいわね」

言い放つと男性係員の名札を見た。

「山岡徹《やまおかとおる》……さんね。そっちの女性は井上由麻《いのうえゆま》さんね。では十割支払って行くわ」

不快気に支払いを終えると、ぼっちは窓口を離れた。その時、ソファで様子を見ていた福太郎が彼女の前に進み出た。

「私は認知症気味なのか、しょっちゅうカード類を忘れるんですよ。だけど毎回、必ず九割を返金してくれますから心配いりません」

そばで聞いていた明代は、首をかしげた。カード類は常に明代が管理し、一度も忘れたことなどない。

福太郎はぼっちと並ぶようにして、正面玄関へと歩き始めた。

「まったく老人には面倒なことばっかりですよ。もっともお宅様はお若いんで、たまたま今回びっくりされただけでしょうが」

明代も並んで玄関口へと向かう時、福太郎がさもさり気なく名刺を出した。

「雀躍堂経営戦略室長」の名刺だ。

「私、こういう者で、隣りは娘です。また病院でお会いするかもしれませんね」

すると、ぼっちもバッグから名刺を出した。表には「岩谷市営公民館　元館長　村井《むらい》サキ」と印刷してあった。

「すごいですね。あの大きな公民館の館長でいらしたんですか」

「いいえ、お宅様こそ。兄たちが雀躍堂のゲームが大好きで、よく家族でやりましたわ」

サキの名刺の裏には、これ以上は印刷不能というほどぎっしりと、肩書きが並んでいた。それは「東日本大学教育学部同窓会　世話人」から「三丁目商店会外部アドバイザー」「子供会輪投げ大会相談役」まで、ほとんど名ばかりだろうという役職で埋めつくされていた。

明代はその名刺に目をやったまま、言った。

「お忙しいんですねぇ。公民館の元館長となりますと、何にでも狩り出されて」

サキはさも面倒くさそうに顔をしかめてみせた。

「断り切れませんの。すごく熱心に言われて」

明代はうなずきながら、腹の中では「肩書きを並べたがるのはヒマな老人ばかりよね」と思っていた。

その老人たちには「私はこれほどの人だった」という自己顕示欲があるのだろう。今となっては頭数にも入れてもらえないだけに、どうしても過去の栄華をわからせたい。名刺裏面のどうでもいいような肩書きは、今も社会から求められていることのアピールだ。

サキは正面玄関に続く廊下を歩きながら、胸をそらした。

「私、東日本大学の教育学部を首席で出まして、いえ、まぐれの首席ですよ。それから埼玉の県立、市立高校の教師を六十歳まで致しました。校長になるのがとても早かったもので、苦労も大変なものでしたが」

その後、再任用職員として公民館の館長になり、七十歳で辞めたと言う。

「館長なんてやりたくなかったんです。校長として底辺校を進学校に押し上げて、さんざん教育委員会でも有名になりましたし。もう十分に働きましたもの。でも市長や住民の皆様から、本当に三顧の礼を受けましてね」

「まあ！　さすがですわねえ」

明代は声をあげた。こういう老人はほめておくのがいい。「おだてりゃ豚でも木に登る」と同じだ。

「いえいえ。でも七十でやっと、何とか辞めさせてもらえたんですよ」

それが事実なら、「元館長」とは印刷するまい。辞めたくはないが、下がっていたのだろう。

「おかげでこうやってゆっくりと定期検診を受けて、読書三昧《ざんまい》の暮らしが八年になります。今が一番幸せです」

今が一番幸せな老人は、クレーマーにはならない。だが、明代は大げさに声をあげた。

「えーッ、ということは村井様、七十八歳ですかァ?!　ウソでしょ。若過ぎ」

「今年で七十九ですよ。若くないですよ」

正直なところ、全然若くはない。意地の悪そうな細い目の周囲は深いシワで、何十年も着ているような花柄のブラウス。それには全然合わない水玉のスカートをゾロリとはいていた。どこから見ても、バアサンだった。あげく肩から下げているのはエコバッグだ。いくら軽くても、ハンドバッグの代わりにするか？

サキは明代を相手に、自慢と不平不満を言い続けた。

「日本はどうしてこんな国になったんでしょうねえ。年を取るほどにバカにされ、相手にされなくなるんです。わけ知り顔どもが、人権だのジェンダーだのとほざきまくってますけど、長く生きて来た人間が小さくなっている社会をどうにかする方が先ですよ」

そして、胸を張った。本人はさり気ないつもりだろうが、誇らしさがすぐにわかる。

「私、公民館長を辞めましてから、もう毎日毎日、日本の古典文学に没頭してますでしょう。さすが、そこらの年寄りとは違うねって、よく言われるんです。でも、自分じゃわからないものですよ、そんなこと」

「いえ、村井様は確かに違いますよ」

年寄り殺すに刃物はいらぬ。世辞のひとつも言えばいい。

「あらあら、どうしましょう。ありがとう。先月から平家物語を原文で読んでいるんですけど、それを読むとよくわかるの。今、若くたって、人はすぐに年取るの。すぐに泣きを見るの。ザマーミロですよ」

サキは誇らし気に、平家物語を暗誦した。

「沙羅《さら》双樹《そうじゆ》の花の色、盛者必衰《じようしやひつすい》の理《ことわり》をあらはす。おごれる人も久しからず、ただ春の夜の夢のごとし。たけき者もつひには滅びぬ、ひとへに風の前の塵《ちり》に同じ」

そして、ハッとしたように言った。

「ごめんなさい。ご存じない？」

明代は高校生の時に習った気もしたが、それにしてもこのクレーム婆、失礼な物言いだ。

「要は現在を謳歌してる若者も、そんな時期は春の夜の夢のように短いって、この古典文学は書いてるんですよ。おごれる人間なんて風の前のゴミみたいなもので、すぐに吹っとばされるってことですよ」

福太郎が感心した。

「サキさんは学がありますねえ」

「いえ、単に好きなだけです。でも先日買った紫式部日記の現代語訳に、誤植がありましてね。私、電話して叱《しか》り飛ばしましたの。謝り方がよくなかったんで社長宛に手紙を書きました」

クレーム婆は、自分をアピールするのにすぐ手紙を書くようだ。

福太郎が突然言った。

「サキさん、よかったら僕らの仲間に入りませんか」

明代は冗談じゃないと慌てた。このクレーム婆まで入ったら、老害五重奏どころか老害オーケストラになる。吉田の駄句にクレームでもつけたら大変だ。

福太郎は平気で勧めた。

「色んな話をしたり、酒を飲んだり、時には一緒に散歩したり。そこらのジジババって言や、その通りですけど、俳句をやっている者も、絵を描く者もおりますし、一人で過ごすよりずっと楽しいですよ」

サキはその言葉が終わるか終わらぬかというちに、答えた。

「お断り致します」

あまりにピシャリと言われてつい黙る福太郎に、ニコリともせずに続けた。

「そこらのジジババと同じ空気吸いますとね、ジジババが感染するんです。空気感染はコロナだけじゃないんですよ」

福太郎は言葉を失っていたが、明代はホッとした。吉田も桃子も春子も誰も彼も、サキがクレームをつけたくなるメンバーばかりだ。

三人はゆっくりと歩き、病院正面のタクシー乗り場に並んだ。女性係員が車を誘導し、先頭のサキを促した。

「お客様、どうぞ」

「ちょっとアナタ、こんなワゴン型のタクシーに乗れって言うの？　年寄りは乗るのが大変なくらい、わかるでしょ」

「あ、すみません。乗用車型は後の後におりますので、ちょっとお待ち頂けますか」

「へえ、待たせたあげくに順番がもっと後になるわけ？　あなたねえ、何年この仕事やってるかわかんないけど、まして、ここは病院よ。並んでる人間の状況を見て、ふさわしい車を配車すべきでしょ。足を怪我してる人もいるだろうし」

「申し訳ありません。次からそのように致しますので」

「お宅の会社の社長に手紙を書くわ。もっと気配りさせろって」

サキは明代と福太郎に、

「じゃ。また病院でお会いすることもあるかもしれませんね」

と言うと、ワゴンタクシーに乗り込んだ。そう大変そうにも見えなかったし、明代は何よりも「お先に乗車してよろしいですか？」の一言もないことにあきれていた。

もしもサキが今も公民館館長なら、「私が市長にクレームの手紙を書いてやる」と、そう思った。

第四章

福太郎が週二回出社することについて、純市以下社員たちは対処方法がわかってきた。

女性総務課員はお茶を出すたびに、相変わらず二十分はつかまる。自慢話や人生訓を垂れながら、社員たちのデスク回りを歩くのも相変わらずだ。

だが、社員たちは仕事の手を止めないことにした。パソコンを打ちながら適当にあいづちを打つ。無視にならないよう、時々、「すごいですね！」などと驚いて見せ、電話をかけ始めたりする。

福太郎にとって、そんな態度で満たされるはずはない。とは言え、長話はもはや、お茶を運んでくれる総務課員にしかできない。

純市と斉田が外出している時、二人の若者が会社を訪ねて来た。二人ともT

シャツにジャケット、ジーンズである。総務課長の杉田《すぎた》公平《こうへい》が対応すると、二人は名刺を差し出した。

そこには「株式会社サンタマム」の社長菊川《きくかわ》和史《かずし》と、専務取締役草野《くさの》明《あきら》の名があった。

杉田は驚いた。先頃、決して小さくはない仕事を発注してくれた相手だ。若手経営者のユニフォームのようなTシャツ姿が、いかにもそれらしい。社長の菊川が言った。

「近くで人と会っていたものですから、アポイントもなしに伺いました。全然、用向きもありませんし、このたび受注を決めて下さった雀躍堂さんへの表敬訪問、いや表敬立ち寄りに過ぎません」

「戸山社長によろしくお伝え下さい」

二人は頭を下げ、立ち去ろうとした。

杉田は慌てた。発注元のツートップが、ついでとは言え、訪ねてきたのだ。それも、今回の仕事は今後の展開も見込めるものである。お茶の一杯も出さずには帰せない。だが、社長の純市も副社長の斉田も不在だ。さりとて、部課長クラスではまずかろう。

その時、杉田に最高の対応策がひらめいた。

「本日は戸山福太郎が出社しておりますので、ぜひご挨拶させて頂けませんか」

菊川が喜んだ。

「えッ、嬉しいなァ。雀躍堂さんを大きくした伝説の社長、今日はいらしてるんですか？」

「はい。只今、応接室に伺わせますので」

応接室だけは重厚な調度品で整えられている。福太郎の「客には一発かませ」の哲学による。

お茶が出されて間もなく、福太郎が入ってきた。第一線を退いたとはいえ、仕立てのいいスーツにヨーロッパブランドのネクタイだ。柔和な笑顔を見せながらも、そこらのジイさんとは別のオーラを発している。

まだ三十代の菊川と草野には、「伝説の経営者」がまぶしかった。さらに出された名刺が「経営戦略室長」である。バリバリの現役ということだ。

福太郎は発注のお礼を丁寧に述べると、

「お二人のような若手が、先頭に立つ時代なんですねえ。うちも若手が頼りになりますし、老兵は消え行くのみだと実感しますよ」

と穏やかに言った。菊川ら二人はそれを否定するように、大きく手を振った。

「とんでもないことです。二代目社長は私らにとって、憧れのレガシーですよ」

「それに現役を退かれても出社されていることに、周囲がどれほど信頼しているかを感じます」

今度は福太郎が大きく手を振った。

「いやいや、私にはもうそんな能力も体力もありませんよ」

家族なら、ここで老害につながると察知し、「まずいッ！」と話をそらす。だが、ここに家族はいない。

「それでも、なけなしの力で何とか若い者へ伝えたいことは多くありましてね」

菊川も草野も身を乗り出し、聞いた。

「それはどんなことですか？」

福太郎にしてみれば、質問などされたのは何ヵ月ぶりだろう。総務の女性課員は「ハァ」ばかりだし、男性社員は誰も彼も仕事の手を休めない。

福太郎は、自分を正当に認める菊川や草野のような相手を求めていたのだ。

「お二人は何年生まれですか」

「社長の私は一九八八年、昭和六十三年です。専務の草野は三つ下で一九九一年、えーと平成だと三年か？　何か西暦しかピンと来なくて」

「平成生まれがもうこんなに立派に仕事してるんですねえ。私なんか昭和十年生まれで、えーと西暦は……ピンと来ないな」

二人が笑うと、福太郎は胸を張った。

「終戦の時に十歳でしたから、日本の貧しさ苦しさもわかりますし、周囲は子供でも根性据わってるヤツばっかりでした。男の子も女の子も。だけど、人生で一番ショックを受けたのは、昭和三十九年だなァ」

福太郎は遠い目をした。そんな福太郎に目立たぬよう、専務の草野はスマホで検索した。

「昭和三十九年って東京オリンピックですよね」

「そうです、そうです。本当なら今年も『TOKYO 2020』で五十六年ぶりのオリンピックイヤーだったんですけどねえ」

「来年こそできるといいんですが。やっぱり町も人も変化する力をもらいますし」

「その通りです。だけど、昭和三十九年の時のようには変化しませんよ。あの時の変わり方は奇蹟でした。わかりますか？　無条件降伏からわずか十九年ですよ。十九年。オリンピックが開幕する九日前の十月一日、東海道新幹線が開通しましてね。『夢の超特急』と呼ばれたものです。それでオリンピックがまたすごいんだ。マラソンなんか沿道に百二十万人の観衆ですよ。ゴザを敷いて朝から場所取りしてねえ」

　さめたお茶でのどを潤すと、さらにまくしたてた。

「女子バレーは鬼の大松《だいまつ》監督の指導で、金メダルだ。このオリンピックを機に、日本人は街頭テレビから自宅テレビに移って行ったんです。当時、沖縄はまだ本土復帰していなくてね。激戦で二十万人が死んだ沖縄を、まだアメリカ領の沖縄を、東京オリンピックの聖火が走ったんです。アテネからの聖なる火を、亡くなった人たちに見せるためだ。俺はそう思う。だろ？」

いつの間にか「私」が「俺」になり、「だろ？」が出ていた。

「だろ？」と問われ、二人は神妙にうなずいた。

「今、あの頃とは別世界の日本であり、世界だ。それでも決して変わることのない心を、人間は持っている。何だと思います？」

「さあ……」

二人はすでに何とか立ち上がるタイミングを狙っていた。こんな昔話につき合いきれない。だが、福太郎にしてみれば、「飛んで火に入る夏の虫」を二匹つかまえ、ここからが佳境だ。

「やっぱり『さあ……』ですか。若い経営者はこうだから、我々がいつまでも第一線に立って教えなきゃならないんだ。昔も今も変わらないのは、『遊び道具は人間を幸せにするものだ』ということ。わかります？」

二人は「言い古されたことだ」と思いつつ、

「大変参考になります。今日は後があるものですから、これで失礼致しますが、またゆっくりご教示下さい」

と頭を下げた。

「では、これだけは言っておきましょう。若い経営者は遊び道具が人間をどれほど幸せにするか、身にしみてない。戦時中は遊び道具どころか食べるものもないんです。それを知っている人間は、遊び道具に関わる仕事に特別な思いを持つ。その思いを、君たちも持つ必要があるんだよ。それを持つ者がビジネスでも勝つ。今回の取り引きは、うちよりもむしろ、サンタマムさんのためになりますよ」

菊川と草野にとっては、思わぬ言葉だった。誰が考えても雀躍堂の方が「おいしい」はずだ。サンタマムは、若い企業軍団では上層に位置している。今回の仕事によって、雀躍堂はそんな若い企業各社とのコラボも出てくるだろう。もっとデジタル方面を広げたい雀躍堂にとって、願ってもない受注なのだ。それに、今回の仕事は利益面でも悪くない。であればこそ、競合する何社もが受注にしのぎを削った。

草野が笑いにごま化して言った。

「発注元と受注先はギブアンドテークですから。うちとしましては、雀躍堂さんのためにもなろうと考えております」

「若い経営者はそうやって、今回のことだけを考える。俺が今回の仕事を通じて伝えたいのは、姿勢ですよ。経営者としての姿勢」

草野の目には、明らかに不快感があった。

「まず伝えておきたいのは、イギリスの詩人アルフレッド・テニソンの言葉です。『私というものは、今までに会った人の一部である』」

もはや二人は、うなずくこともしなかった。

「これを二十代の時に教えられて、目がさめました。そうか、今までに出会った人たちから得た一部が、俺自身を作ってくれているんだなと。わかるだろ？」

二人は致し方なさ気にうなずいた。

「今、俺が話した戦時中の人間、それにオリンピック時代の人間、君たちは会っていない。だけど、想像力を働かせなさい。彼らの思い、生活の喜怒哀楽を考えると、遊び道具を持つ幸せが実感としてわかる」

「はァ……」

二人は互いに目を合わすしかなかった。

総務の杉田は、先ほどから不安を覚えていた。サンタママムの二人が入室してから三十分もたっている。単なる「表敬訪問」なら三十分は長すぎる。思えば、室長は会社中が迷惑している老害の人だ。とは言え、大切な客への挨拶なら「戸山福太郎」が応じる方が、こちらの敬意も表わせる。そう考えた杉田だったが、イヤな予感がし始めていた。

ついに適当に書類を持ち、応接室へと向かった。「室長に緊急のハンコを」とでも言い、中の様子を見るつもりだった。

応接室の前に来ると、ドアが閉まり切っていなかったのか、中から福太郎の声が聞こえて来た。

「だから俺は、若い人間を育てるためにも、こっちの損得は抜きだと考えたんです。そっちの将来のために、この仕事は受けるしかないと」

「受けるしかない……と」

「そう。損得考えたら、割のいい仕事はいくらでもありますよ。だけど、今、私ら老兵のなすべきこと、わかります？」

二人は無言だ。

「経営哲学を若い人間に伝授すること。これに尽きる。だから、お宅がうちと組むのは幸せなこととも言えるんです。この仕事を欲しがった他社は、みんなお宅らとトントンの若さでしょうが。似た者どうしでは何も学べませんよ」

ドアの前で杉田は天を仰いだ。まずい。最悪だ。中に入ろうとした時、菊川の声が聞こえて来た。

「戸山室長からご覧になれば、うちはまだヒヨッコ企業です。ですけど、正直申し上げて、損得抜きでつきあってやるという、そちらの姿勢は心外です。ヒヨッコでも常にギブアンドテークの精神でおりますし、デジタルにまだ少々弱い雀躍堂さんにとっても悪くない仕事だと考えておりますが」

「うちはデジタルに弱くないよ。優秀な若手がいっぱいいる。それに、ギブアンドテークなんて当然の姿勢です。俺が言うのは、それから先。経営者として生き残るための哲学ってことだ。これは金を払っても身につけておくべきことですよ。うちと組んだことで、確かな仕事とともに、身につけるべきを教わることができる。実際、俺自身も若い頃、そうやって年嵩《としかさ》の経営者から色々習いましたからねえ。ですからお返ししみたいなものです。うちの利益なんて気にすることない。日本のもの作りのために、力をつけて欲しいんです」

杉田はドアをノックし、中に入った。

室内には、自分に陶酔して頬《ほお》を紅潮させた福太郎と、怒りを押さえ込んで頬を紅潮させた二人がいた。

「突然失礼します。菊川社長と草野専務、至急お帰り下さい。たった今、秘書の方からお電話が入りまして、緊急にご相談したいことがあるそうです」

当初の「急ぎのハンコ」ではダメだ。すぐに二人をここから出すべきだ。咄《とっ》嗟《さ》に杉田はそう判断した。立ち上がった二人に、福太郎はご機嫌に声をかけた。

「話が途中で申し訳なかったね。これからは仕事に私も参加させてもらって、その時にまたじっくりと」

菊川は決して怒りを表に出さず、笑顔で確認した。

「今後も室長は、私どもとの仕事にご一緒されるんですね」

「その方がいいでしょう。若い君たちに必ず役に立つ話や考え方も示せるし、うちの若いヤツらも俺に教えてほしいって言うしね」

杉田は二人に、

「いやいや、室長は他にやる仕事が多いですから、一切参加致しません」

と明言した。だが、二人は杉田にも穏やかに一礼して出て行った。

夕刻、純市と斉田が出先から戻るなり、杉田はサンタママムの来訪を伝えた。

「私はお二人を尊重していると示すために、室長に挨拶をと考えたのですが、逆効果でした。申し訳ありません」

「いや、杉田君の考えは正しかったよ。サンタママムの仕事は大事なものだ。で、何が逆効果なの。自慢話でもしたか？」

「それもありますが、要はサンタママムはうちと組めてラッキーだったなってことで」

「ええッ⁈」

純市と斉田が同時に声をあげた。

「今回の仕事は、あまりうちのためにはならないが、若いお宅のためにはなりますよというような」

「言ったのか、そう」

「全部聞いてはいませんが、察しはつきました。二人は怒りをかみ殺しているのがわかりましたから」

純市と斉田から、血の気が引いた。

「俺と斉田君とで、早く謝りに行く方がいい。杉田君、先方の秘書に電話で都合を聞いて」

杉田が電話をしている間、斉田はため息をついた。

「何だって室長はそんなことを。うちにとってどれほど大事な仕事か、わかりそうなものを」

「若造相手に、すごいとこ見せたかったんだろ。俺のビジネスは時に損得抜きだとか……」

杉田が電話を切り、言った。

「今、お二人とも外出中だそうです。戻りしだい電話させますと、秘書が」

純市は無言でうなずいたが、どう対処しようかと頭をめぐらせていた。

秋の陽が傾きかける頃、元気な声で草野から折り返しの電話があった。

「わざわざお電話を頂いたそうで、すみません」

「いや、こちらこそ今日は留守にしていて、申し訳ありませんでした。久々にお目にかかれる機会でしたのに」

「実はこれからまた雀躍堂さん近くの『ホテルリバティ』で打合せがありますので、今後のことを含めてお会いできませんか。もしいらして頂ければですが」

「ぜひ。斉田と伺います」

ホテルリバティは、池袋駅近くに建っており、英国系の高級ホテルだ。

その喫茶室はコロナ禍以前から「ソーシャルディスタンス」を取っており、客席間が離れてゆったりとしていた。よく政財界の人たちの顔があった。

純市と斉田が行くと、先にお茶を飲んでいた菊川、草野が笑顔で立ち上がった。

「お呼びたてして申し訳ありません。それもお二人そろって。恐縮です」

「いえいえ、こちらこそ今後の進め方等を、ぜひゆっくりとお伺いしたいと思っておりました」

四人は笑って天候やプロ野球の話をして、お茶を飲んだ。

やがて、菊川が穏やかに言った。

「今回のお話なんですが、一度白紙に戻させて頂きたいと思いまして」

純市も斉田も意味を取りかねていた。この笑顔で、この穏やかさで、何の前置きもなしに言うことか？　若い経営者とはこうなのだろうか……。純市は混乱した。

「雀躍堂さん、これは二、三ヵ月前から考えていたことでして、決して御社に問題があったわけではないんです。すべてコロナの問題なんです。申し訳なく思っております」

草野が言葉を継いだ。

「すぐに収束すると思って、経営計画を立てていたんですが、どうも先行きが見えません。来年の二〇二一年はさらにひどくなるという話もあります」

「それに東京オリンピックを延期したものの、果たして来年の七月に開催できるか不透明です。当社の不利益も予測できます」

純市が確認した。

「それで経営計画を見直すと」

「はい。もちろん、白紙に関しましては、顧問弁護士や会計士に入ってもらいまして、きちんとさせます。ただ、状況だけは非公式に早くお伝え致したく、今日御社に伺いました」

ウソだと純市も斉田もすぐにわかった。杉田には、「何の用向きもなく、受注してくれたことへの表敬訪問」と言っていたと聞いている。

斉田はそこを突っ込もうとしたのか、何か問いかけようとした。その瞬間に、純市は背中を突いて止めた。

「私と斉田が留守にしていなければ、ゆっくりとお話できたものを申し訳ありませんでした。世界的な状況を考えましても、このパンデミックはまだまだ猛威をふるうと思います。いずれ、白紙に至る状況を正式にお伺いしますが、何しろ疫病のせいですからどうにもなりません」

純市は福太郎の言葉を思い出したのである。社長時代の福太郎は「やせ我慢は男の品性だ」を柱にして、業界を生きてきたと言った。

おそらく、この若い二人は年寄りの自慢話や説教を排除して生きてきた。それで生きて来られたし、万人が口を開けば言う「自分らしく」の姿勢で生きてこられた。俊も基本はそれだ。

そんな二人が福太郎にうんざりした。年代物のジジイが出てきて説教されては「うっせえわ！」なのだ。受注先などいくらでもあると考えて不思議はない。

すべてを察した斉田も、サラリと引いた。

「大変残念ですが、コロナが収束しましたら、またぜひご一緒にいい仕事をさせて下さい。サンタマムさんから色んなことを教わりたいですし、次の機会を楽しみにしております」

と言ってのけ、腕時計を見た。

「社長、次が……」

「あ、そうだね。弁護士や会計士のお話、いつでも伺います。当方もこのコロナ禍には参ってますので、ぜひ情報交換もさせて下さい」

若い二人は安堵の表情を隠そうとしつつも、隠しきれなかった。間違いなく、「ソッコーで若い会社に再発注がよくね？」と思っている。

斉田はスマートにさり気なく伝票を取り、純市と並んでレジへと歩いた。その間、純市は身ぶりをまじえて斉田に話しかけ、斉田は笑って応じた。サンタマムの二人が後姿を見ていると、察知してのことだ。

これも福太郎に「背中が一番モノを言う。絶対に本心を悟られるな。背中で芝居しろ」と教えられたことだった。

明代は純市より先に帰宅した福太郎に、

「パパ、今日は嬉しそうね。いいことでもあった？」

と熱いほうじ茶を出した。

「今日はさ、発注先の若造二人が来てね。と言ってもサンタマムという会社を引っ張る社長と専務なんだけどさ」

「ああ、何かすごい競合で受注できたとかいう会社」

「俺の話がよほど参考になったらしくて、感動してたよ」

俊に向かって、弾んだ声をあげた。

「お前も五年たたずに丁稚奉公にアゴ出して、雀躍堂を継ぐよ。ジイちゃんが色々教えてやるからな」

明代は福太郎の上機嫌が、いささか気になった。だが、まさか、その若いクライアントにまでは老害をばらまくまい。

「純市君も俺に助けられたと言うだろうよ。どれ、純市社長様がお戻りになる前に風呂だ。それから一緒にビールだな」

父が風呂場に消えるや、明代は俊に言った。

「まさか、大事な客に老害ばらまいてないよね」

俊は即座に否定した。

「ジイちゃん、そこまでバカじゃないよ。たまに違う人と会って嬉しかったんだろ」

そう言われると、上機嫌にも納得する。

間もなく、純市が帰って来た。ネクタイのままソファにドカッと座わり、天井を見て動かない。

「どうしたの、着換えたら？　今日、パパがクライアントの役に立ったんだって？　今、お風呂からあがったらビールで乾盃とか喜んでたよ」

「そう……」

黙る純市に、明代は聞いた。

「どうしたのよ」

「すんだことだから、しょうがないけどさ……。クライアントは仕事、白紙撤回だって」

明代と俊は顔を見合わせた。それほどの老害をばらまいたということか。

純市は苦笑した。

「お義父さんがさ、若い経営者に自慢話と説教して」

やっぱりやったか。

「だけど経営者は、若くたってビジネスマンでしょ。そんなことで白紙撤回する？」

純市は答えない。

「ねえ、ありえないでしょ」

無言でネクタイをゆるめる純市に、明代はなおも聞いた。

「何か怒らせること言ったんじゃないの？　何なの。何を言ったの」

「雀躍堂と組める幸せに感謝しろみたいなことだな。うちにさほどの利益はないけど、若者を鍛えるために引き受けた……ような」

俊がすぐに声をあげた。

「アウト！　それ言われちゃ、すぐ契約は白紙撤回だよ。ジジイにそういうこと言われるの、一番ヤだよ」

「そう。若いツートップだ、すぐに白紙だよ。それに、やりたい会社はいくらでもあるしな」

明代はその仕事の規模も損害額も知らないが、雀躍堂が努力を重ねて受注をめざして来たことは知っていた。受注が決まった時、純市がいつになく喜んで話したからだ。

それが一瞬でパアになったのか。老害のせいで。

「もう次を見据えるよ。どこの世界でも白紙になることはあるしさ」

それっきり純市は黙った。もしかしたら、かなり大口の仕事だったのかもしれない。コロナの収束が見えない今、それは経営に影響を及ぼさないのだろうか。父は現実をわかっているのかと、明代は恐かった。

その時、福太郎が風呂からあがってきた。

「オオ、お帰り。今日のこと、杉田に聞いたろ。君が不在の間、突然サンタマムが来てさ。杉田は慌てて俺を呼んでね。しっかりやっといたから安心しろ。明代、ビール」

次の瞬間、福太郎をにらみつけていた。

「パパ、いい機会だから言っておく」

純市が驚いて、明代を見た。明代は言葉をやめなかった。

「そのサンタマムの人、発注を撤回したってよ。パパが恩に着せたからよ」

純市がすぐに言葉をはさんだ。

「いや、お義父さん、そうとばかりは……」

「そうとばかりよ。パパのせいばかりです。雀躍堂と組めることをありがたいと思えとかって、何で言うの」

「そんな言葉は使ってないよ。俺は若い経営者を鍛え……」

明代はきつく遮った。

「それが迷惑なの。もう邪魔しないでッ」

何か言いかけた純市を封じ、明代はハッキリと言った。

「パパもパパの仲間も、みんなここまで生きてきてみごとだと思う。だけどみんながみんな、自慢話や愚痴や、同じ話の繰り返しばかりでしょ。それは同年代の仲間うちで集まってやって。それならすごくいいことよ。だけど、若い人は聞きたくないの。迷惑なの。あげく、パパみたいに若い人を鍛えたがったり、教えたがったり。お願いします。引っ込んでて下さい」

福太郎は純市に言った。

「俺が原因で撤回とはとても思えないな。だけど、もしも少しでもそうだと考えられるなら……」

謝ると思った福太郎は、力を込めた。

「大きなチャンスだよ。このショックをプラスにするんだ。どんなことをもプラスに転じさせる気力と豪胆さ、これが必ず実を結ぶんだ」

明代はさらににらみつけた。

「やめてよッ。そういうどうでもいい精神論、誰のためにも何の役にも立たないのッ」

サンタママの若い二人にも、こんなありきたりな、こんな根拠もない説教を垂れ、あげく恩に着せたのだろう。白紙にされて当然だ。

福太郎がにらみ返した。

「明代は会社のこと、何もわからないくせに言うねえ。恥知らずが」

「会社のことはわからなくても、老人の迷惑はよくわかるのッ」

明代は福太郎に詰め寄った。

「パパ、もう二度と会社に行かないで」

純市は明代のきつさに慌てた。福太郎に向かい、

「いや、そういう話じゃないんです」

と手を振ったが、明代は無視した。

「会社に行けば、余計な口出しをしたくなるでしょ。それがみんなトンチンカ

ンな話で、まわりはどれほど迷惑しているか。どこの企業にもいると思うわよ、トップに居座って、若い人に譲らない老人が。その老人たちは若い人が定年になっても、まだ居座わるのよ。身を引くことも手を引くこともできない人を『老人』と言うの。しがみつく人を『老人』と言うの」

「ほう。俺はそういう老人だから、引っ込んでろってわけか。部屋を自由に使えと言ったのは純市君だぞ。名刺もだ」

「だったら、会社に行ってもいいわ。だけど、絶対に現役の人たちに害を及ぼさないで。現役の人の仲間に入らないで。その部屋で新聞を読むとか、趣味の何かをやるとか、自分のことだけやって」

「俺はふだん、何もやってねえよ。たまたま今日は、客と会ってくれって頼まれたから」

「なら、挨拶だけして引っ込んでよ。何で説教とか昔話とかするの。あげく上からモノを言ったんでしょ。パパのせいで、会社は大きな仕事をパアにしたのよ、パアに」

「バカ娘、覚えとけ。パアになったら、他でパアの二倍儲けてやる。そう考えるのが経営者だろうが。考えないヤツをオッペケペーと言うんだ」

純市は必要以上に大きくうなずき、それを見て俊も深くうなずいた。しかし、すぐに小さい声で聞いた。

「オッペケペーって何？」

この明治時代の流行歌を、実は純市も知らないらしく、首を振った。

なのに二人そろって深くコックリした。男はみんなもめ事を嫌う。

「何かというと、そういうくだらない説教に持って行くから、老害って言われるのよ」

福太郎の目が、ギラッと揺れた。

「バカ娘、今、老害と言ったな。言ったな」

「言ったわよッ。だって老害じゃないの。昔のパパなら、若い経営者にそんなこと、絶対に言わなかったわよ。老害の人になったから言ったんでしょ。若い人がどれくらい害をこうむってるか、わかんなくなってるのよ」

「なら、若い者が俺に『害がひどくて困る』って言えばいいだろう。言う根性もないオッペケペーがッ」

「言ってわかる？　言えば今みたいに騒ぎになるだけでしょ。若い人はみんな、面倒くさいから黙ってるのよ。だから、老人が自分で気がつかなきゃダメなの。自分の立ち位置と、自分の能力を、自分で気づかないと迷惑なの」

「つまり、老人は現役社会では頭数《あたまかず》に入れられてねえってことだな。『いない人』なんだな？」

「私もすぐそうなる日は近いから、言えるの」

「バカ娘、覚えとけ。会社でもどこでも、若いヤツらに任せられるなら、老人は黙って引っ込む。若いヤツらが周囲を黙らせたり、先が読めたり、いい判断を下せるなら、老人はすぐに引っ込む。だけど、ヤツらにはできねえんだよ。それで、そういう若いヤツに限って、やれしがみついてるの、やれ老害だの言いやがる。それも面と向かって言うのは恐くて、陰でだ」

純市は小さくため息をついた。福太郎にあって自分にないもの、それは社長になってから痛感していた。

スター性だ。華《はな》だ。

仕事の能力とは別だ。容姿や経歴とも関係がない。敵も味方もつい一目置き、魅力を感じる。そういうスター性と華が、上に立つ者には必要なのだ。いかなる仕事であってもだ。

これまでに純市は幾度となく、「福太郎が社長ならうまく回ったのではないか」と思うことがあった。

福太郎はそんな純市の思いなどつゆ知らず、一語一語をかみしめるように言った。

「俺たち老人は先の戦争を戦い、仲間を失い、家族を失い、焼け野原の中から立ち上がったんだ。今の平和で安心な日本の土台を造ったのは、俺たちだよ、働いて働いて。お前らが想像もできない環境の中で、食うものも食わず体をいじめ抜いて働いて、今の日本を造ったんだ」

そして、凄みのある声で続けた。

「そうやって、お前ら若い人間のために身を捨ててきた俺らは、老人になったらいらねえってわけか。努力して頑張った最後は、金メダルだろうよ。優勝旗だろうよ。だけど、それどころか早めに死んでくれってか。え？」

福太郎の目からは炎が出ていた。

「年取った人間はそんなに悪いのか。え、そんなに邪魔か。取っちまった年をどうしろってんだ。どうしてほしいのか言ってくれ」

「すぐそういう言い方をする。私、そんなこと言ってないでしょ」

福太郎は純市にも俊にも目をやった。二人は置き物のように動かない。福太郎は再び明代を見た。

「バカ娘、教えとく。老人の自慢も説教も昔話も、何もかも老害じゃねえよ」

そして断じた。

「個性だ」

明代は虚を突かれた。個性……。

「お前ら、『個性』って言葉、大好きだろ。算数ができねえ子供も、かけっこが遅い子供も、人みしりなのも落ちつきがないのも、みんな欠点じゃなくて個性だって、すぐ言うだろ。他人と同じである必要はない、何もかも個性なんだからって、お前らいつもいつも言ってるじゃねえか。それと同じだよ。自慢も説教も繰り返しも、上から目線も足が弱るのも頭が弱るのも、みんな個性だ。覚えとけ、バカ娘」

バカ婿とバカ孫は、また深くうなずいた。もめたくない。その一念だ。

「個性」と言われると、明代も返す言葉がない。

「それでお前ら、最後に必ず締めるじゃねえか。『みんな違ってみんないい』って言葉でよ。お前らが言う通りだよ。若者も老人も、な、みんな違ってみんないいんだ。自分で言っといてそれがわかんねえなら、お前らは口先だけできれいごと言ってるオッペケペーだな」

明代はどうにも反論できなかった。と同時に、何もかもぶちまけた手前、穏やかに終わらせないと、後味が悪いと思った。

「パパ、平均寿命が延びるのは、社会にとっても家族にとっても、すごく嬉しいことだよ。だからこそ、延びた平均寿命をどう使うか。それを考えることが大事なんでしょ。使い方が下手な老人になっちゃいけないっていうか」

そして、さも自分自身のことのように言った。

「だから、多くの老人はゼロから新しい趣味に挑戦したり、ボランティアに頑張ったりしてるでしょ。社会や若い人の役に立つことやったりとか。私はそうしたいけど、どう、あなたは」

純市は突然話を振られ、

「ま、人それぞれだから」

と言った。一番つまらなくて、一番オッペケペーな答だ。スター性ゼロの答だ。

「私は長生きできるのは嬉しいよ。だけど若い人や周囲には迷惑かけたくないじゃない。そういう老人にはなりたくないと思うわけよ。どう、あなた」

「ま、色々だよな」

明代は心の中で「ああ、私はどうしてこんなつっまんねえ男と結婚したんだろう」とほぞをかんだ。

黙って聞いていた福太郎が、なぜだか突然、穏やかに言った。

「俺、もう会社行くのやめるよ」

思わぬ答に、純市が驚いて目を上げた。

「そうですか……。淋しいですが、お義父さんがお決めになったことなら」

これには明代が驚いた。純市はてっきり制止すると思っていた。今回の損失は大きかったが、父を出社させない上で渡りに舟だったとわかる。

福太郎は照れ笑いを浮かべた。

「いや、明代の言葉はしみたよ。いちいちごもっともだ。純市君、今回のことはすまなかったな」

こう言われると、明代としても父親が哀れになってくる。純市もそうなのだろう。

「今回の話、僕はもうどうでもいいんです。深追いしないで、他で稼ぐこと考えてます。お義父さんに教わった経営哲学ですよ」

福太郎は、何だか可愛らしい笑顔を浮かべた。

「そうか。少しは役に立ったか」

そして、屈託なく明代に命じた。

「ビール。話が長くなって、ますますノドが渇いたよ」

ノドをさわってみせた手に、血管とシワが浮き出ている。いつも見ているものだが、きついことを言ったせいか、こたえた。「私はこんな老人に、それも小さい時から大切に育ててくれた父親に、何とひどいことを言ったのか」と思った。

こうして小一時間ほど、三人はビールで、俊は麦茶でしゃべった。わだかまりはあったはずだが、福太郎はどこか吹っ切れたような表情だった。明代はそれに救われた。

福太郎が寝室に引っ込むと、三人が残った。

「私、言いすぎたかなァ。何か後味悪い」

「世間じゃ実の娘が一番恐いって言うけど、お前もさすがに言うなァと思ったよ」

「なら、あなたがパパに助け船出せばよかったでしょ。そうすりゃ私も救われたのに」

「お前は会社のことを思って全部吐き出してるってわかってたし、社員の生活にも関わると思えば、あそこまで言ってくれたのは有難いような……」

「何よ、助けもしないで。私一人を悪者にして」

俊が明代を見た。

「会社に関する老害には、あのくらい言ってもしょうがないよ。言わなきゃわかんないんだから」

明代は俊の言葉に少しホッとしていた。だが福太郎の老いた手が甦《よみがえ》り、消えない。俊はつやつやの十八歳の手で麦茶を注いだ。

「たぶん、老人ってさ、自分は生きてる価値があるのかなって……どっかで思ってるんだろな。松木さん、僕が跡継ぐってなったら急に顔が変わったもん。人は評価されないとどんどん老けるよ」

「役目が人を生かすんだろうね……」

だからこそ、現役でいたがるのだ。周囲がお払い箱にしたがっているのに、それに気づこうが気づくまいが役目にしがみつく。

「人生の晩年に、悲しいことよね」

明代はまたしても福太郎の手を思いながら、つぶやいた。


翌朝、明代が起きると福太郎はすでにリビングで新聞を読んでいた。

まだ六時を少し回ったところだ。みんなの朝食や俊の弁当を用意するために、明代はいつもこの時間に起きる。だが、家族は七時過ぎだ。

「パパ、早いじゃない。どうしたの」

「今日から朝の散歩を始めようと思ってな」

そう言う福太郎は、どこか覇気がなく見えた。会社には行かないと言った以上、散歩でもするしかないのだろう。

「じゃ、すぐごはんにするね。急だったから今朝だけはパンでいい？」

「いい、いい」

いつもはお米のごはんに味噌汁だが、とても間に合わない。

福太郎はチーズをのせたトーストと半熟卵、野菜炒め、それに熱い牛乳をたっぷり入れた紅茶を飲んだ。新聞を読みながら、血管の浮いた手で静かに食べる様子が、明代は気になる。いつもより、開ける口も小さい。

やはり昨日の、言葉がこたえているのだ。

「悪いわね、明日はごはんにするね」

「いいって。毎朝早く起きて用意してくれて。それにパンもたまにはうまいよ」

こんなねぎらいを示す父親ではなかった。昨日の言葉を撤回したいところだが、今さらどうしようもない。

やがて、福太郎は立ち上がった。

「ごめん、紅茶残しちゃったよ」

「いいの、いいの。明日は味噌汁にするから。ごめんね」

「悪いな。申し訳ない」

二人とも過剰に謝る。こんなことも初めてだった。

玄関でスニーカーを履く福太郎を見送りながら、

「どの辺を歩くつもり？」

と聞いた。

「足の向くままだな。岩谷公園のあたりがいいかな」

「いいわね。気をつけて」

出て行く父親の背は、やはり力なく見えた。経営戦略室に出勤するのと散歩するのとでは、違うに決まっている。

朝食時、純市も俊も、「散歩」には驚いた。

「ジイちゃんはエネルギッシュってか端迷惑《はた》ってか、散歩とは一番縁のない老人だったよなァ。年取って、行くとこないとやっぱ、散歩に行きつくか」

「岩谷公園って、朝によく太極拳とかやってるよな、老人クラブで。その仲間に入るのもいいかもな」

今、太極拳もコロナ禍で休止状態だ。それに、マスクをつけて体を動かすのは、老人にはきつい。

二人を送り出し、明代は洗い物をしてから洗たく機を回した。掃除機を出しながらも、父親の様子が頭から離れない。あんなにしょんぼりさせたのは自分なのだ。

老人と関わる日本中の人、その多くが一度は老人にきつく当たっているのではないか。そして、老人の方が責められることをしていても、責めた側が後悔する。明代もだ。気が晴れない。

その時、玄関チャイムが鳴った。出て行くと福太郎だった。

「え、もう帰って来たの？」

「悪いな。もう歩いたから」

「全然悪くないよ。だけど掃除とかやってるから落ちつかないよ」

「いいよ、テレビ見てる。手洗ってうがいしてくる」

福太郎は洗面所へ向かった。老害をバラまく人とは別人のように、小さく見えた。

老人の先は長くない。それを十分にわかっていながら、耐えられないことはある。今回のような実害もある。それでも小さくなった姿を見ると、明代は自分のいじめを突きつけられる。何よりも父親の方から折れ、謝ったのだ。一人息子の就農問題だけでも、母親としてはつらいのに、福太郎のしょんぼりが加わり、もはや一杯一杯だった。

さらにもうひとつの心配があった。

このまま家にいては、福太郎の認知機能が衰えないかということだ。今までは肩書きだけの室長にしろ、会社に行っていた。端迷惑にも気づかず、自慢話や説教をする相手がいた。

それがパタッとなくなるのだ。明代を相手にするのか？　明代とて贖罪の気持がある以上、しばらくは相手をする。だが、ずっとはご免だ。

何よりも、外に出て生きている時間は輝やかしい。自宅でテレビを見るだけの毎日とは別ものだ。

明代の川越ガイドボランティアも、今はコロナ禍で開店休業だが、落ちつけば動き出す。そうなると、誰もいない家に八十半ばの老人が一人だ。デイサービスに頼るにしても、認知機能は一気に落ちるのではないか。

世の中はやはり、若年層と壮年層のものなのだ。誰もがそれを認識することだ。そこに老年層を入れるには、本来は不要な気遣いや配慮がいる。若年、壮年が老人との接触をボランティアだと割り切って受け入れるしかない。明代はそう思う。しかし、それには限度があると思う。ため息が出る。

人は必ず老いる。明代などすぐの問題だ。なのに、「趣味や楽しみを見つけて生きよう」と、識者の常套句《じょうとうく》と同じことしか考えられない。

お茶とお菓子を持ってリビングに行くと、福太郎は一人でテレビを見ていた。

「何を見てるの？」

優しく聞く。昨夜の言い争い以来、やみくもに優しい。

福太郎は画面から目を離さず、言った。

「水戸黄門」

と言いかけて、絶句した。水戸黄門ではなく、「遠山の金さん」だった。早くも認知機能に陰りが出て来たのだろうか。

帰宅した純市に恐る恐る話すと、一笑に付された。

「まさか、一日で呆《ぼ》けるかよ。それに他は何でもないんだろ」

「ない。普通」

「なら、黄門と金さんを単にカン違いしただけだよ」

「だといいけど……」

明代は不安が拭《ぬぐ》えなかった。

福太郎はそれ以後も毎朝、七時半には散歩に出かけた。出社をやめたことを愚痴るでもなく、怒るでもなく、一人で出かけるようになって十日がたつ。散歩時間も一時間ほどになっている。認知能力の陰りも、あれ以来はない。

「パパ、いつも岩谷公園に行くの？」

明代が見送りながら聞くと、

「あら、いいわね」

「いや、岩谷小学校のあたりにも行く。小学生がボチボチ登校してくるよ。あと、商店街も行くけど、朝早いから人はいないね。駅はちょうど混む時間だから行かない」

　と明確に答える。

　こうもきちんと場所や時間帯のことまで言える。心配はいらないと考えていいのだろう。

　もしも、ニュース番組でも見ていて、「水戸黄門は面白いね」と言ったら、本格的な認知症の始まりだろう。恐いが、その時になって考えるしかない。

　夜、福太郎が寝室に引っ込んだのを確認すると、俊が両親に言った。

「ジイちゃん、散歩行ってるだろ」

「うん。毎朝ね」

「行く理由、わかる？」

「足を鍛えてんだろ」

　俊はオーバーに手を振った。

「違うよ。全然違う」

そして、笑った。

「ジジババを甘く見ちゃダメだよ。僕、たまたま現場をキャッチしちゃったよ。それも二回」

「岩谷公園で？」

「違う。そんなとこ、行ってないよ」

「小学校とか商店街のあたりとかって」

「そこも行ってない。駅だよ、駅」

「駅？　混むから行かないって言ってたわよ」

「岩谷駅の北口に、コーヒーショップあるだろ。あそこで見た、二回とも」

「コーヒー飲んでたら、散歩にならないじゃない」

「だから、目的は散歩じゃないんだって」

「え？　何なの」

「恋」

「恋?!」

純市が頓狂《とんきょう》な声をあげた。

「そ。コーヒーショップの隅っこの席で、いい雰囲気だった。二人で笑ったりしてさ」

「まさかァ」

「僕、学校が休みだと、朝早くファームに行くだろ？　たまには駅の方のコースを走るかと思って。で、現場を見た」

「誰なのよ、相手は」

「誰だと思う？」

「え？　ママの知ってる人?!　誰よ、誰」

「ぼっちランチ」

「ええッ?!」

今度は明代が頓狂な声をあげた。病院でクレームをつけていたぼっちランチか？　彼女と老いらくの恋か？

「誰だ、ぼっちランチって」

純市は会ったことも、聞いたこともない人だ。明代は村井サキについて話した。

「要はクレーム婆サンよ。公民館の元館長で一流国立大学出て、やたらと平家物語だのってウンチク傾けてさ。老害よ」

「僕とジイちゃんは、その女がセーヌ堂で大声あげてクレームつけるとこ、見てんだよ。おっかねえタイプだな」

「そのバアサンと恋か？」

「な。どこでどう間違って恋になったかなァ。わっかんねえもんだな、男と女は」

明代はその時、思い当たった。黄門と金さんを間違ったのは、恋で頭も胸も一杯だったのではないか。きっとそれだ。老人をすべて認知症と結びつけてはならないのだ。

「だけど、パパはサキさんを『自分らの仲間に入りませんか』って誘ったのよ。そしたら冷たくピシャッと断ったんだから。『そこらのジジババと同じ空気吸いますとね、ジジババが感染するんです。空気感染はコロナだけじゃないんです』って」

純市はのけぞって笑った。

「それだ。その時、お義父さんは惚《ほ》れたんだよ。カルテットは病気自慢だの、シロウト俳句の能書きだろ。『食欲なくてすぐ死ぬの』と言っては完食するバアサンとかだ。比べて、この女は何てカッコいいんだって」

そういうこともあるかもしれない。どっちにせよ、明代は気持が楽になった。父親を老害だと責めた罪が、少し和《やわ》らいだ。父親にも秘かに、ときめくことがあったのだ。

「とにかくさ、知らんぷりしてよう」

純市の言葉に、明代も俊もうなずいた。八十五歳と七十九歳が、急に結婚するとも言うまい。「生きてるうちにする」とでも言うだろうか。

「ああ、肩の荷が降りたわ。いくら実の父親とは言っても、言いすぎたしさ。だけど恋と来たよ。ホント、救われた」

純市も大きくうなずいた。

「な。これからは俊が五年後に家業を継いでくれるようにって、それだけ祈ってりゃいいものな」

「もう、祈るなよ！」

俊もホッとしていたのか、声が明るかった。

二日後、純市が社長室のある三階でエレベーターを降りると、杉田が待ち構えていた。

「社長、大変です」

廊下の先に、リュックを背負った老人四、五人がウロウロしているのが見えた。後姿だが、安っぽい帽子や使い古したリュック姿だ。それに歩き方から、みな高齢だとわかる。

「何だ、あれ」

「わかりません。今朝、突然あらわれたんです。ヘンな老人たちが玄関をウロついてるって総務に連絡があって」

ヘンな老人の一団は、

「ここだよ、ここ」

「おお、ここかよ」

などと大声をあげて、一室を指さした。

そこは「経営戦略室」だ。だが、そのプレートは外されていた。

そして、「若鮎サロン」という新しいものが掛かっていた。手製だとすぐわかる。

「何だ、若鮎《わかあゆ》……って」

純市に問われ、杉田は首を振った。

若鮎には似つかわしくないリュックのジジババが、楽しげにドアを開け、

「おはようさん」

「来ましたよォ！」

と入って行く。

純市と杉田は呆然とそれを見ていた。開いたドアから、

「よォ！　おはよう」

と声がした。福太郎だ。

入って行く時、リュック軍団の顔がのぞいた。純市はそれを見るなり棒立ちになった。吉田、桃子、竹下だったのだ。それに見たことのない女が一人いた。これは「ぼっちランチ」かもしれないと思った。

ドアが閉まり、杉田は指示を待つように純市を見た。純市はドアをノック

し、開けた。

「あれェ、純市さん。社長さん！　今日からお世話になります」

竹下が声をあげ、「ぼっちランチ」らしきババがお辞儀をした。

「初めまして。息子さんでいらっしゃいますか。村井サキと申します。ずっと岩谷市営公民館の館長をしておりました。何分にも国立の東日本大学では古典文学を専攻しておりましたもので……」

最後まで言わせずに、吉田がノートを開いた。

「今までと違うとこに来て、早くもいい一句ができてねえ、純市さん。『秋風やラッシュの社員生き返る』」

桃子が感嘆した。

「いい句だわよねえ。ラッシュで汗まみれの体が、秋風で生き返るの。すぐに作ったんだよ、この人」

突っ立っている純市と杉田に、福太郎は力強く言った。

「この前、明代が『老人は何かやるなら老人だけでまとまってやれ』みたいなこと言ったんだ。若い人を巻き込むなってよ。で、純市君、この部屋、老人用のサロンにしたから」

「は？」

杉田も、いつの間にか来ていた斉田もわけがわからず、突っ立っている。

「俺、散歩は一日であきてさ。ただ歩いてるだけで、何が面白《おもしれ》えかって。で、みんなのとこ回ってサロン計画を話したんだよ。大乗り気でさ、みんな」

老害五重奏の面々は、ここでサロンコンサートでもやる気だろうか。

「途方に暮れる」とはこういうことだと、純市はぼんやりと思っていた。

第五章

明代がアイロンをかけていると、電話が鳴った。

「明代、会社で何かあるの？」

里枝からだった。

「会社？　どこの？」

「うちの姑が、今から雀躍堂に行くから車で送れって言うのよ」

「何それ」

「わかんない。変よね。福太郎さんは会社？」

「もう会社には行ってないの。今、散歩に出てる」

このところ、散歩に時間をかけ始めている。サキと恋でも語っているのか、お茶でも飲んでいるのか。朝八時頃に出て、帰りは十時を過ぎることもある。

「福太郎さんが会社に行ってないなら、なお変よね。何でうちのバァバが行くのよ」

里枝はそう言って、姑に「ハーイ、すぐ行きまーす」と声を上げ、

「明代、とにかく行ってくる」

と電話を切った。

確かに変だ。すぐに純市のスマホを鳴らした。だが、留守番電話になっている。

どうも気になり、会社に電話をしてみた。女子社員が出ると、明代は丁寧に名乗った。

「私、社長の家内ですが、お世話になっております。主人はおりますでしょうか」

「奥様ですか。こちらこそ大変お世話になっております。社長は只今来客中で、席を外しております」

「そうですか……。では斉田さんか杉田さんに代わって頂けます？」

「すみません。二人とも一緒に接客中でして……。後で社長からお電話差し上げるよう伝えますので」

電話を切った明代は、女子社員も何かを知っている気がした。

「若鮎サロン」では、老人五人を前に、純市、斉田、杉田が突っ立ったままだった。純市もまだ状況をはかりかねていたが、柔らかく言った。

「この部屋を皆さんのサロンにしたいお気持は、よくわかりました。ただ、ここはビジネスの場でして、皆さんの……」

福太郎が遮った。

「『皆さん』じゃない。『若鮎さん』と呼べ」

「すみません。若鮎さんのお気持には、私も大賛成です。ぜひサロンをお作り下さい。ただ、場所はここではなく、どこか別をご用意しますので」

斉田がすぐに引き取った。

「急なことですが、このビルの近くに心当たりがあります。そこは一階ですので階段がなく、皆さんもお楽だと思いますよ」

サキが鋭く言った。

「階段を昇り降りして足腰を鍛えてるんです。余計なことなさらないで。それと、皆さんではない。若鮎さん」

「あ、若鮎さんにはここより楽かと……」

経営戦略室長の椅子にふんぞり返っている福太郎は、純市ら三人を見回した。

「ここは会社から俺がもらった部屋だ。俺の好きに使う。『若鮎サロン』はここに開く」

老害カルテットが、いっせいに拍手した。

その時、総務の女子社員に案内され、里枝と春子が入って来た。

「まァまァ、私までお呼び頂いてェ」

こんな時にもわざわざ遅れてくる春子を、カルテットは珍しく拍手で迎えた。

「今日という今日は待ってたよ！　さァ、六人みんなそろった」

この拍手、遅れて来た甲斐があるというものだ。春子は弾んだ声をあげた。

「ハイハイ、若鮎サロンとして何か始めるんですよね！」

驚いたのは里枝だ。「若鮎サロン」だと？　若鮎とは誰のことだ。このオフィスビルで、老害の人たちが何か始めるというのか。

春子がドアを指さした。

「里枝さん、ありがと。帰りは若鮎の皆さんとご一緒だから大丈夫よ。ありがとね」

有無を言わせぬ態度に、里枝は皆にお辞儀をして外に出た。いつになく強気な姑だ。何が始まるのか、里枝にも見当がつかない。

居並ぶクインテットを見回し、福太郎が何か言おうとした時、女子社員が入って来た。そして、純市に耳打ちすると同時に、明代が入って来た。

「どうしたんだ、お前……」

驚く純市だったが、福太郎は喜んだ。

「おお、いいところに来てくれた」

「はい。何かあったようだと聞いたのですが、電話がつながらず、来てしまいました。どうしたのですか。皆さんおそろいで」

サキが立ち上がり、頭を下げた。

「お久しぶりです、奥様。『皆さん』ではなく『若鮎さん』とおっしゃって」

「は？」

福太郎が室長の椅子から立ち上がった。

「この間、明代に言われて、もっともだと思ったんだよ。お前、言ったろ。『老人が何かやるのはいいけど、老人だけで集まってやってくれ』って。『若い者は関係したくないんだから、迷惑かけないでくれ』みたいなことさ。言ったろ。あれはその通りだと身にしみたよ」

そう言って、胸を張った。

「だから、まとまった。ここを『若鮎サロン』と名付けて、拠点にする」

立ったままのサキが、満足気に言った。

「私までお誘いを受けまして。前にも申し上げました通り、私、同年代でつるむのって大っ嫌いなんですよ。でも、福太郎さんが何回も何回も説得にいらして下さって。まァご熱心なことご熱心なこと」

福太郎も満足気だった。

「サキさんみたいな才女がいるとよ、やっぱりこっちも安心だからな」

「福太郎さんの老人観と、若鮎サロン設立の心意気には、さすがに私も心打たれましてね。新参者ですが、ここにおられる若鮎さんたちとも何度も朝のミーティングをしまして」

そうだったのか。老いらくの恋ではなく、老いらくの共闘だったのだ。あんなに力なく、トボトボと散歩に行きながら、サキを加えた老害クインテットに、若鮎サロンとやらの設立を持ちかけていたのだ。福太郎はさしずめ指揮者なのだろう。

桃子が笑顔を見せた。

「みんな福太郎さんのお誘いにのったってわけよ。サロンという拠点があるのは嬉しいし、みんな一緒で楽しいわ」

「散歩なんてクソ面白くもなくてよ。だからって、どっかに行かねえと申し訳ねえし。だけど行くとこねえし。で、明代に言われた言葉を思い出したわけだ」

明代はニコリともしなかった。

「で、散歩のふりして外に出て、みんなにサロン作ろうって持ちかけてたわけね」

「カンがいいじゃねえかよ。みんな一も二もなく大賛成よ。老人だけでまとまれるもんならまとまりてえって、どこの老人だって思ってるに決まってらァな。若い人や家族に迷惑かけたくねえってさ。だから、まとまって何かやることに、大喜びよ。明代の言葉のおかげだ」

福太郎の笑顔に、明代は「してやったり感」を見た。クインテットも嬉し気にうなずいている。

「見てな。これからもっと人数ふやして行くからよ」

これにには純市ら三人も明代も、体を固くした。リュックの老人たちが、もっとふえるのか？　もっとヨタヨタと廊下を歩くのか。それでは会社は老人ホーム化する。明代は懸命に態勢を立て直した。

「ご意向はよくわかりました。ですが、皆さんは……」

すぐに春子が訂正した。

「若鮎さんは……でしょ」

いつも死にたいとか食べたくないとか言いまくり、その実、全然死なないし、皿まで食べそうな食欲の春子だ。それでも、他人の言葉を訂正するほどの気合い。こんな春子は初めて見た。

　斉田が明代の方を向いた。

「当社のビルより、サロンとしてはもっと使い勝手のいいところがあるんですよ。そっちをお勧めしてるんですけどねえ」

「いやいや、斉田君。俺らはここがいいんだよ。他を借りたら家賃がいる。俺らは出せねえし、もともとこの部屋は社長が俺にくれたものだ」

　何か言いかけた純市を、竹下が制した。

「社長も皆様も、どうぞお仕事にお戻り下さい。ここにいても一銭にもなりませんし。明代さんも心配いりませんから、お帰り下さっていいですよ」

　明代はクインテットに聞いた。

「皆さ……いや若鮎さんたちは、ここを拠点に何かをやるって、何をなさる気ですか」

　桃子が、年齢にはふさわしくない白すぎる入れ歯で、笑った。

「ナーンにも決まってないの。ナーンにも。ただ、週に二回くらい集まって何かやろうってだけ」

吉田も自信満々である。

「週に一回、俺が俳句教室をやって、もう一回は桃子が絵を教える。そういうのもいいって言ってんだけどよ」

これを聞き、明代ばかりか純市もめまいがしてきた。あの俳句とあの絵で、弟子を取るというのか。

竹下がケロリと続けた。

「でもさ、みんなで一致したんだよ。世の中、老人には趣味をあてがっておけって感じだろ。俺ら全員、それは違うだろうって。やりたくもねえ趣味を強制するのは、単純に若い人たちがラクだからだろうが」

明代はその通りだと思った。散歩でさえ有難かったのだ。

サキがキリリと断じた。

「老人に必要なのは趣味じゃない。教育と教養なんです」

純市が間髪を入れずに割り込んだ。

「その通りです。皆さ……いや若鮎さんは、すでに教育も教養もおありの方ばかりですので、いかがですか。ここにサロンを作るのはやめて、うちの社内報にコラムを書きませんか」

　杉田がすぐに賛成した。

「社長、それは最高ですね。若鮎さん、雀躍堂では総務が担当しまして、『雀《すずめ》、百まで』という名の社内報を月二回出しております。タブロイド判四ページで全面カラーです。その中に『若鮎サロン』という連載を始めますよ」

　斉田も身を乗り出した。

「若鮎さんがリレー形式で書いて下されば、それこそ『雀、百まで』の名が輝きます。これは教育と教養をお持ちの若鮎さんでないと、書けませんから」

　サキがせせら笑った。

「あなたたち、こんな言葉もご存じなかったの？　『教育』じゃなくて『今日行く』よ。老人には今日出かけて行くところが必要ってこと。それが生きる励みになるの。もうひとつ、『教養』じゃなくて、『今日用』よ。老人には何でもいいから、やるべき今日の用事が必要なの。こんなこと、みんな知ってますよ。社長もご存じなかったようね？　恥ずかしいこと」

　純市も斉田も反論できない。サキは新参者でありながら、クインテットを仕切っている。

明代は、ここは謝る方が賢いやり方だと思った。

「老人は老人でまとまれなんて言ってしまって、申し訳ありませんでした。決して邪魔にしたわけじゃないし、排除したわけでもないんです。ただ、ジェネレーションギャップって言うか、どうしても年代格差ってありますでしょう。高齢者にとっても、若い人に気を使って顔色見るより、自分たちでまとまる方が楽しいと思ったんです。気楽だろうって思ったんですよ。それだけのことなの。誤解させる言い方をしてごめんなさい」

純市が明代に言った。

「明代、今思いついたんだけど、サロンは僕らの自宅に作ったらどうだろう。コラムに何を書くか、みんなで意見出しあったり。そんな中から書くことが見えてきたりもするし」

「いいわね、それ。若鮎さん、私は一切お構いしませんし、まして週二回なら負担にもなりません。私がいなくても父が必ずいるわけですからカギは開いてますし」

「妻の言う通りです。ぜひそうして下さい。玄関に『若鮎サロン』の表札も掛けますよ」

純市が必死なのが、明代にもわかった。業績も上向いている会社が、老人ホーム化しては困る。ここはビジネスの場なのだ。

とは言え、純市は今もって福太郎に遠慮がある。常にそれを感じている明代であるだけに、自宅まで開放しようという純市の必死さがしみた。

だが、この申し出を、福太郎は簡単に蹴った。

「俺の家でやったんじゃ、俺の『今日行く』はなくなるだろうが。ここでやる。明代の言葉を守って、老人はまとまる。ここでまとまる」

そして、クインテットに言った。

「じゃ、そろそろ会議に入ろう。若鮎の俺たちが何をすべきか、みっちり話し合わないとな。純市社長、とにかく、コラムの件は断る」

追い返すようにサキが勢いよくドアを開けると、外で聞き耳を立てていた男子社員に当たった。

「イ、イテェッ！」

「あら、何なの、あなた達」

女子社員もいて、あわてて言った。

「あ……いえ……通りがかりの」

「見えすいたこと言うんじゃないッ。盗み聞きでしょ。まったく恥ずかしいと思いなさいよ。私たちの話で、何が面白かった？　え？　言ってみなさい」

「いえ、通りがかりで……」

「通りがかりっていうのは、歩くのよ。ドアに耳つける通りがかり、そう書いた辞書、あります？」

「いえ……あ……」

「雀躍堂ってこんなバカばっかり集めてるわけ？　上司に言うわ。上司、誰？」

男子社員が室内を指さした。杉田だった。

「最悪。アンタたち若い者がしっかりしないから、私らが動かなきゃなんないのよ。ここは趣味のサロンじゃないの。世の中をよくするためよ。この役立たずども、私ら年寄りを楽にさせてみなさいよッ。社長ッ」

サキはドアを開けたまま、純市に叫んだ。

「全然、社員教育してないのね。福太郎さんも何もやって来なかったって、よくわかった。上司にクレームつけたくても、上司がこのザマじゃね」

杉田の体は本当に小さくなっていた。

「サ、役立たずの上司どもも出て行って」

と、クインテット以外を部屋から追い出した。そして、音をたててドアを閉めた。

閉め出された明代は、ドアを見ながら、苦笑した。

「あの二人に恋はないわ」

「ああ、ない。俊の早とちりだな」

それがわかったとて、どうやって若鮎を追い出すかは見当もつかなかった。

ドアの中では、指揮者の福太郎とクインテット五人が話し合っていた。

「拠点もできたし、六人ものメンバーがいる。さァ、何をやるかだ」

竹下はそう言って、腕を組んだ。頰が紅潮している。張り切っているのだ。

それは他のメンバーにも見て取れた。

「でも私たち、体力はないのよ。歩くのも大変だし、できることってほとんどないわよ」

ぼやく春子に桃子が同意した。

「だから俳句とか絵とか、何か趣味に行きつくのよね」

サキが応じた。

「そういう趣味のプログラムに加えて、私が古典文学講読とかをやってもいいわよ」

「だけど、それはどこのカルチャースクールでもやってんだろ」

「じゃあ何ができるって言うのよ。せっかくいい場所を手にしたのに、何か他にできることとある？　あるなら言って。言って」

サキの問いつめに、みんな黙った。

桃子が答えた。

「やっぱり六人で集まって、しゃべったり手芸とかちぎり絵とかやって、お互いに感想を言いあうしかないんじゃない？」

竹下も同意した。

「だよなァ。俺、コラムを書かされたらどうしようと思ったよ。文章なんて書けねえもん」

福太郎が、

「何ができるかねえ……」

と、一人言のようにつぶやくと、誰もが黙った。できることなど思い浮かばないのだ。

春子がため息をついた。

「何か……やっぱり長く生き過ぎたかな、私ら」

竹下は腕を組んだ。

「それを言っちゃオシマイだけど、確かになァ、みんないなくなっちまったもんなァ」

かつては誰もが、買い物カゴを持った母親と昭和の街を歩いた。魚屋のオヤジも、せんべい屋のオバサンもいなくなった。母親本人もだ。みんなとっくにだ。

「人生って短いね」

桃子がつぶやくと、竹下が言った。

「な。俺、最近、人って本当に死ぬんだなァと思うんだよ」

吉田があきれた。

「竹下、今頃、何言ってんだよ」

「いや、わかってたよ。わかってたけどさ、有名な芸能人とか政治家がどんどん死ぬじゃないかよ。そうすると、やっぱり人はみんな必ず、本当に死ぬんだなって」

「みんな死ぬんだから、別に恐がることねんだよ」

「俺、恐くねえよ、死ぬことは。ホントだよ。だけど、この世の色んな人と別れるのがさ、恐いっていうか、切ないっていうか」

「それはな……みんなと別れて、あの世には一人で行くんだもんな。竹下は天敵のヨシエ婆とも別れて……」

ヨシエ婆は竹下クリーニング店の近くで、うどん屋を営んでいた。今は息子の代だが、このヨシエ婆はゴミ出しのルールにうるさい。あまりに口うるさいため、ついにある朝、竹下はののしった。

「このくそババア」

その話を福太郎も吉田も思い出したのだ。そう言われたヨシエは、

「ケッ。くそしねえババアがどこにいるッ」

と反撃し、竹下はすっかり気に入ってしまった。以来、ヨシエ婆のクリーニング代は、三割引きだという。

「ヨシエ婆とか、みんなを残して、自分だけ一人でどっか行くの、ヤだよ」

桃子が竹下の背を叩いた。

「心配ないって。何回も教えたでしょ。死ぬってさ、神さんが『帰って来い』って呼び戻すことなんだよ。神さんはお岩木にいるんで、そこに引っ越すだけだよ」

「死ぬって引っ越しかよ」

「そうだよ、竹下さん。引っ越しだよ」

サキが鋭く遮った。

「老人の一番悪いところは、昔を思うこと。そして死を思うことです」

どこか誇らし気に明言した。

「今の自分を作ったのは、昔の数々の経験です。よくも悪くも、色々な出会いです。だから昔や死を思うことは、現在の自分を否定することです。それでは何のためにこれまで生きてきたか、わからないでしょ」

福太郎は、

「アルフレッド・テニソンもそう言ってるしな」

と、学のあるところをサキにアピールした。この前、週刊誌に出ていたのだ。

「ああ、イギリスの詩人ね」

すぐに返すサキに驚きながら、改めて他の四人を見た。何とも頼りない。この老鮎《おいあゆ》に何かできることがあるだろうか。だが、このサロンを「思い出を語る会」にしてはならない。

何かできる。老人をあなどるな。絶対に何かできる。福太郎は自分に言い聞かせるしかない。

桃子が当たり前のように言った。

「神さんはさ、人を死ぬ間際まで働かせる。その力を与えてるんだよ。だから私ら、みんなで考えれば絶対に何かできる。少しでも若い人のためになる何か」

竹下が遠くを見るような目をした。

「俺、大病して生還したろ。あの時、思ったよ。医者も看護師ももったいないほど力を尽くしてくれんのさ。その力を俺みてえなジジイじゃなくて、若い病人に回す方がいいんじゃねえかって。……思ったよなァ」

「わかる。私らを生かしたところで、早い話が息吸って吐いてるだけだもんね」

そう言う春子に、サキは怒りの目を向けた。

「そういう了見だから、老人は若者に迷惑かけるの。生きてる以上、生かされてる以上、百五十歳だって何かやろうと思うべきよ」

竹下が笑った。

「百五十までは誰も生きねえべよ」

「ものたとえです、比喩《ひゆ》！　そんなことも理解できないんですか」

「アンタの方こそ、全然理解してねえよ。俺はジジイにまで必死になってくれる若い者に目がさめたって言ってんだよ。俺らが考えてるよりずっと、若い者は老人のことも社会のことも思ってるんだよ」

　福太郎は梨子もそうだと思った。家にもろくに帰らず、病院で働いている。「コロナ担当やコロナ病棟はもっと大変だから」が口癖だ。

「若い者をどう助けるか、本気で考えような」

　福太郎の言葉に、全員が深くうなずいた。


　純市と明代、斉田は会社近くの喫茶店で困惑していた。あの老害集団をどう排除したらいいのか。

　斉田は本音を言った。

「社内報のコラムはいい案でしたけどねえ。何しろ、会社に来られちゃ困るんで」

「何をやる気かわからないけど、一、二ヵ月も続かないんじゃないかしら。だいたい、できることが何もない老人よ」

　明代の言葉に純市はすぐに同意した。

「うん。俺も、騒ぐような話じゃないなって思い始めてる。どう考えても、結局は趣味の会しかできないよ」

「社長のおっしゃる通りだと思います。趣味ならわざわざあの部屋まで来るのも面倒ですから、一、二ヵ月がいいとこですよ」

「まさかその一、二ヵ月にカラオケや煮炊きはしないでしょうし、このまま様子を見てはどうかしら。本当に実の父とはいえ、迷惑千万ですよ」

「いや、お元気で結構ですって」

「斉田君、口先だけでもそういうことを言うから、老人はカン違いするんだよ」

三人は苦笑しながらも、安堵していた。今日のことは老人の「こけ脅し」でしかないと確信した。確信したかった。

夜七時、福太郎は恥ずかし気もなく純市のタクシーに同乗し、元気に帰宅した。

「イヤァ、二人とも今日は騒がせたな。あの後、みんなで話しまくったけど、まだ詳しくは決まってねえんだ。だけど色んな意見が出て、面白かったよ。ま、心配すンな。俺ら若鮎は会社に迷惑かけるようなことはしねえからよ」

「パパ、私、許してないからね。あの部屋をサロンにすること」

「ヘッ。お前は単なる前社長の娘だ。許すも許さないも言える立場にねえよ。現社長が許してんだ、口出すな」

「現社長も許してないわよ」

「ヘッ。あの部屋をいつでも自由に使えって言ったのは、現社長だ。だろ、現社長さん」

「はァ……。でもまさか、老人サロンにするとは思いませんでしたし。私はお義父さんが書斎がわりに使うものと……」

「お前も頭悪いね。老人グループの書斎だよ」

「それなら、この家を使って」

福太郎は大きく手を振って拒み、満足そうに明代を見た。

「なァ、明代。何もかもお前のおかげだ。俺は明代に『老人だけでまとまれ』って言われて、初めて目がさめたんだよ」

この老害ジジイ、何度同じことを言うのだ。

「それで仲間に話したら、みんなも『明代さんに教えられた』って感動してさ。娘も立派なら、婿も立派。俺の退職と同時に、一室を自由に使えって提供したんだからよ。できることじゃねえよ、娘も婿も」

この時、明代はやっと、これは父親の逆襲だと気づいた。若い人への強烈な仕返しだ。

そしておそらく、あの老人たちの逆襲だ。

あの人たちも、老人の悲哀をさんざん味わってきたのだろう。若い人に逆らうこともできず、老害扱いされてきた。何のために、誰のために年を取ったのかと悲しみ、自分でなだめてきたに違いない。

年を取れば取るほど不幸になる。そんなことがあっていいはずはない。だが、社会はそうなのだ。若い人は現実にそれを見ているのだから、自分の行く末に重ねるべきだ。だが、重ねない。自分が老人になることなど、考えられないからだ。

鮮やかに逆襲した父親に、明代は思い知らされていた。老人をあなどってはならない。体力も経済力も思考力もないが、先もない。先がないことは強い。何だってやってやれと思うだろう。

老人と若者は似ている。先がないから突っ走るか、先を考えずに突っ走るかの違いだ。

明代は俊と父を重ね、中途半端な自分の年代を思った。どっちでもない「初老」は生きにくい。

父親は断固として、あそこでサロンを開くだろう。これは逆襲なのだと知ると、止めようがないとわかる。

せめて、一、二ヵ月で飽きてくれればいいが、わからない。俊も、農業を一、二年でやめてくれればいいが、これもわからない。

とにかく、何とか老人の出社を止めなければならない。雀躍堂を選んで入社した社員たちに対し、責任がある。

純市の沈んだ顔と、生き生きしている福太郎の顔を見ながら、明代は何か方法がないものかと、頭をめぐらし続けた。

その最中に、スマホが鳴った。里枝からだった。

「明代、今日は大変だったね。うちの姑までごめんね」

明代はスマホを耳に、台所へ行った。

「とんでもないわよ。里枝が知らせてくれたおかげで、私は現場に立ち会えたんだから」

「姑は張り切って、あそこに通うみたいよ。いくら聞いても詳しいことは言わないのよ。何をやるんだかねえ」

「決まってないみたいよ、父が言うには」

「どうするの？　困るでしょ」

「困る。老人ホーム化は困る。里枝、やめさせる方法、何かない？」

「急に言われてもねえ……。ところで別の用で電話したんだけどさ」

「あら、ごめん。何？」

「さっき、息子一家が来たのよ。ＧｏＴｏトラベルで。それでね、孫の杏奈と翔が、今、電話に興味があってたまんないわけ。申し訳ないけどさ、ちょっと出てくれる？」

これだ。里枝に限らず、よその孫の電話に何回つき合わされただろう。

里枝は電話口で孫に言っている。

「『杏奈です』って言いなさい。ほら」

孫娘は何も言わない。里枝は甘い声で促す。

「恥ずかしいの？　『こんにちは』って」

早く切りたいので、明代は自分から言った。

「杏奈ちゃん、こんにちは。バイバイね」

「バイバイ」

小さな声で返って来た。すぐに里枝の声がした。

「明代、ごめん。翔にも何か言って。一言でいいの。一歳だからほとんどしゃべれないけど。翔、早くよ」

まったく面倒くさい。その子が出るなり優しく言った。

「翔君、バイバイね」

もうバイバイしかない。

「明代、申し訳ない。また杏奈が出たいって。今度はしゃべるみたいよ。とにかくこの年頃、電話が好きで。ホントにごめんね。ホラ、杏奈、『こんにちは』って」

孫娘、無言。

「ヤダ、この子ったら緊張してるのかしら。自分で電話って言っといて。杏奈、お祖母《ばあ》ちゃんのお友達よ。大丈夫よ。ホラ、『杏奈です』って言ってごらん」

何も言わない。明代はリビングの父親と夫を見ながら気が気ではない。これまでも何回となく、杏奈の電話にはつきあってきたが、今日はダメだ。やんわりと言うしかない。

「里枝、ごめん。今、例の件で父と夫と取り込み中なのよ。後でかけ直す。杏奈ちゃーん、後でねー」

「そうだったんだ。こっちこそ、ごめんね。じゃ、後で……何、杏奈。歌うの？」

杏奈が里枝に何か言っているようだ。

「明代、ものの三十秒で済むからお願い。杏奈がこの前、幼稚園のおゆうぎ会で、すごいのよ。電柱の役に選ばれたの。その歌を歌うって」

電柱の役ってどこがすごいんだ？

「電柱って何の劇なの？」

「シンデレラ姫よ」

明代は聞くなり噴《ふ》き出した。笑いが止まらない。

「明代、そんなに笑う？」

「だってシンデレラの物語に電柱なんか出て来ないでしょうよ。お城にあるとか？　まさか、あの時代にねえ」

明代はそう言いながら、ついまた笑った。これはどう考えても、園児全員に役をつけるための苦肉の策だろう。それにしても電柱か。先生ももう少し考えればいいものを。

あまりに笑われて、里枝は明らかに不快な声を出した。

「杏奈、もう電話切ろうね」

「里枝、時間がかからないなら電信柱の歌聴くわよ」

「電信柱じゃない。電柱です」

明代の声が聞こえたのか、杏奈は歌い出した。

「でんでんちゅう　せいたかのっぽ　でんでんでーんでん」

何がいいんだかわからないが、ほめておいた。

「すごーい。うまいねえ、杏奈ちゃん」

「うん。杏奈ねえ、七番まで歌えるよ」

「七番?!　おばちゃん、今は無理だけど、あとでかけ直すから歌ってね」

「明代、かけ直さなくていい。また笑われたり、電信柱とか言われると杏奈が傷つくから。お詫びのしようもないです。大事な時間をとらせて。すみませんでした」

切り口上で言うと、里枝は電話を切った。

こんなに怒るか？　シンデレラの劇に、電柱の役で出たと聞けば、誰だって笑うだろう。

里枝は頭のいい人だが、孫のことになるとこうなる。たぶん、世の多くのジジババがこうなる。理性も恥も吹っとんで、可愛さの垂れ流しだ。

コロナ禍の今、テレビの街頭インタビューなどで、

「今、お困りのことは何ですか」

と聞かれると、ほとんどのジジババは、

「孫に会えないことです……。リモートではねえ」

と言う。そして、なぜかつけ加えるものだ。

「孫は上が五つで、下は二つなんです」

聞かれもしないのに、ジジババの多くは、上の子と下の子の年齢を言う。年賀状にも孫のことを書いて（上五歳）（下二歳）などとする人が多い。

こうして年齢を言ったり書いたりすると、孫が目の前に浮かぶのだろう。その可愛さを思い、胸が一杯になるのだ。

電柱の歌から解放された明代は、リビングに戻った。夕食につけたかまぼこを肴に、福太郎は上機嫌だった。

初めて老人拠点計画を聞かされた俊は、驚いて声をあげた。

「えーッ？　マジかよ、ジイちゃん。いいのか？　会社の中に老人ホーム作って」

「老人ホームじゃないよ。老人の活動拠点だ。若鮎サロン」

「若鮎……。すげえ……。どこ押せば出るんだよ、そんなネーミング」

明代と純市は無言で、青椒肉絲《チンジャオロースー》を食べ続けた。誰が考えても「若鮎」はない。クインテットはみんな、浜に打ち上げられて息も絶え絶えな魚だ。そうは言っても、その絶え絶えが決起したのである。

「で、ジイちゃん、これから若鮎は何をやろうっての？」

「まだ話し合いの最中。具体的に動くのはこれからだ。丁稚のお前と同じだよ」

「そっか。面白いな」

「だろ。面白くなってきた」

先を考えない若者と、先のないジイサンは同じことを言った。半端に高齢の明代や純市にはない言葉だ、「面白さ」は。

翌日の午後、明代は里枝に電話をかけ直した。

「ごめんね、昨日は。もう若鮎サロンのことは放っとくしかないってわかったわ」

「しょうがないよね」

「杏奈ちゃんたち、いつまでいるの？」

「今日のお昼に帰ったの。お嫁さんの親のとこにも一泊しないと」

「あらァ。それはそうよね。でも少しでもお孫さんの顔が見られてよかったわね」

「まあね。でもあの後、七番まで歌いたかったって泣かれて、困ったわよ。いくらおばちゃんは大切なご用があるのって言っても、あの年齢じゃ理解できないし」

「そうよね。ごめんね」

「ボロボロと涙流して、小さな手で拭くから可哀想で」

「ごめんね、私が泣かしちゃって」

「明代、気にしないで。子供なんてすぐ忘れるし、それにもう済んだことだから」

　済んだことだと？　こんな言い方はないだろう。明代が悪いことをしたようではないか。

　昨日は失礼にならないように、里枝にかけ直すと言った。今までさんざん孫自慢や孫の電話につきあって来たが、一度もイヤな態度をしたことはない。もちろん、腹の中では「老害がッ」と思っていてもだ。

ああ、こんな孫バカ、相手にする方がバカだ。明代は明るく言った。

「杏奈ちゃんが次に来たら、セーヌ堂のお花のクッキー用意しとくね。おばちゃんからだって言って、あげてね」

「済んだことだから、いいって。それに、私が無理を言ったんだから。でも、こういうことって、孫のいる人だとわかるのよ。ちょっと無理して七番まで聴いてあげようとか。それをみんながわかると思った私が悪かった。ごめんね」

これが謝罪になるか？　里枝はただただ孫娘が可哀想で、自分の非など考えてもいない。口先だけで謝って、あげく「孫のいる人だとわかるのよ」ときた。捨てゼリフみたいなものだ。

こんな老害の人と、同じ土俵に立ってはいけない。明代はさらに明るく、さらに優しく言った。

「セーヌ堂のクッキー、私も食べたいのよ。用意しとくね！」

「気にしないで。済んだことだってば」

もう一度そう言って、里枝は電話を切った。

今後、私たちの関係がギクシャクしたら、したでいい。里枝は、老害婆さんたちとつきあえばいいことだ。

友達なんて切れる時は切れるのだ。それで結構。深追いしないに限る。

明代はむしろスッキリしていた。里枝は老害婆さんと心ゆくまで、孫への思いを垂れ流し合えばいい。


週末、俊が松木ファームに行くと、克二が来ていた。松木と深刻に話している。

「全国の消防団員の減少、これはもう限界です。岩谷市は今は何とかなってるにしろ、まったく先はありません」

克二の言う通りだった。昭和二十九年には、全国に団員が二百二万人いた。それが少子化や過疎化などで、平成の終わりには八十五万人を切っている。

コロナ禍で勧誘やPRが思うようにできない今年は、さらに減るだろう。そうなると、各市町村の防災対策が弱体化し、活動範囲が狭くなる。

「消防」といっても消火ばかりではない。災害時の行方不明者の捜索や、住民の避難誘導など、その仕事はどれも重要で多岐にわたる。弱体化は大問題だ。

松木は苦笑した。

「消防団は江戸時代の『町火消《まちびけし》』が元だっていうからな。もうそんな粋《いき》なものに憧れる若い者はいないさ。コロナのせいにばかりはできないよ」

克二は思い切ったように言った。

「消防団員の報酬、見直すべきです」

今、岩谷市では「年額報酬」として団員一人に対し、年間二万五千八百円を支給している。また、火災や災害などで出動すると、そのたびに「出動報酬」が支払われる。

ただ、これは団員個人ではなく、分団がまとめて受け取る地域がまだまだある。積み立てて団の活動費や訓練費に充てたりする。岩谷市はこの方式だ。

克二は松木に訴えた。

「団員に直接支給する自治体が増えています。団員に休日返上で働かせて、本人が受け取るカネはゼロですよ。今の若い者、やりたいわけがありませんよ」

松木はよくわかっていた。「世のため人のため」として、汗と涙で若い人を動かす時代ではないのだ。

「松木さんもご承知の通り、消防庁は個人支給に加えて、報酬額の改善も通知しています。国がその流れなんです」

克二はまっ向うから切り出した。

「消防団サイドの問題も洗い出すとして、松木さん、何とか報酬の直接支給について岩谷市に働きかけませんか。本気で」

松木もそうは思っていた。一人当たりの報酬も、もっと上げてやりたい。だが、それは市の財政負担になる。国に改善を言われても、簡単ではない。

「克二、他の市町村の状態を知ることと、連係して動くことが必要だ。まず、全国の消防団の状況を細かく調べてくれよ」

克二はすぐに一冊の資料を取り出した。

「全部調べました。何としても消防団は大きくしていかないとなりません。できるところからやらないと、消滅します」

松木は俊に聞いた。

「今の若いヤツら、社会のためになりたがってるって聞くけど、ホントか？」

「誰かとつながっていたいというのは、本当だと思います。それで社会のためになれたら、一番というのは本音としてはあるはずです」

克二がうなずいた。

「つながりたいから、ネットだのグループラインだのSNSだのってやるんだろ。だけど、消防団に入れば、仲間とも社会ともリアルなつながりができる。直接支給とか色んなことを時代に合わせて、PRしなきゃダメなんだよ」

「はい。僕が消防団に入ると知った友達何人かが、あきれてました。縛られたくないとか、バイトする方がいいとか。だけど、そのうちの一人は、町のゴミ拾いボランティアを始めました。友達を誘ってます」

「若い者は納得すれば、とことんやるということだよな」

「だと思います」

「俊が農業やるみたいにな」

克二は笑って言ったが、俊は力強く、

「そうです」

と言い切った。

俊は二人に若鮎の決起を話した。

「どう頑張っても、老害集団は茶飲み友達になるしかできないですよ。みんな八十代九十代ですから。だけど、すごい気合いらしくて」

克二が缶ビールをあおった。

「消防団にも、老人ができることは何かあるよな。だけど消防団は定年があるし」

松木はもろキュウをかじった。

「今、定年制をやめた市町村もあるだろ」

「ありますけど、たいていは六十五から七十です。団員はふやしたいですけど、さすがに八十や九十はなァ」

そう言って、克二ももろキュウに手を伸ばした。

「だけど、八十でも九十でも、老人の力をもう一度本気で考えてみるべき時ですよね。そりゃ自慢話や愚痴や、物忘れや繰り返しや迷惑なことはいっぱいあるけど、松木さん見てると反省しますもン、俺」

「何を」

「俊が後継者になるってから、顔が変わりました」

「そんなことないよ」

「あります！　自分に大きな役目ができて、生きる希望ができたんだと思います。老人に対して、俺たち若い者は扱い方を根本的に間違ってたんじゃないかって。松木さんに気づかされました」

俊も福太郎を思い出し、そう感じた。

「うちの祖父、『若鮎サロンをどうするか』って、それだけで肌の艶《つや》っていうか、ホッペタの艶っていうか、何か違って見えるんですよ」

「それだよ、それ。五箇條の御誓文にあるんだ。現代の老人にぴったり当てはまるんだよ、これが。『官武一途《いっと》庶民に至る迄、各《おのおの》其《その》志《こころざし》を遂げ、人心をして倦《うま》ざらしめん事を要す』」

松木も俊も、すぐには意味が取れなかったが「一般庶民もみんな、自分の志を遂げるように進もう」と、そういう意味だという。そして、「人心を」から後は、

「人々を無気力にさせないことが大切だ。そう言ってるんだよ」

と解説し、声を大きくした。

「これが制定されたの、明治元年だよ。一八六八年、百五十年以上昔だよ」

「すげえな、御誓文」

俊が思わず言うと、克二は胸を張った。

「こんなもんで驚いてちゃいけない。御誓文には『旧来の陋習《ろうしゅう》を破り』っていう言葉もあってさ。これまでのよくない習慣を捨てようってこと。それをまず捨てて、明日を作りあげようってな。百五十年前から、こう考えてたんだよ、日本人は。伝えて来なかった大人が悪い」

俊はぼっちランチを思い出した。昔のようには働けずとも、老人を無気力にさせない社会なら、そして少しでもキャリアを生かせる社会なら、あんなに理不尽なクレームはつけないだろう。

八十や九十の若鮎が何をめざしているのかはわからないが、これまで若い人間が「陋習」を当たり前のこととして来たのだ。

若い人間にとって、「これまで通り」というのが、何よりも安全で面倒がない。だから老人たちは「志」とは無縁になり、無気力になった。周囲に迷惑をかけたくないからと、やりたくもない趣味を続けさせられれば、「余計者なんだ」という思いがさらに無気力にするだろう。

「克二さん、老人は消防団で、道具の清掃やスケジュールチェックならできますよ。全国に広げられるとなおさらいいですし」

しかし、松木も克二も首を振った。

「定年があるから、正式な消防団員にはもちろんなれないし、実際には補助業務も難しいだろうなァ。現実として、老人は他人の世話をするのではなくて、他人に世話してもらうという年代だからなァ」

年齢は取りたくないと、松木も俊までもが思った。「陋習を破り」と言った克二も思っていた。

コロナの猛威がいっこうに収束しないまま、二〇二一年が明けた。

若鮎たちは、昨年、三度のミーティングを繰り返したが、一月六日は新年の第一回目だ。八日から緊急事態宣言が二月七日まで続く。その間は色々と規制があるため、何とか今日のうちに方向性を見つけたかった。

「今日行く」と「今日用」が、若鮎たちに力と張りを与えたのか。それともオフィスの一室という、非日常的な場所がそうさせたのか、今では誰からも昔話も自慢話も出ない。

吉田が言った。

「俺ら、若い者のために何ができるか。年末年始に桃子と考えたけど、なかなかなァ」

「体使わず、金使わず、俺らの今現在の頭と、これまでの経験。これでできる何か」

「……ねえよなァ」

「できないことを数えるなら、いくらでも出てくるんだけどねえ」

毎回、ここで話がストップする。

ドアがノックされ、男女社員がお茶を持って入って来た。サキが皮肉めかして言った。

「いつもありがとう。聞き耳のろくでなし社員ばかりと思ってたけど、お茶を運ぶにも男女共同参画で、立派ね、福太郎さん」

「うちは、俺の時代から男女共同参画だよ」

ここで山本和美の話に行くのが定番だが、福太郎もこのところそうはならない。

お茶をテーブルに置こうとする男女社員を、春子がねぎらった。

「ありがとう。でも、もうこれからここにお茶はいらないわ」

「……お水の方がよかったですか」

「ううん、お水もお茶も水分はいらないの」

「え……何でですか」

竹下が軽く言った。

「オシッコが近くなるから」

一斉にうなずく老人たちを見ながら、男女社員は笑いをかみ殺して出て行った。

「私ら、訪問介護できないかしら」

春子がふともらした。

「トイレが近くなってるとか、どこをどうしてほしいとか、私らは老人の気持がわかるもの。若い介護士に同行してね、助けるの」

サキが鼻で笑った。

「同行されるだけで、若い人は迷惑です。ヨタヨタヨロヨロ、二人介護するようなものだわ」

それを聞いて、吉田が、

「サキさん、そんな言い方ねえだろ。新参者のくせしやがって」

と怒った。だが、言われた春子は気にもしない。

「なら、若い人の人生相談サロンはどう？　よく新聞や雑誌で人生相談やってるじゃない。私ら年寄りは人生経験豊かだもん、色々相談にのれると思うよ」

竹下が手を振った。

「新聞や何かの人生相談はよ、弁護士とか学者とか医者とか、その道のプロが答えるから納得するんだよ。普通のジジババに誰が相談するよ」

吉田が皮肉をこめて、

「そうだよな。このサロンでそれができるのはサキさんだけだな」

と言うと、サキは「イヤだァ」とでも言うように、肩をすくめた。皮肉など全然通じない。

その吉田が思わせぶりに口を開いた。

「実は年末から桃子と考えてたんだけどよ」

すると、自信をのぞかせて、桃子が提案した。

「そう。昭和の街歩き。よくない？」

桃子は、用意してきた東京都の地図を広げた。

「小中学生とかのためにもなるでしょ。東京二十三区の、この赤マルをつけたとこには、まだ昭和の風情が残ってんのよ。私ら年末年始に歩いて確かめてみたの。ね、アンタ」

「そう。俺ら、前から句作やスケッチのために歩き回ってたんだけど、ホントにまだ色々残ってんだよ、昭和は。このサロンで解説して、その後で街を回る。お昼もその街らしいものを食って」

「若い人に伝えることって、私らの役目よ。ね、アンタ」

福太郎は考えた。残しておいてほしい風景が、確かにどんどん消えて行く。時代にも社会にも合わなくなったから、不要とされたのだ。

老人に似ていると思った。昭和の工場が、商店が、そして人々がどれほど懸命に働き、生きたか。他人や社会のために尽くしたか。

だが、もっとイキのいいものが出れば、ウケるものが出れば、簡単に消される。ないものとされる。

それは、当時の人々の心のあり方や考え方まで一律に、「時代遅れ」だとして嘲《あざ》けられ、消されることだ。若い人の老人への態度と同じだ。

福太郎は言うしかなかった。

「悪くない案だけど、そんなところを回りたい小中学生や若者がいるか？　ジジババがその子たちに腕を取られて、ヨタヨタヨタヨロヨロと案内するってか？　それじゃ若い者のボランティア活動になるだろうよ」

「現実的ではないわね」

サキの断言に、反論する者はいなかった。みな、わかってはいたのだ。

福太郎はカバンからクッキーの缶を出した。

「休憩だ、休憩。お茶も飲んだから、オシッコ近い人は今のうちに行っといて」

クインテットは全員が立ち上がった。

ちょうど純市と斉田が、来客三人と応接室に向かうため廊下を歩いていた。

突然、ドアが開き、ドヤドヤと老人が出て来たのだから、来客は驚いた。

それも老ビジネスマン、ウーマンという匂いはまったくない。そこらのジジババだ。杖をついている者もいれば、壁を伝ってソロソロと歩く者もいる。目ざすトイレに早く行きたいのだろう。誰も純市だとも気づかない。転ばないように小股でひたすら廊下を行く。

場違いな一団に、来客が、

「あの人たちは……何ですか」

と、問うのも無理はない。純市が、

「いや、色々……」

と言いよどむと、来客の一人が言った。

「さすが雀躍堂さんですねえ。シニアのパワーも生かすんですね？」

「自分も大先輩から聞きましたよ。二代目の福太郎社長は男女平等をまっ先にやった人だったって」

と、オシッコ軍団の背中を見送った。

「雀躍堂さんは、シニアの力を生かすセクション、作ってるんですか」

「あ……いや」

「力になるんだろうなァ。あの人たちの表情、真剣ですから」

真剣なのは、単にオシッコが近いからだと、純市も斉田もわかっていた。

その福太郎二代目社長は、クッキー缶を前にして腕組みをしていた。どう考えても、できることが少なすぎる。かと言って、この部屋を返すのは男のメンツにかけてもできない。

ノックと同時に、突然俊が入って来た。

「あれ、俊。どうした。珍しいな」

「若鮎様は？　来てるんだろ」

「オシッコ」

「そっか。年取るとキレが悪くなるって言うからな。時間かかるんだ」

「お前、学校は」

「大学受験前で、みんな行ったり行かなかったりでさ」

俊はそう言いながら、室内のガラス棚を見て歩いた。そこには雀躍堂の、創立以来の商品が陳列されている。花札、双六、福笑いといった大昔のものから、大ヒットした「一寸先ゲーム」や、家族合わせ、トランプ、チェス、オセロまでが埋めつくしていた。

「これ見ると、すげえと思うよ。雀躍堂」

福太郎は立ち上がり、俊と一緒に棚を見た。

「すげえとわかったらお前、跡継げ」

「僕は農業継ぐの」

俊は笑って断言し、福太郎の方を向いた。

「若鮎が何をやるか、決まったのかよ」

「いや、全然。八十代、九十代だもんなァ。やっぱり役に立たねえのかもな」

「弱気じゃん、ジイちゃん」

「俺も含めて、人生終点の者ばっかりだもんなァ」

俊は棚の双六を指さした。初代が作った昭和初期のものが一番古い。

「双六じゃ終点って言わねえだろ。上がりだろ。ジイちゃん、僕が中学だったかの時、教えてくれたじゃん」

そうだった。

「ジイちゃん、何度も言ったよ。あがりはめでたいんだって」

そうか。そうだった。福太郎は古い双六を見つめ、考え始めた。

しばらくすると、若鮎たちが戻って来た。やっとキレたらしい。

「あらァ、俊君！」

「俺たちの様子、見に来たってか？」

クッキーとお茶で休憩し、俊は切り出した。

「僕、みんなが何をやったらいいかに気づいたんですよ。消防団の団員たちも協力するって」

若鮎たちは身を乗り出した。膠着《こうちゃく》状態から脱出できるかもしれない。

「ユーチューブ」

俊の言葉を、誰もがよく理解していなかった。吉田が大まじめに言った。

「何か聞いたことあるけど、老人にチューブって言葉は縁起でもないよ、俊」

「違う違う！　老人が病院で体につけられまくるチューブじゃないんだって。ユーチューブ。今、若い者には当たり前だけど、高齢者とか有名人とかもやってるよ」

俊はタブレットを出し、元プロ野球のスター監督を映し出した。

「見てみなよ。もう八十代半ばだよ。この人も見てみな。九十近いよ」

著名な旅行作家の女性が映し出された。

「車椅子でアチコチ回ってさ、ユーチューブ旅行記を月に二回やってる。人気らしいよ」

サキ以外の若鮎はまったく理解していない。俊はチャンネルを開くところから丁寧に説明した。

「消防団員がゼロから教えるから、絶対に心配いらないって。このサロンから色んなことを発信するんですよ。自分たちが思っていることや、ミーティングのお茶菓子がおいしかったことや、腹の立つこと嬉しいこと、何でも動画で語るんです」

「若い人の役に立つかね」

「立つこともあると思います。若い人はユーチューブをすごくよく見てますし。それに、高齢者が自分たちのサロンを持って、自分たちの動画を発信する。これはきっとマスコミの目にも止まります」

　春子が確認した。

「ユーチューブってのは、つまり私らテレビに出るってことね」

「は？　いやテレビじゃないですけど、パソコンの画面には出ますから、まァ、そんなようなものです。で、世界中に配信されるんですよ」

「ヤダァ。美容院に行かないとォ。お金がかかるわァ」

「若鮎チャンネルを見てくれる人がふえれば、スポンサーがつきます。それでお金も入るんですよ。見る人がふえればですが」

　俊は若鮎たちに頭を下げた。

「若鮎チャンネルで、ぜひ消防団のこともPRして下さい。今、加入者が少なくて困ってるもんで」

　福太郎はガラス棚に目をやり、無言だった。

　サキが当然のように言った。

「私はユーチューブ、よく知ってます。面白いじゃないの、やりましょ」

　病院のチューブかと思う老人より、自分が明らかに優位に立つと、クレームをつけない。

「私はユーチューブの中で、平家物語や源氏物語を語りたいわ。吉田さんご夫妻も、俳句や絵のレッスンができるんじゃない？」

桃子が手を叩いた。

「嬉しい！　チューブなら、ここまで習いに来る必要ないんでしょ。家事や子育てがすんだ夜に絵筆を取ると、絶対に元気になるもの。若い人の役に立てるわ。ね、アンタ」

「だな。『若者に役立つチューブ雪の夜』」

「ワァ！　いい句。アンタ、即興でそンだけの句を詠むんだもの、若い人がみんな見るよ、チューブ」

どんな句でも絵でもほめ合う。世界遺産級の夫婦愛だ。

竹下も気合いをのぞかせた。

「俺は若者向けに、病気や臨死体験のことをチューブで話す。どの本にも載ってなくて、俺の実体験だ。必ず若い者の心に響く。やろうよ、チューブ」

無言で考えに耽《ふけ》る福太郎に、俊が聞いた。

「ジイちゃん、いいね？　ユーチューブやるって、消防団のみんなに話すよ。教えるのは仕事が終わって、夜になるけど」

福太郎は顔を上げた。

「いや、俺たちは老人のために生きよう」

チューブチューブと盛り上がっていた若鮎たちが、顔を見合わせた。何のことかわからずにいる。

「みんな、聞いてくれ。若い人を助ける生き方はやめる。いいか、俺たちは老人を励まして、生きる気力を与える。俺たちはそういう老人になる」

ユーチューブよりもっと理解できない。吉田が確認した。

「俺ら老人が、老人のために生きるってのか」

「そうだ。老人が老人のために、余生を全部捧げんだよ」

「何か笑っちゃわねえか」

「いいか、世のジジババは、みんな自分の老後ばっか考えてやがる。だから趣味だカルチャーだしかねンだよ。あげく世の中が『年齢は関係ない』だの『何かを始めようと思った時が一番若い』だの、恥ずかし気もなくきいた風な口叩きやがる。そのくせ、ハナっから老人は頭数には入れてねえ。すぐに老害だ、老害だとほざいて、老人でまとまって何かやれとくる。世の中に、どれほどそういう悲しいめに遭ってる老人がいると思うよ」

まくしたてる福太郎の言葉に、春子が目を赤くした。

「私、いつも思ってた。姥《うば》捨て山ってのが今の時代もあればいいのにって」

サキはどんな時でも、学のあるところを示す。

「ああ、棄老伝説ね。役に立たなくなった親を、息子が背負って山に捨てるのよ。小説にも映画にもなったわ」

春子は指で涙を拭った。

「今もそれがあるべきよ。だって、年寄りが生きてたって迷惑かけるだけだし」

「今時の息子が背負ってくれるもんかよ。だから、捨てようにも捨てられねんだ」

「だから、国が車を出して回ればいいの」

「車？　何だよ、それ」

「マイクロバスがゴミ収集車みたいに、町内をゆっくりと回るの。マイクで

『二丁目のご高齢者さーん、今日は二丁目の姥捨て日でーす。どうぞー』って。で、二丁目の家々から年寄りが出て来て、マイクロバスで運ばれるの。山に」

春子は目を赤くしながら、真剣に言う。

サキが聞いた。

「どこの山よ」

「わかんない」

「死んで白骨化したのをどうするのよ」

「わかんない」

「それって殺人で法に触れるわよ」

「わかんない。でも、そういう仕組みがあれば、老人も悲しい思いをする前に、いいとこで死ねるなアって」

ついしんみりするみんなを前に、今まで泣いていた春子は杖で床を叩いた。

「でも今、力が出た。私は自分の老後を、他人の老後のために使う」

福太郎が春子の背を叩いた。そして、ガラス棚の双六を示した。

「俺たちはさんざん頑張って、とうとうめでたい上がりにこぎつけたんだ。

『上がり』は姥捨て山じゃねえよ。好きなようにやれる毎日だよ。何が老害だ。いいか、俺たちは残りの人生を、切ない老人のために尽くすんだ」

「切ない老人のために……」

桃子が恐る恐る手を上げた。

「私ら、常識的には力を尽くされる年代でしょうよ」

「そういう根性が、老人を切なくするんだ。いいか、くそババア」

福太郎が毒づくと、最愛の妻を守ろうと吉田が叫んだ。

「くそしねえババアがどこにいる」

「その通りだ。それは元気そのものってことだ。クソしてる限り、俺たちは力を尽くされるより尽くすんだ」

福太郎が宣言すると、今度はサキが両手でテーブルを叩き、立ち上がった。

「すごいわ、福太郎さん。社員教育は全然ダメだけど、さすがのアイデアよ。さすがの元辣腕《らつわん》経営者よ」

そう言って、みんなを見た。

「『老人による老人のための再生復活プロジェクト』。いいじゃない。いいわよ」

心なしか、クインテットの面々の頬は赤味を感じさせた。俊はその気合いを心配した。

「ジイちゃん、それいいよ。いいけどさ、ユーチューブでそれをどう発信すんだよ」

「ああ、チューブはやらねえ」

「え？」

「チューブやったって、老人は見ねえよ」

吉田が目をつぶって一句を詠んだ。

「老いた陽に輝け我ら曼珠沙華《まんじゅしゃげ》」

桃子が感極まったように、夫にもたれた。

「アンタ、その句、泣けるほどいいよ。私、絵に描く。傾いた陽って、最後にすごい光を出すんだよね。それを浴びる真っ赤な花。こんないい句、芭蕉には無理だよ。石川啄木にも絶対無理」

サキは「啄木は俳句じゃなくて短歌でしょ」とつぶやき、バカにした目を向けた。だが、世界遺産の愛情夫婦は気づきもしない。

俊がぼやいた。

「ジイちゃん、ユーチューブはやんなくていいけどさ、老人が老人のために何やるんだよ。またゼロから考えるってか?」

「いや、決めた」

福太郎はみんなを見回した。

「カフェをやる」

俊が叫んだ。

「カフェ?! カフェってコーヒーとか出すアレか?!」

「そうだ。ボードゲームカフェ若鮎。老人はここに来て、好きなだけ遊べるんだよ」

よく理解できずにいる面々の中、サキは大きく息をついた。そして、大声でほめた。

「すばらしいわ! それは人間の根源に関わる考え方よ、福太郎さん」

「いや、俺はそこまでご大層な……」

サキは遮って、みんなを見回した。

「平安末期の歌謡集に『梁塵秘抄《りょうじんひしょう》』があります。その中に有名な歌謡があるんです」

よく通る声でそらんじた。

「遊びをせんとや生まれけむ　戯《たわむ》れせんとや生まれけむ　遊ぶ子どもの声きけば　わが身さえこそゆるがるれ」

そして、言い切った。

「いろんな解釈があるでしょうけど、人間は遊ぶために生まれてきたのだってことですよ。楽しく遊ぶ子どもの声を聞けば、自分の体まで動いてしまうという解釈を、私は取っています」

ゆっくりと強い目でみんなを見回した。

「それが老人になると、残された日を計算し、終活のことや死ぬことばかり考える。残された日が少ないからこそ、人間は遊ばないとダメなんです」

一瞬の間があり、吉田が立ち上がって拍手をした。それは次々に、桃子へ、竹下へと広がっていった。

第六章

竹下がみんなより早く拍手をやめた。

「いや、俺も大賛成だけどよ、気になることあンだよ。カフェってレースのエプロンとかして、コーヒー運ぶんだろ。それ、バアサンがやるのかよ。カンベンしてくれだよなァ」

俊は必死に笑いをこらえている。ここは笑うところではない。案の定、サキが鋭くにらみつけると、竹下はシドロモドロの言い訳をした。

「イ、イヤ、差別じゃないよ。こっちもジイサンだしさ。何つうか、その……そう、バアサンが若いカッコすると痛いってか。いや、コーヒー運ぶことはいってか……」

福太郎が慌てて言葉をかぶせた。

「そういうカフェじゃねえっての。飲み物は出すけどさ、当社のボードゲームを覚えてもらって、対戦したりするんだよ。双六とかカルタとか習わなくてもできるものもあるし、花札、チェス、ブリッジ、オセロ、将棋なんかはここでゼロから習う。他に家族あわせとか『一寸先ゲーム』とか、色んなカードゲームもあるから」

吉田が指でマルを作った。

「いいねえ。要は碁会所みたいなもんだな。ここに来れば必ず誰かがいて、ゲームができるわけだ」

「そうだ。碁会所は碁だけだけど、こっちは色んなゲームができるし、ゼロから教えてもらえる。教えるのは雀躍堂の第一線級の現役社員だ」

しゃべっているうちに、福太郎のボルテージはどんどん上がっていく。

「それで各ゲームに『若鮎杯』と『雀躍杯』を出してさ、トーナメントやるんだよ。ゲームだけじゃなくて、月に一回は文化講座を開く。ジジババのメンバー、増えると思うよ」

「いいわね。講座では、私が平家物語の講義やるわよ。チャンドラーのミステリーなんかも話せるわよ」

と、さり気なく言うサキに、吉田が同意した。

「俺も俳句講座、無料でやるよ。桃子の水彩画講座と一緒によ」

福太郎はまたも手を振った。

「いやいや、そっちの文化じゃなくてさ、花札や双六の歴史とかだよ。花札って聞くと、何か倶利迦羅《くりから》紋紋《もんもん》って感じするだろ。違うんだよ。花札には日本の四季が入っていて、我が国の誇るべき遊戯文化よ」

「そうか。それを知って遊ぶと全然違うわ」

サキの言葉に、負けじと桃子が言った。

「施設とかデイサービスでもやりましょうよ。私たちが出向けばいいと思うの。その時はここの社員に負担かけられないから、俳句と水彩画とかの文化講座にするとかね」

迷惑レベルの俳句と水彩画だが、どこまでもやる気だ。あげく言ってくれた。

「ね、みんな、私たちは慰問によっても年寄りの力になるの！　どう、竹下さん」

「大賛成だな。年寄りは面会とか慰問を、すごく楽しみにしてるんだよ。だけど、放ったらかしの家族もいるらしいよ。俺たちが年寄りを元気にしねえとな」

黙って聞いていた俊は「まったく、本人が年寄りのくせしてどの口が言うんだ」と呆《あ》きれた。だが、こういう年寄りこそが年寄りを元気にし、自分たちも元気になる。それは確かではないか。

サキが吉田に提案した。

「私たち、おそろいのTシャツを作ればいいと思うの。で、胸にロゴを印刷するわけよ。吉田さん、ツテで安く印刷できない？」

桃子が自慢気に、

「任して。うちの人、印刷所で腕がよかったからさ、今も色んな人に慕われてるの。頼めるわよ。ね、アンタ」

サキが仲間に入ってからというもの、どうも桃子に対抗心がのぞく。それもあってか、以前よりさらに生き生きしている。老人には、対抗心を燃やす相手がいないのが普通なのだから、気合いが入るのだろう。

「サキさん、Tシャツの色は男も女もピンクでどう？　それで胸に『若鮎サロン』ってね」

「ピンク、ベリーグッドよ。でも胸には『若鮎サロンｓｔａｆｆ』って入れるの」

みんなが大賛成した。思えば、ここにいる老人たちは、「スタッフ」という肩書きと無縁になって、もう久しいのだ。「ｓｔａｆｆ」の文字にはときめくだろう。

福太郎も満足気だった。

「Tシャツは慰問の時だけじゃなくて、俺たちはサロンでも着よう。これから客がふえてくると、スタッフがすぐにわかる方がいいからな。冬場はTシャツの下にセーター着りゃいいしよ」

張り切るスタッフは、もはや老害クインテットではなかった。多くの老人のために役に立つ。これがどれほど当の老人に活力を与えるか。

俊はそれを目のあたりにし、克二の「旧来の陋習」という言葉を思い出していた。若い者が口先だけで「シニアの再活用」だのと謳《うた》い、「挑戦はいくつからでも」だのとうまいことを言う。そして結局は老人枠に隔離している。陋習だ。

老人のために老人自らが立ち上がる。これは画期的なことかもしれない。まだ十八歳の俊であったが、そう思った。

「飲み物はコーヒー、紅茶、日本茶。これだけにしましょ」

そう決める春子にも自信が見える。元々、断定するタイプではなかったのだ。

「飲み物は全部五円だな」

福太郎のこの言葉に、俊は驚いた。

「カネ取るの？」

「当たり前だ。一人前の人間に扱われる者は、きちんとカネを出すものだ」

サキはまたも知識のあるところを見せた。

「でも、お茶とか出して喫茶店扱いになると、保健所の許可がいるはずなの。だから全部インスタントとティーバッグにしましょ。で、自分たちでいれるのよ。五円はカンパ扱いよ。いいでしょ、福太郎さん」

「いい。俺はこのカフェが、会社の役にも立ちそうな気がするんだよ。そしたら、お茶代は会社にもたせるから」

話は次々に進み、開店は二月八日に決まった。

明後日、一月八日からコロナの緊急事態宣言が発令される。解除は一ヵ月後の二月七日であり、その翌日にオープンするのだ。張り切る気持が出ている。

この一ヵ月間の準備期間に、それぞれがコースターを手作りしたり、家にある皿や茶碗、スプーンなどで、使えるものを探すことになった。

「ああ、生きてるって楽しいねえ」

死にたがりの春子から、こんな言葉が出てくるとは誰が思っただろう。竹下が、

「な。年取っても淋しくても、病気をしても、生きてるって悪くないやねえ」

ここから病気自慢に行くのが定番だが、今日は行かない。

すると、桃子が壁を指さした。

「この壁のカレンダー、外しましょ。サロンと言う以上、いい絵を飾る方がい

いわよ。で、思ったんだけど、私の絵に主人の俳句をつけたものはどう？　私らの負担で額装するわ」

吉田がすぐに応じた。

「さすが女房。俺もそう思ってたんだよ。ホントは第二句集に載せるつもりの、いい句と絵がいくつかあってさ。な、桃子」

桃子はスケッチブックを開き、絵を示した。吉田は目をつぶってそらんじた。

「青ガエル鳴くは渋谷《しぶや》が恋しいか」

スケッチブックを一目見るなり、春子が、

「青蛙関《あおがえるぜき》というお相撲《すもう》さんがいらっしゃるんですか。神社の花相撲？」

と聞いたのも無理はない。青々、丸々としたピーマンが、桜の木の下で仕切っている。桃子はせせら笑った。

「ヤダ、ご存じないの？　青ガエルって、東急電鉄の古い車両よ。緑色で蛙みたいに見えるから、そう呼ばれてたの。俊君は知ってるよねえ」

「はい。渋谷駅前のハチ公広場に置かれて、僕らの待ち合わせ場所でした。だけど、去年の夏、秋田の大館《おおだて》に移転したんですよね」

「そ。ハチ公の故郷にね。でも、うちの主人は渋谷を想う青ガエルの心を詠んだの。蛙は春の季語よ。主人が擬人化した青ガエルの心と、桜をコラージュした私の絵、ピッタリでしょ。ね、アンタ」

誰から見ても「神社の青蛙関」は、飾らない方がいい。福太郎もそう思ったが、言えるわけがない。すると、吉田本人が言った。

「だけど、やっぱり今は、青ガエルよりコロナでも力一杯に生きようって、励ましの絵がいいんじゃないかなァ。実はそういう句もあるんだ。桃子、あれを」

桃子が開いたスケッチブックには、巨大な盥《たらい》のようなものが描かれ、その縁《ふち》に蟬《せみ》が止まっていた。盥の中には、切ったネギや人参が入っている。わけがわからない。吉田はまた目をつぶり、そらんじた。

「春のハエ妻に誘われコロナ鍋」

蟬だと思ったのはハエらしい。盥ではなく鍋らしい。鍋料理の一句のようだ。

「これは、桃子の生きとし生ける者への深い愛情を句にしたんだ」

吉田と桃子は熱い目を見かわした。夫婦というもの、どうすればここまで愛が長続きするのだろう。

絵を見ながら、福太郎が質問した。

「いい句だけど、コロナ鍋ってどんな鍋だよ」

吉田も桃子もあきれた。

「新聞読んでないのか。コロナが流行してからしょっちゅう出てンだろ。コロナ鍋」

この夫婦を除く全員が、すぐにわかった。「コロナ禍」を「コロナ鍋」と読んだのだ。だが、誰も訂正しなかった。九十近くになれば、もう鍋でもヤカンでもいいのだ。

サキでさえ、一切クレームをつけなかった。そればかりかほめたのだ。

「春のハエって、頑張って年を越して生き抜いたのよね。そんなハエに桃子さんが『一緒にコロナナベを食べましょ』って。とても優しい句で、とてもいい絵だわ」

桃子は吉田にしなだれかかった。

「サキさんにほめられると嬉しいね、アンタ。サキさん、私ね、頑張ったハエを強調したくて、大きく描いたの」

サキは「だから蝉に見えたんでしょうが」と心の中で毒づきながらも、力一杯に提案した。

「皆さん、この絵を飾りませんか。元気が出ますもの」

全員が「いいね」「決まり」などと声をそろえた。この老人たちの一致団結ぶりは、きっとサロンをうまく回すと、俊は思った。この人たちは八十年とか九十年を生き、ここに至ったのだ。そう思うと何でも言う通りにしてやりたかった。

その夜、明代と純市は福太郎からカフェの話を聞かされた。カフェ？　カフェだと？　あまりのことに、二人は咄嗟に反応できなかった。

どこをどう押したら、「カフェ」なんぞという発想が出てくるのか。それも老害まき散らしのジイサン、バアサンばかりではないか。

たまたま、その「決起集会」に居合わせた俊が強力に後押しする。

「やっちゃえ、やっちゃえだよ。みんなやる気がすごいし、ジイちゃんを前に言うのはナンだけどさ、老人が老人のために働くってカッコいいじゃん」

俊は「ボードゲームカフェ若鮎」について詳しく説明した。福太郎は俊の横で、ただただ満足気に笑みを浮かべている。

明代も純市も、うまく行くわけがないと思って聞いていた。歩くのがやっとというレベルの老人たちに、何ができるというのか。

純市が笑顔で立ち上がった。

「あんまりすごい話聞かされて、ノド渇いた。ビール持ってくる」

「戸棚のツマミ缶、出そうか」

明代もそう言って立ち上がった。

そして、台所で小声で言った。

「カフェ、やらせればいいわよ。かえってよかったわ。できっこないもの」

「……悪いけど、俺もそう思った。できないってなって、部屋を開け渡してくれりゃな」

「そうなるわよ。気がすむようにやらせればいいの。あさってから緊急事態宣言が二月七日まであるのよ。その一ヵ月間だけでも、気持がもたないって」

「だよな」

ビールとツマミ缶を持ってリビングに戻ると、福太郎が張りのある声で命じた。

「純市君、ボードゲームを教えてくれる社員、何人かピックアップしといて」

「あ、はァ……」

「あと、花札とか双六の文化史っていうのかな、話せるヤツ出して。史料担当の池本《いけもと》君とかさ、話せンだろ」

「はァ……」

「あと、小さい冷蔵庫出して」

「余分ないですけど……」

「営業にデカいのと小さいのがあるだろ。あそこはデカいのだけで十分だよ。小さいの運んどけ」

「はァ……」

「それと、企画部と営業部にある観葉植物、サロンに運んどけ。企画部は会議だの打合せだので、植物なんか誰も見てねえだろ。営業は外回りで見てねえしな。こっちは殺風景じゃ困るんだ」

「はァ……」

「あと、これが大事。倉庫にゲームや花札や双六、色々あるだろ。今までうちが発売したヤツを、全部出して運んどけ」

「はァ……」

「ま、スタート時点では客もいないし、俺ら六人だけだ。だけど、だんだんと人がふえるのはわかりきってんだ。だから、ゲーム類はどれも二つ、三つ運んどけ」

「はァ……」

「さっきから何が『はァ……』だよ。気合い入れろッ」

「はァ……いや、ハイッ」

「いいな、オープンは二月八日だ。今、言ったもの全部出して、サロンに運んどけ」

福太郎は「出しておけ」と「運んどけ」を連発し、のどを鳴らしてビールを飲み干した。そして俊に言った。

「そのチューブナンタラで、サロンのことPRしといてくれよ。どれ、風呂」

福太郎は肩をグルグルと勢いよく回し、風呂場へと消えた。とても八十五歳には見えない。

明代と純市を、諦めの空気が包んだ。だが、二人は確信していた。

「もしも、一ヵ月の緊急事態宣言を乗り越えてオープンできても、客が来るわけないわよ。年寄りはコロナを恐がって閉じこもってんだから」

「その通りだな。だから今は、何でも言うこと聞いとく」

「そ。出せっていうものは全部出してさ」

明代には、過去の言い過ぎも薬になっていた。先の短い年寄りには合わせる方がいい。それが若い者の精神にいいのだ。

翌日、明代は梨子に電話をした。

梨子は年末年始も帰って来なかった。コロナの感染拡大で病院は逼迫《ひっぱく》しているらしい。管理栄養士の梨子も、やることは多いのだろう。

もっとも、電話では時々しゃべっていたし、新年にはみんなでリモート乾盃もした。だが、昨日聞いたばかりのサロンのことは話していない。明代は今日は娘に愚痴りたかった。まさか、具体案が「カフェ」とは思わなかった。娘に「ママ、そんなの続きっこないよ」と大笑いしてほしかったのだ。

梨子は本当に大笑いした。

「やるねえ、ジイちゃん。腐っても鯛と言うか、腐っても経営者だ」

「続かないと思わない？」

「思う」

「やっぱり！」

明代の声がつい弾む。

「だから少しでも続くように、ママ、サポートしてあげな」

「は？」

「パパにもそう言いなよ。考えてもみてよ。普通、八十五にもなったら体も頭も動かなくなって当たり前だよ。周囲を頼って、他人任せなんだよ」

梨子は力をこめて続けた。

「年取れば、それが当たり前なの。若い人だって必ずそうなるんだから、頼ることには何の問題もないの。なのに、うちのジイちゃんは『老人のために生きる』って、これはすごいよ。自分の老齢を棚に上げまくるって、たいした力持ちじゃん」

「はた迷惑」

「そういうこと言わないの。病院にいると世の娘、息子がどれほど親孝行かわかるよ。仕事休んだりして、老いた親の車椅子押して。検査の着換えもトイレも、全部手伝ってあげて。それでも親がいることは嬉しいんだよ。ましてジイちゃんみたいな親を『子孝行』って言うの。子供に何の迷惑もかけないんだもん。ママ、そういう親を持って幸せなんだよ。ちょっとくらいの老害や迷惑、ものの数に入んないって」

「梨子の言う通りだとは思うけどねえ……。確かにジイジはさ、サロンのことで張り切り出したら、プッツリと老害消えたのよ。山本和美の名もずっと聞いてない」

「やっぱねえ！　老人の取り扱い方として勉強になるよ」

世のため家族のために、懸命に生きてきた末に、行きつくところは「取り扱い方」か。明代は何だか父親が哀れになり、サロンがせめて半年くらいはもてばいいと、仏心《ほとけごころ》が出ていた。

二月二日、ついにオープンの八日まで一週間を切った。今はまだ、全員そろって開店準備はできない。だが、緊急事態宣言が解ける二月七日までの辛抱だ。そんな中、福太郎は毎日出ていた。あとのメンバーは出勤日を決め、交互に一人ずつ出て来る。

ゲーム類もすべて運ばれ、冷蔵庫から皿、茶碗まで、すっかり準備は完了している。それればかりか、「花札の歴史」だの「双六の変遷」だのもプリントされ、配布されるばかりになっている。

サロンに出てきたところで、もうやることはないのだ。それでも若鮎たちは「出勤」することが嬉しかった。「おはよう」とドアを開けると、「おはよう！」と声が返ってくる。自分の行く場所がある。こんなことは、もう何十年もなかった。今までは行くところがあれば、病院だってよかったのだ。

今朝は吉田が出て来ており、額装された「コロナ鍋」の絵を、遠くから近くからチェックしていた。来るたびにチェックしており、もう十分なのだが、毎回やる。

春子にしても、来れば必ず観葉植物の向きを変えてみたり、ゴムの木の大きな葉を拭いたりする。これも来るたびだ。

サキは来ると必ず、文化史のプリントに新たな赤線を引いたりするし、桃子は手作りのコースターやナプキンをチェックしている。どれもこれもすべて完璧にできているのにだ。

それでも「今日行く場所があり、今日やる用がある」というのは心弾むことなのだ。

福太郎は大きく伸びをした。

「なァ、吉田。みんなよく緊張を切らずに一ヵ月耐えてくれたよ。八日のオープン日は我々だけだけど、その後は友達つれて来たりで、必ず賑やかになるよ」

吉田は「コロナ鍋」の額を、しつこく拭きしながら振り向いた。

「うん、客は増えるね。口コミってヤツがバカにできないんだよなァ」

「中にはさ、吉田夫妻の作品、うちでも欲しいとかってな」

「ありうるな。何とかするよ」

吉田は当然のように言った。

その時、杉田が駈け込んで来た。

「室長、ご存じですよね？」

「何を。見ろよ、もう今日にだってオープンできるよ」

「緊急事態宣言、三月七日まで延長になりました」

額を磨く吉田の手が止まった。福太郎は杉田を見た。

「政府が今日、決定して発表しました」

吉田はよく理解できていないようで、笑い出した。

「杉田さんよォ、サロンのオープンは来週、二月八日って決まってんだよ」

「ですから、それは三月八日にされる方がいいと思います」

「えーッ、一ヵ月延ばせってことかよ」

「はい。人が集まれば、密になりますから」

「できないよ。準備万端だもんよ。なァ、福さん」

福太郎の口調には、早くも諦めがにじんでいた。

「……緊急事態宣言中じゃ、二月八日にオープンしても誰も来ねえよな……。オープニングセレモニーには、うちの社員にも、メンバーの家族にも出てもらうことにしてたけど」

「社員は今も出勤しているのが三分の一以下です、リモートワークですから」

杉田は冷静に言い、福太郎は磨き布を手に突っ立っている吉田の方を向いた。

「毎日、テレビでニュース見てて、俺も延長があるかなァと心配はしてたんだ。まさかホントにそうなるとは思わなかったけどな……。オープンは一ヵ月延ばすしかないよ」

吉田はなおも布をいじりながら、納得できない様子だった。

「戦時中じゃあるまいし、お国の言う通りに……」

「なるんだよ。パンダミックという戦時中だ」

杉田は「パンデミック」だと訂正しなかった。九十近くになれば、パンダでもキリンでも好きでいいのだ。こういう時は、そうするしかない。

福太郎は笑顔を作った。

「この先、安心材料はあるしな。ほら、もうすぐワクチン接種が始まるだろ。あれをやっとけば、必ずコロナは収まる。それも医療従事者の次は老人から接種するってんだから、有難い話よ。ここはスタッフも客も、みんな老人だもんよ」

吉田もうなずくしかなかった。

「そうだよな。ワクチンすませた安全老人ばっかりが集まるんだから、どこに行くより安全だよな」

杉田が力づけた。

「そういうことです。思わぬ一ヵ月の猶予ができれば、また色々と面白い方向が見えてくるかもしれませんし」

若い者は我慢に慣れていないが、老人は我慢ができる。福太郎は自分に言い聞かせていた。

一ヵ月の延長をされたものの、もはや何もやることはない。だが、福太郎は一日置きに出社していた。若鮎たちも順番に、張り切ってやって来る。相変らずゴムの木の葉を拭くとか、「コロナ鍋」の額を磨きあげるとかする。どれもいらない仕事だ。それでも、ここに来ることは大切だった。来ることで、オープンが控えていると実感できる。

また、ワクチン接種の話も力を与えていた。若鮎たちは電話で話題にし、同じ日時と場所だと一緒に行こうとなる。

「副反応がイヤなんだよなァ。熱が出たり、体が痛んだりするんだろ」

男たちがぼやくと、どこで仕入れた噂《うわさ》なのか女たちが言う。

「副反応が出るってことは、その人が若い証拠なんだって」

「ホントかよ」

「そういう噂だよ」

若鮎たちは延長の一ヵ月を、ひたすら明るくやり過ごそうとしていた。これは老害クインテット時代にはなかったことだ。

接種の日、福太郎は付き添いの明代とともに、岩谷市の公民館に向かった。

サキもいるはずだが、広い待ち合い室には二メートルの間隔をあけて、パイプ椅子が並んでいる。

その向こうに見えるのは、アクリル板やパーティションで仕切られたブースだ。接種される本人も付き添いもマスクをつけ、話すこともせずに静かに順番を待っている。話すことによる飛沫感染が言われ、今では大人も子供もそれに慣れてしまった。

すでに来ていたサキが、手招きしている。場内は若い関係者が受付をやったり、接種するブースを示したりしていた。ただ、初めてのことゆえ、手際が悪い。

その上、接種の相手は全員が老人であり、付き添いがそばにいない場合は話が通じにくい。

福太郎がサキの右隣りに座わると、左隣りの小さな老女を係員が促した。

「あの二番の看板があるところで、接種を受けて下さい」

サキが止めた。

「こちらの方、もう接種し終わったんですよ。施設の方々とご一緒で、どこかに付き添いの職員がいるはずです」

「え、そうなんですか。おばあちゃん、もう終わってたら、ここに座わっちゃダメなの。施設の人はどこ？　おばあちゃん、聞こえる？」

サキが鋭く言った。

「ちょっとアナタ、悪いのはこのご婦人じゃないわ。アナタたちでしょ。終了したらどこを歩いて出口に行けとか、どうしてちゃんと示しておかないんですか。たくさんの人が座わってれば、ここに座わりますよ」

「あ、初めてなもので不慣れ……」

サキは頭ごなしに怒鳴った。

「こっちだって初めてよッ。だったら、せめて若い係員が老人をサポートすべきでしょ」

左隣りの老女はまったくの無表情で、ちんまりと置き物と化している。状況を理解できていないようだ。

女性係員はムッとしており、サキの方は見ずに老女に話した。

「ごめんなさいね、おばあちゃん。今、一緒にお外に行きますよ。歩けましゅかァ？」

サキはさらに鋭く言った。

「アナタ、高齢者に向かってその言葉遣いはおよしなさいッ。何がおばあちゃんよ。あなたのおばあちゃんじゃないでしょ。あげく、歩けましゅかァって何なの。アナタの頭はカラッポでしゅかァ？」

ソーシャルディスタンスを取っており、マスクをしているとはいえ、サキのよく通る声は「会話禁止」の会場内によく響いた。

「いい？　誰に対しても正当な日本語を使いなさい。赤ちゃんをあやすみたいな言葉、年長者に向かってどうして使うの？　え？」

「え？」と言われても、係員は返答できずにいる。

「病院でも私に看護師が『ワァ、たくしゃん食べまちたねえ。えらーい』って言ったから、看護部長に手紙書いてやったの。アナタの上司は何ていう名前？」

サキはメモを出し、女性係員の名札を見た。

「川井《かわい》さんね。わかった。でも、今回だけは上司に言わないでおく。まったく、私も人間が丸くなったものよ。アナタ、反省しなさいよ。老人たちはアナタの何倍も生き抜いて来たのよ。わかったねッ」

川井は「はい」とうなずき、涙をこすって一礼して去った。

「フン、すぐ泣く。今の子は叱られつけてないからよ。ずっと泣いてろッ、ミンミン蟬」

壁ぎわに立っていた明代に、福太郎は笑いを含んだ目を送った。サロンが生き甲斐になろうとも、サキのクレームは変わらない。福太郎は頼もしいと思った。

やがて、そこに若い男性が走って来た。胸に「昴苑」と縫い取りのあるジャンパーを着ている。「昴苑《すばるえん》」という老人施設の職員らしい。

彼は置き物化した老女を、小声で叱った。

「ダメじゃないか。勝手に動くなってあれほど言ったろ。俺が迎えに来るまで、出口の椅子で待てって。他のみんなは待ってんだよ。何でできないの」

サキが男の前に立った。

「ちょいとちょいと。悪いのはアナタでしょ。高齢者が一人で玄関に行けると思う？」

「玄関ってすぐそこですから」

「お黙りッ」

「はい」

「アナタ、ウソ言ってるでしょ」

サキは一歩、にじり寄った。

男は一歩、後じさった。

「玄関まで一人で行けなかった人、他にも何人かいたでしょ。え、いたでしょ」

「あ……ええ」

「返事は『はい』ッ」

「はい」

「私はずっと、この公民館の館長だったの」

「え……館長」

「そうよ。初の女性館長よ。だから、玄関はすぐそこでもわかりにくいって、よく知ってるの」

サキはどこか誇らし気に、男の胸の名札を見た。

「亀井明《かめいあきら》さんね。ホントならアナタの上司にチクるんだけど、私も今は忙しいからね。よく反省してしっかりと仕事しなさいッ。わかったね？」

「あ……どうも」

「返事は『はいッ』」

「はいッ。すみませんでした」

亀井は老女を支え、「すぐそこ」の玄関へと出て行った。

明代はサキの「今は忙しい」という言葉が嬉しかった。サロンを動かす自負が、どれほど生きる活力になっているか、わかったような気がした。

ふと福太郎を見ると、満足気に胸を張って座わり、接種の順番を待っていた。ふと、現役時代のふてぶてしさが匂った気がして、明代はサロンの効用を改めて感じていた。

こうしてワクチン接種済みの六人が、マスク姿でサロンに顔をそろえた。三月七日ですさすがの延長も終わる。

「久しぶりー！　春子さん、変わんなァい」

「あらァ、サキさんこそ！」

竹下が笑った。

「二ヵ月会わねえだけだろ。いくら年寄りでも変わるかよ」

「何か何十年ぶりかのクラス会気分よ。老人の一日は、過ぎるのが速いからねえ。若い人の一ヵ月分よ」

総務の男子社員二人が、丸椅子や小さなテーブルを持ち、入ってきた。後ろの女子社員はボードゲームの箱をいくつか抱えている。

「これ、今年発売のゲームです。社長があった方がいいだろうって」

「この丸椅子は、他の人のゲームを横から見るのにいいですから」

福太郎が声を上げた。

「お前、気がきくなァ。そうなんだよ、将棋でも碁でも何でも、ゲームってのは横からのぞくのが面白えんだよなァ」

竹下が声をあげた。

「そ、そ。『あーッ、その駒動かしちゃダメだろ』とか言って
「それが迷惑なんだけどなァ」

ドウッと笑い声が上がる中、杉田が入って来た。福太郎は軽口を叩いた。

「よォ、杉田総務課長！　君の教育がいいから、みんな気がきくねえ。むしろ、君を越えたよ」

「そうですか……」

「何だよ、喜べよ」

杉田は事務的に言おうとしているようだった。

「今、緊急事態宣言が三月二十一日まで再延長と、発表されました」

クラス会の賑わいが、一瞬にして凍りついた。丸椅子などを整えていた総務課員も、動きが止まった。

福太郎の声はかすれていた。

「どういうことだ」

杉田は淡々と答えた。

「全国の感染者数が、昨日時点で一二一四人、東京は三百三十七人に昇ってい

ます。さらに増え続ける可能性が報じられていますし、三月は卒業式だ謝恩会だ歓送迎会だなどと、人が集まる機会の多い月です。それをやめさせないと、さらに感染が広がるという心配からでしょう」

誰もが黙った。

杉田の言うこと、つまり国の方針はよくわかるのだ。だが、先のない老人たちの高揚に、何度も水をぶっかけていいのか。

竹下が怒った。

「また三週間、待てってのか。こっちはみんなワクチン打ってんだよ。ワクチン打った老人のサロンだよ。安全なのに、さらに一ヵ月近く、どうやって待てって言うんだよ」

杉田は小さく首を振り、誰も答えられない。サキでさえも無言だった。

福太郎は言うしかなかった。

「どうしようもない。三月二十一日に解除になるってことだから、翌日の二十二日に最終チェックして、オープンは三月二十三日だ」

そして、自分を力づけるように明るく言った。

「俺らはいわば道楽だけど、飲食店だの旅館だの、死ぬや生きるやに耐えてる人たちが大勢いる。めげてちゃ申し訳ないよ」

その言葉に力はなかったが、桃子が続けた。

「その通りよね。それに、私ら年寄りは今までさんざん楽しく生きて来たけど、今の若い子は何もできないのよ。遊びに行くな、人と会うな、くっつくな、しゃべるなって。小学一年生が無言で給食食べるニュースをテレビで見て、泣けたわよ。若い人が普通に暮らせるように、私ら年寄りは真っ先に守るべきを守る。そういうことよ」

全員、うなずくしかなかった。

杉田は総務課員たちが運んだ椅子を示した。

「畳んで隅に置いといて。三月二十三日、あと一ヵ月足らずで使うんだから」

課員たちはわざとらしいほどテキパキと動いた。若鮎たちは黙ってそれを見ていた。

緊急事態宣言の再延長の中、雀躍堂の業務はリモートに拍車がかかった。

オフィスには、社員が通常の四分の一程度しかいない。だが、雀躍堂の利益は右肩上がりになっていた。

小学校の授業もリモートを採択したり、保育園や幼稚園は休園になったりで、親も子も在宅がふえた。その結果、家族で遊べるボードゲームやカード類が見直されて来たのである。若い人たちも「すげえアナログ」と喜んでいると、ネットを騒がしていた。

当然ながら、同業各社は昔なつかしいボードゲームをうまく現代にリンクさせたい。そんな新製品を開発しようと、どこも必死だった。

再延長になる前は、純市も半ば本気で言っていた。

「こんな社会ですと、サロンに子や孫を連れて来る老人も多そうですね」

福太郎もガッツポーズで応えていたものだ。

だが、再延長の今、若鮎たちは誰も来なくなった。再延長になる前は、やることがなくても来ていた。やる気の糸が切れたのか。無理もない。

だが、福太郎だけは二日置きに出ていた。そうしないと、サロンはオープン前に立ち消えになる。そう思えてならなかった。週二回、純市と共に出社し、サロンで新聞を読んでいる。

明代が残り物でお昼をすませようとしていると、電話が鳴った。里枝からだった。電柱の一件以来、言葉にはしにくい程度だが、ギクシャクが生まれている。

「あらァ、里枝。久しぶり」

「元気？　また緊急事態宣言、延びちゃったわねえ」

「ね。せっかく若鮎たちが張り切ってたのにねえ」

「ね。それでうちの姑、とりあえずサロンのメンバーから外してくれる？」

「え……何で」

「だってこの後、ホントにオープンできるかわからないじゃない。姑の気持を上げたり下げたりされると、こっちが困るの」

こんな言い方がどこにある。どうせサロンのメンバーとして春子がいたところで、電柱のように突っ立ってるだけだろう。だが、明代は穏やかに言った。

「あと一ヵ月足らずだから、何とか里枝がうまく元気づけて、辞めさせないでよ」

「無理よ。だから、ごめんね」

「春子さん自身が、もうやめたいって言ってるの？」

「じゃないけど、もう孫とかひ孫をのんびりお守《も》りさせるのが幸せだと思って。あら、ごめんね。孫とかの話はイヤだったわね」

やっぱり、電柱がらみを根に持っているのだ。本気で相手にしてはならない。

「全然イヤじゃないわよ。そりゃ可愛いもの、サロンどころじゃないのわかるわ」

「そうなのよ。こればっかりは孫のいない人にはわからないでしょうけど」

いちいち、言葉にトゲがある。

「そうかもねえ。でも、孫のいない人生というのも悪くないし。孫だって先々、どんな風に育つかわからないから心配だし」

「そうね。孫が殺人鬼になったり、体売ったりの心配あるもんね」

そこまで言うか。明代は「私は言っていないからな」と思った。

「杏奈ちゃんや翔君がそうなるわけないわよ。でも、私みたいに心配ごとがないのも平和よ」

「そうよそうよ。孫の人生にヒヤヒヤしなくていい明代は幸せよ」

「ホントね。おばあちゃんにとっては世界一の孫でも、実は平凡な子ってケース、ほとんどだしね。でも、人間には平凡な人生が一番いいのよ」

明代は腹の中で「信長にも小町にもなれない孫を自慢するなッ」と思っていた。もちろん口には出していないが、里枝はムッときたようだった。

「そ、そ。孫なんていらないいらない。明代が正しい。じゃ、そんなこんなで姑はサロンやめるね。今までありがとう」

里枝は穏やかに礼を言って電話を切った。これで里枝とは終わったと思った。別にいい。去りたい人は去らせるのが平和だ。

三月七日、俊は正式に有限会社松木ファームに入社した。

まだ緊急事態宣言の最中ではあるが、前日にリモートで高校の卒業式を終えていた。純市も明代も、何も翌日から入社することもないのにと渋い顔をしていたが、俊は張り切っている。

当日は日曜日でもあり、仕事は休みだ。ただ、今後の仕事の進め方などの説明をしたいと、朝十時にファームに来るよう言われていた。

いつもの作業場に入ると、松木と美代子の他に克二も透も剛もいた。パートの四人も、全員がマスクをつけて距離を取って並んでいる。

「どうしたんですか……」

驚く俊に、美代子が笑った。

「入社式よ。俊君の入社式」

考えてもいないことだった。

「日曜日で、緊急事態宣言中なのに、皆さん……」

俊は松木の張り切りようが胸に迫った。

松木が作業場の中央に立ち、他の出席者が左右に並んだ。俊は松木と向かい合い、背筋を伸ばした。

「二〇二一年三月七日、戸山俊を有限会社松木ファームの正社員として、入社を許可する」

松木がアクリルボード越しに、入社認定書のようなものを渡すと、克二らから盛大な拍手が起きた。鳴りやまない中で、松木が紅潮している。俊は、自分が跡を継ぐことが、どれほど嬉しいのかと体が熱くなった。

同時に福太郎が浮かんだ。孫には跡継ぎを拒否された。老い先は短い。その中でサロンに活路を見出したというのに、コロナ禍でことごとく裏切られている。

就農は俊自身の人生のために、譲れないことだった。しかし、松木の表情を見ていると、わかる。どの業界も若い人間をこれほどまでに欲しいのだ。福太郎に申し訳ないと、初めて思った。

つい大きく息を吐いた俊を、参列者は感動の証《あかし》だと思い、微笑《ほほえ》ましく見ていた。

松木に促され、克二が前に出た。

「来賓を代表して、戸山俊君の門出に一言ご挨拶申し上げます。五箇條の御誓文には『上下《しょうか》心を一《いつ》にして、盛《さかん》に経綸《けいりん》を行ふべし』という文言があります。これは国家のあり方についての文言ですが、私はすべての組織に当てはまることだと考えます。役職だの立場だのという上下にとらわれず、皆が心をひとつにして、その組織を治めようということです。ご参列の皆さま、戸山俊君を仲間に加えて頂き、心をひとつにして松木ファームを治めて下さい」

出席者は、コロナのために声がけを禁止されており、「任せて」とばかりに大きな拍手が起きた。克二は俊を促した。

「え……僕？　挨拶？　聞いてないです」

克二は当然のように、俊の背を押した。俊は大きく息を吸った。

「自分がどうして農業をやりたいのか。松木さんの技術を学び、伝えたい気持が第一です。もうひとつ、人の心はすぐに移ります。裏切ります。でも、大地や自然は移りません。人間が自然環境に泣かされることがあっても、それは自然環境にとって当たり前のことで、裏切りではありません。自分は、人の心を相手にしない幸せを感じながら、前を向いて進み抜きます。本日はありがとうございました」

また福太郎の顔が浮かんだ。俊に「春子さんがサロンから手を引いたよ」と言った時、無表情だった。それがかえって切なく迫って来た。

松木は前もって用意していたらしく、折り詰めの赤飯を参列者に配った。パートたちはマスク越しに「俊、頼りにしてるよ」とでも言うように肩を叩き、笑顔で帰って行った。

松木と二人になると、俊はノートを出した。今後の仕事などをメモしなければならない。

「ノートはいらない。覚えて」

「はい」

俊はあわててノートをしまった。

「まずやってもらうこと。それは礼儀作法」

俊は「またこれかよ」と思った。消防団でもどこでも、礼儀だ挨拶だばかりを言われる。

「またかよと思っただろうが、まただよ。来客にも近所の人にも、必ず挨拶しろ。相手がしなくても毎回しろ」

「はい」

俊はもう少しで「祖父はいつも、仕事のコツは野良猫にもお辞儀することだって言ってました」と口走りそうだった。だが、今、ここでこれを言っては礼儀知らずになる。「ご飯の時は『頂きます』、『ごちそうさま』。そして残さない。あと言葉使い」

「はい」

「これもまたかよと思うだろうが、誰に対してもきちんとした日本語を使え。俺の前で『メッチャ』だの『ハンパない』だの『フツーにおいしい』だの『バズる』だのと言ったら、辞めてもらう。俺は若い跡継ぎを喜んでいるけど、俺が我慢する気はない」

「はい」

「あと、『ホントに』も乱用するな。若い者ばかりじゃなくて、最近はいい大人も言うだろ。『ホントに大変な毎日で、ホントに心配だったんですが、運に恵まれてホントに助かったというか、ホントに感謝してます』。バカヤロ、一回言や十分だよ。有名人のインタビューもホントにまみれだ。頭の悪さ丸出しだ」

「はい」

「次に、道具を大事に使うこと、掃除、片づけをきちんとやること」

「はい」

「タイムテーブルは、うちの場合は朝八時三十分には業務開始。それまでには着がえてスタンバイしとけ。昼休みは、基本的に十二時三十分からだが、仕事の状況によって変わる。それで十四時には午後の仕事を開始。終了は日没。冬場は十七時頃、夏は十八時三十分頃だな。ただ、仕事の状況による」

「はい」

俊はこれが農業なのだと思った。日の出とともに働き、日が沈んだら終わる。江戸時代のような暮らしだ。松木ファームの朝のスタート時刻は日の出よりずっと遅いが、オフィスワークとは違うとハッキリわかる。

「休みは週一日、日曜日。ただし、日曜日にイベントがある場合は水曜日が休み。収穫などの繁忙期はこの通りに行かないから、話し合って決める」

「はい」

「丁稚の間、給料はない。ボーナスもない」

「はい」

「俊は社員と言っても、いわゆる丁稚修業だ。長期になるし、俊も楽じゃない。だけど、俺は立派に一人立ちしてほしいから、あらゆる手間をかけて何でも教える」

「はいッ、お願いしますッ」

「ただ、教えている時間は、俺は他の仕事ができない。繁忙期には、それがどれほど俺の負担になるか、一緒にいればわかる。なのに慣れて気が緩んだら、その時は辞めてくれる方がいい」

「はいッ」

俊は大きく息を吐いた。

十八歳の春から、長い長い大変な道を歩くのだ。また、祖父が思い浮かんだ。先が長い十八歳と、先のない八十五歳を思った。

先のない八十五歳は、自宅の庭を眺めながら思っていた。

年齢に関係なく、人が動くには勢いがいる。その勢いに乗るから、ことが成し遂げられる。

コロナのせいで、自分たちは勢いを削がれた。そうでなくても、老人は若者より気持が揺れる。たぶん、死がしのび寄っていることがわかっているからだろう。今、今やらねば先がないのだ。自分たちはじき、いなくなるのだ。

庭のアジサイは、たくさんの蕾《つぼみ》をつけている。あと二ヵ月もしたら、青もピンクも白も紫も、一斉に咲くだろう。

だが、福太郎は若鮎たちがもつかどうか、自信がなかった。考えないようにはしていたが、自分もあやういかもしれない。

第七章

それでも、福太郎は自信を失いかけている自分を励まし続けた。

ワクチン接種も全国的に進んでいることだし、コロナは順調に収まるだろう。何よりも問題は、若鮎たちの気持が、熱が、もちこたえられるかということだ。福太郎でさえ萎《な》え気味なのだ。

前回、二月八日のオープンが、一ヵ月延びて三月八日になった。これを何とかもちこたえ、いよいよという今、さらに延長だ。全員に「いよいよ」の気合いが充満していただけに、この延長はあまりにも大きい。

老人は緊張感の持続が難しい。まして、コロナ下では「いよいよ」と「奈落」が交互に来る。残酷極まりない。

ここで踏ん張れるかどうかは、自分にかかっていると福太郎は思っていた。

何としてもみんなを「たかが三週間だ。すぐだよ」とケロッと励まさなければならない。「実のところ、俺も萎え気味でな……」などとは、おくびにも出してはならない。

とは言っても、どうやって気持をつなげばいいのか。サロンがらみでやることがあればいい。だが、そんなものは何もない。サロンに出勤したところでないし、家にいればもっとない。ゴムの葉や額縁は拭かれすぎて、すり減っているのではないかと思うほどだ。

それでも、出勤する方がまだ気が紛れる。

「純市君、俺は今日、サロンに行くから、タクシーに同乗するよ」

リビングで朝刊を読んでいる純市は、ワイシャツにネクタイでスーツの上着も着ていた。

「え？　僕は今日、リモートです。会社には行きませんが」

「だって、スーツじゃないか」

純市はテーブルの下から脚を出した。ネクタイにスーツの上着、下はパジャマのズボンだった。

「リモート、上半身しか映りませんから」

そう言って時計を見るなり、急ぎ足で二階に行った。バリッとした上半身に、青と茶の縞《しま》の下半身がバタバタと階段を昇る。

コロナ前は物置きになっていた六畳が、今ではリモート部屋だ。リモート映えがするように、ろくに読みもしない本を並べ、窓辺には観葉植物などあしらって書斎風にしている。あのパジャマ男は昼めしまでは降りて来ないだろう。やることがあるのだ、やることが……。

福太郎はため息をついた。自分でタクシーを呼び、出勤することはできる。だが、社員はリモート勤務で、四分の一程度しかいない。お茶を持ってくる総務の社員もいないし、マスクごしに無駄口を叩く相手もいない。あげく、サロンは準備万端でやることは何もない。

往復のタクシー代を使って、わざわざ行く意味がない。

福太郎は純市が読み終えた朝刊を、必要以上に時間をかけて読む。聞いたこともない若いアイドルの記事も、料理コーナーも全部読む。

時計を見ると、十一時には間があった。若鮎の気力が萎えないように、福太郎は毎日十一時に一人ずつ電話をかける。年寄りは朝が早いので、本当は六時にかけてもいいし、かけられてもいいのだ。だが、あっちにしてもこっちにしても、「色々とやることがあるから」と、見栄を張った結果の十一時だ。

新聞はもうこれ以上は読むところがない。兜《かぶと》でも折るしかない。

少し早いが……と思いながら、竹下に電話をかけた。

呼出し音が一回で、竹下はすぐに出た。電話の前で待っていたに決まっている。

「なァ、福さんよォ。ホントにサロン、開けるかねえ。俺、だんだん危ねえんじゃねえかって気になってさ」

「何を言ってんだよ。ワクチン接種は進んでるし、東京の感染者も少しずつ減ってる。三月二十一日の解除は間違いねえよ」

「だといいけどな。俺、病気で入院して身にしみてよ。人って死ぬんだよな、必ず」

ここから毎回、同じに話が進む。「人間は死ぬということを、若いうちからわかっていたが、実感がなかった」と続くのだ。「実際に年を取って、大病をして、臨死体験までして、やっと人は死ぬものだと納得した」と進むのだ。

案の定、電話口でそう言い続ける竹下に適当に合い槌《づち》を打ちながら、「老害」が戻りつつあるなと思った。サロンが具体化する中で、あれほど鳴りをひそめていた老害が、またみんなに出始めている。

この間の電話では、吉田も言っていた。あんなに俳句にのめり込む男が、

「俺、サロンに客が来るとは思えなくなってきたよ。今、まわりがどんどん死んでるんだよな。ホント、みんな次々に消えてく。どこ行ったんだかな」

「ちょっと、私が出るわよ」

桃子の声がして電話をかわった。

「福太郎さん、吉田は何回言ってもわかんないの。死ぬのは、神さんから戻れって言われて、ここからお山に引っ越すだけのことなんだって。どこ行ったも何も、みんなお山に行ったんだって、福太郎さんわかるでしょ」

福太郎は明るい声をあげた。

「わかるわかる。竹下もサキさんもみんなわかってるよ。吉田に言ってやんな。引っ越したヤツらは神さんの仕事があってアテになんねえから、今が俺た

ちの気合いの見せどころだってな」

福太郎とて、サロンのオープンに自信は持てない。またもオープンできなかったら、もうお山に引っ越したい。だが自分がそれを言っては、本当にサロン計画は流れるだろう。

八十五歳にして、重い責務を背負ったものだ。コロナ鍋、いやコロナ禍が死活問題なのは、飲食業界や観光業界ばかりではない。老人もだ。

実際、老人は家にいることが増えた。それを見る家族の目には、露骨にうんざりが出る。老人はうっとうしいだけで、相手にしたくない。だから、家にいられるとストレスがたまる。

老人自身が肩身を狭くし、気を遣いながら切なさを覚えていることなど、考えもしない。

切ない老人のためにも、何とかしてサロンを開かないとならない。若鮎たちは負けられないのだ。

翌朝、福太郎は真っ先に、純市の下半身を見た。よしッ、スーツのズボンだ。パジャマではない。今日は出勤するようだ。

「純市君、俺はサロンに行くから、タクシーに同乗するよ」

さもさり気なく言ったところで、福太郎のセリフは昨日と同じだ。

タクシーから見る街は、どこも人通りが少ない。行きかう人の、ほぼ全員がマスクをしている。映画館も劇場も、また飲食店も大半は閉まっている。

どうしてこんな疫病に襲われたのだろう。これからどうなるのだろう。もしも疫病が長引いても、先のない自分たちはいい。だが、俊や若い子は、いつになったら人間らしい楽しみが味わえるのだろうか。

街を走りながら、福太郎は家にいる時よりもっと、気持が萎えてくるのがわかった。たとえ、今回の延長を乗り越えても、社会が元に戻る保証はない。人は外に出て来られるだろうか。マスクを外して生きられる日は来るのだろうか。サロンはオープンでもないかもしれない……。

会社に着いたものの、リモート中心のオフィスは、ブラインドが降りたままの部署もある。かつての活気はすっかり消えている。

サロンのドアを引くと、

「あら、おはよう！」

と明るい声がした。サキがペットボトルのお茶を飲みながら、本を読んでいた。

「サキさん、来てたのか」

「うん、時々来てる。静かで電話も宅配便も来なくて、読書にいいの」

サキは読みかけの本を閉じた。『源平盛衰記』だった。カバーをかけずに、誰の目にも『源平盛衰記』とわからせるところが、この女らしい。

「俺は心配だよ。あと半月近くにこぎつけたけど、それまで若鮎たちの気力が持つかねえ」

「持たないわよ」

軽く言い放った。

「だって、もう春子さんは辞めたし」

「近々、会って話を聞くつもりだけどな」

福太郎はソーシャルディスタンスを取り、サキから離れて座わった。

「春子さんみたいな老人、世の中に多いのよ。口を開けば、死にたい、食べたくない、私はすぐ死ぬからいい……。あんな老人は、ここに送り込んでた方が家族は楽よ。老人が嫌われるのは、自己責任も大きいの」

年を取るのも、心身が動かなくなるのも自己責任だというのか。それはないだろう。

「嫌われる老人は、みんなボーッと年取ってきたの。だからツケが回ってきたのよ」

今度は「ツケ」と来た。

「必ず年は取るものなの。心身は衰えるものなの。だから、そうなった時の準備をしとくのよ。金銭的にも、楽しみのある生き方にも」

「サキさんは準備してるんだ」

「十分にしてる。私は本さえあれば死ぬまで楽しめますから。それに、色んなことを本が教えてくれるのよ。色んなことを考えさせるし。図書館で借りればお金もかからないでしょ」

「そりゃそうだけどさ、サキさんが今さら源平ナンタラ読んでも、役に立つ場がねえだろうよ。本で何を教わったところで、それが生かせねえ老人だ。それでも読む理由っていうか、えーと原動力ってのか、何てのか」

「ああ、モチベーションね」

サキはサラリと言い、鼻で笑った。

「どこかで役立てようなんて、青い若者の貧しい発想よ。自分の役に立つのよ。何も難しい本じゃなくたっていいの。滝廉太郎《たきれんたろう》の『荒城《こうじょう》の月』の歌詞にあるでしょ。『栄枯は移る世の姿』って。小学唱歌の『鎌倉』にもあるわよ。『興亡すべて夢に似て』って」

サキの弁が熱を帯びてきた。

「こういうことを知ってると、ああ、昔の人も、『人間は必ず衰えていくのだ』と思ってたのねと、虚しかったのねとわかる。だから、栄える者も必ず滅びるのが世の姿だって、歌詞にも書いているわけよ。人生なんて、何もかも夢のようなものよ。いつの世でも、人はみんなその切なさを味わって来たの。それを知るだけで、そこらの無知なジジババにはならない。そいつらは昔話をして、自慢話をして、孫自慢をして、死ぬまで時間つぶして、墓に入りゃいいのよ」

サキは気持よさそうに言った後で、笑った。

「でもね、これも本で読んだわ。昔話をすると体にドーパミンが出て、気分がよくなるんだって。無知の幸せよね」

サキは再び『源平盛衰記』を開き、福太郎の方など見ることもなかった。

「この部屋は俺の持ち物だぞ！」と思ったが、口には出せなかった。

またナンタラの本を例にあげて、やりこめられてはたまらない。


俊は松木ファームの「丁稚」として、毎朝早くから通っていた。

始業は八時三十分だが、松木と美代子は七時三十分には畑に出ている。そして、収穫したり、水やりなどをして、九時にファームに戻る。

松木は「八時三十分にスタンバイできていればいいよ」と言っていた。今、俊は自宅からの「通い丁稚」だからいいが、もし「住み込み丁稚」ならそうはいかない。七時三十分には一緒に畑に出るはずだ。

そう言うと、松木は、

「いずれ、俺のやることを見て、一緒にやってもらう。今は八時三十分から、やることを全部やってくれ」

と、パソコンを打つ手を休めず、言った。

俊は新人丁稚として、その日のパート社員の段取りや、袋詰め、箱詰めのスケジュールをきっちりと立てる。九時に松木が畑から戻ると、すぐにその仕事ができるようにだ。

今日の収穫は春キャベツ、菊芋、小松菜、菜花。丁稚の目から見ても惚れ惚れするイキのよさ、色のよさだ。

収穫物はパートたちと「調整作業」をする。これは葉の悪いところを取り除き、姿形のよくないものを外すなどの仕事だ。

松木と美代子も一緒になって、それらを袋詰めにしたり、包装したりする。

「ああッ、俊ッ。その葉は悪くないッ。ちゃんと見ろよ、まったく」

と言うなり、

「ああッ、俊。そのトマト、売り物にならないだろ。よく見ろッ」

である。そのたびに俊は、大声で謝る。

「ハイッ。すみませんッ」

形が悪いものでも、味は極上であり、それらは松木や俊やパートたちが持ち帰る。だがいつか必ず、これらでジャムを作ったり、レストランを併設させて客に出す。絶対にやる。まだ十八だ、十八。俊は強く念じていた。

福太郎は、春子に何回か電話をしていた。なぜ辞めるのかと聞いたのだが、どうもハッキリしない。

明代に聞くと、

「たぶん、嫁の里枝さんに言われたのよ」

「辞めて毎日家にいられちゃ、嫁が迷惑だろうよ」

とサラッと言う。

「ね。だけど、サロンから一人でも抜けるとメンバーの士気が下がるでしょ。嫁はそうしたかったんじゃない？」

「サロンに何の恨みがあンだよ」

「サロンにはないのよ」

明代は台所に行ってしまったが、春子は辞めたくて辞めたのではないと、福太郎は確信した。

すぐに春子宅を訪ねると、里枝が、

「まあ、珍しい。義母《はは》が喜びます」

と嬉し気な笑顔で迎えてくれた。

「お義母《かあ》さーん、福太郎さんがお見えですよーッ」

と呼ぶ。悪いヤツには見えない。その上、消毒スプレーを手に取ると、

「こんなもの、おイヤでしょう。でも、この町の大切な方ですので」

と、福太郎の服に丁寧に霧を噴く。さらに両手に消毒液を注いでくれ、笑顔を向ける。

「さァ、お入り下さい。いつも明代さんにお世話になるばっかりで」

やっぱり悪いヤツには見えない。

リビングに入ると、春子がソファに座わって、テレビの音楽番組を見ていた。しばらく会わないうちに、何だかやせて婆さんくさくなっている。

里枝が台所でお茶をいれている間に、福太郎は単刀直入に聞いた。

「何でサロンから手を引いたんだ。本当はみんなとやりてえンだろ？　里枝さんに何か言われたか？」

春子はかすかにうなずいた。そして、すぐに穏やかな笑顔を作った。

「私は世話になって、やっと生きてるんでね。やっぱり嫁の言うこと聞かないと。いえ、私はすぐ死ぬし、食べたくないし、今に朝起きたら冷たくなってると思います。嫁にも誰にも迷惑かけないで、そういう死に方したいと、毎日手を合わせてるから」

完璧に「老害返り」している。

「みんな春子さんを待ってるんだよ。緊急事態の解除初日、三月二十二日に最終チェックして二十三日にオープンする。だから来てよ。今度は必ずオープンできるって」

「いいよ、私なんか。忘れて」

春子はテレビ画面を示した。

「ほら、これ覚えてるでしょ。『憧れのハワイ航路』。岡晴夫《おかはるお》が歌ってさ」

「昭和二十三年発表」とテロップが出た。

「昭和二十三年かァ。私、十一歳だけど覚えてるの、この曲。まわりの大人が歌ってたのよねえ、きっと」

次に流れて来たのは、「高原列車は行く」だった。岡本敦郎《おかもとあつお》のカン高い声が、リビング一杯に響く。

「あ、昭和二十九年発表だって。私、十七だ。学校出て家事手伝いやってた頃よ」

次の「ここに幸《さち》あり」になると、

「大津美子《おおつよしこ》の歌、聴くたびに涙が出る……」

と、目頭をそっとおさえた。

画面の「昭和三十一年発表」というテロップを、福太郎に指さした。

「私、十九歳よ。色んな縁談があったけど、その中のひとつ、今も覚えてるの。相手は小学校の理科の先生でね、水族館でお見合いしたの。……若かったわ」

お茶とお菓子を持って入って来た里枝が、テレビの音を小さくした。

「お客様にご迷惑ですよ」

「ごめんなさい。ごめんなさいね」

「福太郎さん、義母は一日中、懐メロのＤＶＤを見て、『私がいくつの時だ』

と言ってるんですよ、一日中。朝から晩まで懐メロ聞かされちゃ、こっちはたまりませんよ」

「ごめんなさい、ごめんね」

福太郎は、過剰に謝る春子が哀れになった。だが、里枝は、

「懐メロなんて、その時代に生きた人だけの楽しみですよ。若い人には拷問《ごうもん》……かな」

と笑いにごま化してハッキリと言う。

春子は細い首で頭を下げた。

「ごめんなさい、ごめんね。こういうの聴くと昔に帰れて……。母とか友達のこと思い出すの。でも、もう誰もいなくなっちゃった」

力なく笑うと、つぶやいた。

「私もすぐ行くけどね、あっちに」

「福太郎さん、こうですよ、毎日。あの町にもう一度行きたい、どこそこを見たい、ナントカちゃんに会いたい、『でももう誰もいない』で締《し》めるんです。誰もいなくて当然じゃないですか。自分をいくつだと思ってるんですかって話

で」

春子本人を前に言うのだから、里枝が相当イライラしていることがわかる。以前はもう少し筋力があった気がした。

するとと、春子がテーブルに手をついて立ち上がった。

「ごめんなさい、ちょっとトイレ」

「ああッ、一人はダメ。福太郎さん、ちょっと失礼します」

「一人で大丈夫」

「ダメッ。転んだり汚したりされちゃ、こっちが迷惑するの」

「ごめんね。ありがとう。ごめんなさい」

すぐに里枝だけ戻って来た。

「今、終わったら呼ばれますので」

「里枝さん、彼女は一人でできるよ、自分のこと」

「できることもありますけど、かえってこっちの仕事がふえるんですよ。だから、手を出さないでって言うと、『ごめんね、すぐ死ぬからごめんね。死にたい、早く』ですもん、義母《はは》は」

そして、せせら笑った。

「この間、義母が一人でいる時、急に具合が悪くなったんです。で、這《は》うようにして一一九番して、『救急車を……救急車を……早く……』って。笑っちゃうでしょ、この本心。そんなに死にたい人が何で救急車呼びますか」

それはそうだ。

里枝はよくわかっていた。

「死にたいとか食べたくないとか言うと、まわりが心配してくれて、嬉しいだけなんですよ」

「生きたいんだよね。本音は」

「そうですよ。みんな本音をわかってますよ。なのに死にたい、死にたいですから。救急車で運ばれた後も大変でした。医師に『延命治療は全部断るって言ってやった』だの、『心臓マッサージも人工呼吸器も断固拒否したのよ』だのって、自慢気で」

里枝はもう笑いもせずに言った。

「実は油物の食べすぎで、全然たいしたことなかったんです。心臓マッサージも人工呼吸器も聞いてあきれる。死にたい、食べたくない人が、油物の食べすぎですから」

里枝はもう姑の話は沢山《たくさん》だというように、紅茶とクッキーを勧めた。クッキーの載っている皿を示すと、

「これ、孫の杏奈が幼稚園で絵をつけたんです。見て下さいよ、描いてあるのはバァバの顔ですって。バババカですけど、よく描けてますでしょ」

と嬉し気だった。福太郎は礼儀だと思って聞いた。

「おいくつ？　幼稚園児とは思えないうまさだ」

「まァ！　そんなァ。本当に五歳で、下の子は二歳です。金沢市におりますが、姑にはひ孫にあたるんですよ。サロンなんかでご迷惑かけるより、ひ孫と遊ぶとかの方がいいと思いましてね」

「いや、迷惑どころか役に立ってくれてましたよ」

「クッキーもどうぞ。これ、金沢市で一番のクッキーで、杏奈がママに言ったんですって。『バァバが好きだから送ったげて』って。私が杏奈の家で食べて『おいしい』って言ったこと、覚えてたんですねえ。感激しちゃって。バババ

カですけど、まだ五歳なのによくぞって」

孫の話になると止まらない。

だいたい、我が子や孫を自慢するヤツらの多くは、「親バカですけど」とか「バババカで」「ジジバカで」と前振りする。そう振っておけば、ジョークめいてチャラになると思っているのだろう。なるものか、バカどもが。

福太郎はお茶だけ飲み、立ち上がった。

「老人と暮らすのは大変でしょう。俺も明代を見ているとわかりますよ。実の親であっても、いなけりゃいいのにと思うこともあるでしょうな。里枝さんがイヤになるのは当たり前だ」

里枝は黙った。

「ただ、あと何年かすれば俺も春子さんも、サロンの仲間もみんな、いなくなります。今日いた人間が明日はいないんですよ。なのに、生きている間は遠慮して、『ごめんなさい、ごめんなさい』って謝って。すぐいなくなる身で悲しいよな」

里枝は一言も発しない。

「でもね、あと何十年かすればアンタ達もいなくなる。今いる親きょうだいも仲間も、みんなこの世にはいません」

福太郎はふと、クッキーの皿に目を落とした。この孫たちだって、いずれは誰一人、この世にはいなくなるのだ。

「里枝さんがウツにならないためにも、春子さんをいつでもサロンに寄こして下さい。サロンがイヤなら、どこかデイサービスでも何でも、頼ることです」

外はなま暖かい風が、三月を感じさせていた。今頃春子は「ごめんなさい。終わりました。ごめんなさい」と、トイレで嫁を呼んでいるだろうか。


福太郎が帰宅するなり、明代がすぐに聞いてきた。

「どう、里枝は。底意地悪いでしょう。パパ、実の娘の方がマシって思ったでしょ」

「思うもンかよ。年は取りたくねえと思っただけだ」

「あら」

「嫁は姑にイラつきまくっててさ。サロンをやめさせて、ずっと家に置いとけばそうなるのわかってただろうよ」

明代は答えなかった。

「しかしまァ、よく孫のことしゃべる女だよなァ」

「あら、パパにも」

「可愛さ垂れ流しだよ。俺も梨子や俊のこと、あんな風に垂れ流してたかなァ」

「パパは全然。孫自慢は公害だよ、まったく」

福太郎は明代の気持を思った。里枝に限らず、友達の圧倒的多くに孫がいる。明代にもいずれできるだろうが、仕事一筋の梨子は当てにならない。俊の結婚も十年以上は先だろう。

その頃、明代は前期高齢者になっている。せっかく孫ができても、下手したらお宮参りより墓参りが先かもしれない。

何だか明代が不憫《ふびん》になった。

福太郎は毎朝、起きるなりテレビをつける。ニュースでコロナのようすを知るためだ。「再々延長」が発出されるのではないかと、決して大袈裟ではなく一日中おそれている。

明代が有名芸能人婚約のニュースを見て、

「えーッ！　まさかァ！」

と叫んだら、隣室から飛び出して来た。

「再々延長かッ⁉」

今、何とか、延長を乗り切れそうだと見えてきた。若鮎たちも、福太郎の励まし電話と、解除が日一日と近づく中、気合いが戻っている。そんな中で、再延長は何より困る。

「パパ、違う。芸能人の結婚ニュースよ。緊急事態はあと二日で解除されるってば。もう安心だよ。今頃になって再延長なんてないって」

「だといいけどな。また再延長が出たら、もうもたねえ。……もたねえよ」

「もう大丈夫だって。この前の延長だって、六日前には出たもん」

うなずきながらも、福太郎は不安でならない。今度もオープンできないとなれば、さすがにサロンは無理だ。老人の緊張の糸は、これ以上は引っ張れない。

「オープンに備えて、パパ、床屋さんにでも行ってくれば？」

散髪嫌いの福太郎が、すんなりと同意した。気が紛《まぎ》れると思ったのかもしれない。

ゆっくりと歩いて行く後姿を見ながら、明代は年取ったなァと思った。父は春子の老化に驚いたと言ったが、同じだ。コロナで運動不足もあるにせよ、確かに脚は弱くなっている。杖はついていないが、折り畳みのそれを明代は必ず持たせている。

この父と、いつまで一緒にいられるだろう。

私が小さい頃は、母に隠れてアイスクリームを買ってくれ、公園で並んで食べた。遊び疲れて寝た私を背負い、歩いて帰る脚だった。猫を飼いたがる私と、何軒ものペットショップを回る脚だった。決められずに泣く私に、またもアイスを買ってくれた。街の石段に並んで腰かけて食べ、「明日は別の店に行こうな」と言った。若かった。

今、ゆっくりと歩く父は、T字路に来ると、立ち止まってこっちを見た。そして、手を振った。私も振った。父は小さな歩幅で角を曲がって、消えた。

その時、リビングで電話が鳴った。小走りに行って、出ると吉田だった。

「あらァ、たった今、父は床屋さんに行って。いよいよあさってですものね」

「そうなんだよ。コロナなんか屁みたいなもんだって句ができてね、福さんに知らせたくてさ。あ、そうだ、明代さんでもいいよ」

吉田の句は聞きたくない。ほめるのが大変なのだ。

「いいか、言うよ。『トンネルは一瞬　青嵐《あおあらし》永遠』。な、五・七・五の定型じゃないから躍動的だろ。オープンの日は、これをドアとかに貼ってもらおうと思ってさ」

何だかワケがわからない句だが、桃子が元気に電話をかわった。

「明代さん、いい句でしょう。トンネルってコロナのことよ。そんな暗がりは一瞬で、外は青嵐なの」

「青嵐……」

「あら、ご存じなかった？　夏の季語よ。強めの風で、青葉の頃に吹くの。暗いトンネルを抜けたら、真っ青な空と鮮やかな青葉、そこに力強く吹く風。人の世では、青嵐のパワーこそが永遠なの。コロナは一瞬のトンネルに過ぎない。そんな句よ」

「はァ……ご主人、すごいですね」

「私も最近、夫にはちょっと鬼気迫る才気を感じてるの」

どこが？　と思ったが、誰が何と言おうと、愛し合う夫婦がそう思うのだから、文句はない。二人の俳句と絵を合体させる楽しみ、二人で行く吟行とスケッチの旅、二人で合作の本を出すときめき……、他のメンバーにはありえない。これこそがともに老いていく幸せなのだ。

「今、明代さんのスマホに、私の絵を送ったから見て」

明代は見るなり叫んでおいた。

「ワァ！　桃子さん、すっごく腕を上げられましたねえ。青葉と青嵐、いいわァ」

絵は、葉のついた物干し竿が風に吹かれているとしか見えなかった。

里枝がセーヌ堂のクッキーを持ってやって来たのは、緊急事態宣言が解ける前日だった。三月二十一日の午後だ。

福太郎は明後日のオープンに、肌までつやつやしている。さすがに、もう延長はないと気合いが入っている。

リビングに通すなり、里枝は福太郎に頭を下げた。

「今さらなんですが、やはり母をサロンのスタッフに戻して頂けないでしょうか」

福太郎は即答した。

「それはもう、ぜひ！　オープンはあさっての三月二十三日ですが、明日宣言が解けたら、みんなで集まって準備するってお話ししましたよね。人手がふえて助かります」

春子の手が「人手」として役に立つとも思えないが、明代はいい気分だった。勝ったのだから、明代は。無礼な相手が頭を下げて、頼みに来たのだ。腹の中で「信長でも小町でもない孫の自慢、すンじゃねーよ」と毒づきつつ、優しい笑顔を見せてやった。

「私も嬉しいわ、春子さんが復帰して下さるのは。父も他の方々も、どんなに力が湧くかしら。本当にありがとう。里枝さんが決心してくれたおかげよ」

ご立派すぎるお言葉を吐く自分に、自分でも気持ちが悪い。思えば、いい人というのは気持ちが悪いものだ。

「でも、杏奈ちゃんや翔君が来た時は、そっちを優先してね。よくできて可愛いひ孫は、春子さんにとって宝物ですもの。里枝さんにとっても」

里枝は敗者らしく静かに言った。

「こちらこそありがとう。感謝してます。先日、福太郎さんが、『遠慮して謝って生きている年寄りは悲しい』って。その通りです。でも、私も年寄りと暮らすイラ立ちで……。もっともっと手のかかる年寄りがいっぱいいることはわかっていても、つい」

明代はお持たせのクッキー缶を開け、花籠や星形や愛らしいものを、小さい袋に入れた。

「これ、杏奈ちゃんが好きなのよね。何か送る時に入れてあげて」

里枝は恥ずかしそうにうなずいた。もう孫の話はセーブするだろう。

三月二十二日、恐れていた延長もなく緊急事態宣言が解けた。「サロン若鮎」には準備のために全メンバーがそろい、二ヵ月半分の張り切りようだ。マスクをつけていても、声が響く。

「大体、年寄りってのは声がデカいんだよ。自分にも聞こえねえから、デカくなるんだな」

一番デカい声の竹下がわめく。

準備といっても、福太郎は来るたびに掃除していたし、たまに来るサキもしていた。やることはせいぜい数日分の埃《ほこり》を払うくらいだ。またもやゴムの葉を拭き、コロナ鍋の額を拭き、茶碗や皿も洗って並べ直した。

「一仕事の後で、こうして飲むお茶、最高だわ」

そういうほどの仕事は何もないのだが、サキがインスタントコーヒーをゆっくりと味わっている。

「私ね、このサロンを発祥の地とするゲームとか、カードとかを、新たに考えるべきだと思うの」

桃子がすぐに答えた。

「私もそう思う。方言カルタはどうかしら。サロン発祥にはならないけど、青森で見たのよ。『津軽弁かるた』。CDもついてるの」

　これが福太郎の元経営者魂に触れた。全国の方言カルタは、年配者には売れるかもしれない。CDで読み札を読めば、一人でも遊べる。もう全国にあるのだろうか。桃子は朗々とそらんじた。

「『ゆったど温泉　なんぼあずましば』。『わいん　きまやげる　かちゃくちゃね』」

　サキが感極まったように言った。

「何言ってんのか全然わからないけど、津軽弁ってフランス語みたい。いや、フランス語よりきれいだわ……」

　桃子は身をよじって喜んだ。それを見ながら福太郎は思った。年を取ると、ますます故郷が懐しい。若い頃は早く故郷から出たいのに、年齢とともにそのよさがしみる。

　方言が使われなくなっている今、商売にならないかもしれないが、工夫の余地はある。純市に話そうと思った。

　竹下は「紙相撲」を提案した。

「俺ら、やったろ。紙で土俵とか力士作って戦わせて。栃錦《とちにしき》とか若乃花《わかのはな》とか背中に書いてさ。この間、親と店に来た子が持ってたんだよ。これはジイサンバアサンにいいなと思ったね」

吉田も負けない。

「全国の『祭り双六』はどうよ。それぞれの出身地をスタートとゴールにして、全国各地の祭りを回って進むんだよ」

声が力強い。

「で、今住んでるところの祭りに来たら、二マス進めるとかな。この双六、コロナが収束したら、絶対にその祭りに行ってみようと思わせるよ」

春子が声をあげた。

「いいじゃない！　コロナで死にそうな観光業界も喜ぶわ。一緒に何かできないかしらね」

「うん、タイアップな」

「よし、それも純市に言う。面白いよ」

福太郎には、彼らが以前とは別人に思えた。春子なんて顔色をうかがっては謝って、死にたいと関心を誘っては、恥も外聞もなく救急車を呼んでいたバアサンだ。竹下はサロンのオープンは無理だろうと、すっかり覇気をなくしていたジイサンだ。

何かを始めることは、こんなにも人間を力づける。サキが穏やかに言った。

「私たちみたいに恵まれた高齢者は多くないと思うの。だから、本気出して一生懸命に切ない高齢者のためにならなきゃ」

そして、微笑んだ。

「私らだって、じき他人の力を借りなきゃ生きられなくなるんだから。それまでは本気で老人のために動こうね」

他人のために動くことは、クレーマーをもすっかり変えてしまった。

三月二十三日、純市も覚悟を決めて、会社の正面玄関に看板を出した。

「ボードゲームカフェ『若鮎サロン』本日オープン　高齢者を特に歓迎　当社のゲーム遊び放題」

斉田、杉田も諦め半分にそれを見つめ、

「駅から近いし、人が集まりますよ」

とお世辞を言った。福太郎は腕組みをして看板を見上げ、純市に厳《おごそ》かに指示した。

「コーヒー、紅茶、日本茶五円のカンパ。何でそれを書かない。そそられるから、赤字で大きく書け」

そんな下品な看板は、会社のイメージを損《そこな》うと思ったが、三人とも致し方なくうなずいた。

十時、サロンには純市以下、雀躍堂の役員、部課長、それに手の空いている社員たちも集まった。明代も里枝もいる。松木と俊が来られないかわりに、克二は半休を取って出席していた。

緊急事態宣言が解除になったとはいえ、全員がマスクをつけている。会場に用意された椅子もソーシャルディスタンスをとって並べられ、そのせいかすべてふさがっている。だが、全員が身内だ。

福太郎以下若鮎六人は、そろってピンクの「スタッフTシャツ」にカーディガンなどを重ね、来客と向かい合う形で立っていた。

全員に乾盃用のシャンパンが回ると、福太郎がマイクを手にした。

「皆様、我々はやっとこの日を迎えることができました」

その時、ドア口から見知らぬ二人がのぞいていた。八十代だろうか。福太郎はマイクのまま声をかけた。

「お客さんですね？　どうぞどうぞ、お入り下さい」

二人はいささかひるみ、

「いや、看板見たんで、のぞいただけです」

「正面玄関から矢印が続いてたんで……たどってみたというか」

と帰ろうとした。サキがサッと近寄り、

「お客様第一号と第二号で、大歓迎です」

とグラスを渡し、パイプ椅子で席を作った。二人はどこか嬉しそうに、すぐに座った。福太郎の声に力が入る。

「早くもお客様です。皆様、本日はお集まり頂きましたことに、真っ先に感謝の意をお伝えしたく存じます。高校野球でもオリンピックでも、年寄りは話が長くていけない。シャンパンのアワが立っているうちに乾盃しましょう。では社長」

促された純市が大きな声で、

「ボードゲームカフェ若鮎の発展と皆々様のご健康、及び長寿を願い、カンパーイ！」

と言うや、高らかに「乾盃の歌」の曲が流れた。若い社員のアイデアだ。

出席者は笑顔でグラスを上げる。飛び入りの二人の元には桃子が駈け寄り、何か話しかけながらグラスを合わせる。二人は照れたようにグラスを上げた。

若鮎たちがこういう気づかいができるのも、相手の老人たちが照れた笑顔を向けるのも、常日頃、頭数に入れられていないからだ。福太郎は面映《おもは》ゆそうな二人を見ながら、「老人のために生きる老人」という姿勢に改めて自信を持った。

「皆さん、私たちはさんざん働いて、がんばって、気がつくとあと少ししかこの世にいられない年齢《とし》になっていました。ならば、いられるうちに何をするか。世間は老人に『自分のために何か挑戦せよ』とばかり言います。我ら若鮎は自分のために何かをやる気はありません。世の老人のために、何かをやります。この視点が、今の日本の有識者にも老人本人にも欠けている」

福太郎は強く言い切った。そして、少しの間を取り、ニッコリと笑った。

「どうかどうか、ここに居並ぶ若鮎たちと、このサロンにお力をお貸し下さい」

この間合いの取り方、声の強弱、表情の変化、たいしたものだと明代は思った。夫の乾盃の発声は型通りで、本当につまらない。思えば、いい人というのはつまらないものだ。


午後、明代が引出物を手に帰宅すると、電話が鳴った。

「あら、梨子。サロンのオープニングセレモニーから今帰ったとこよ。セーヌ堂のクッキー缶を引出物にして、全額ジイジが出したわよ」

「明日からサロンは通常オープンってこと？」

「もう今日の午後から通常よ。セレモニー終わるやすぐよ。張り切りまくってるもん」

「そっか……。明日、ジイちゃんは忙しいか」

「何よ、何かあるの？」

「明日、パパとママとジイちゃんにちょっとうちに来てほしくてさ。丁稚が来るのは無理だってわかってるから」

「明日とは急ねえ。何なの」

「うん、解除になるのを待ってたの。今日はジイちゃん、オープン日だからダメだと思って……でも早い方がいいから」

明代はふと不安を覚えた。梨子はどこか悪いのではないだろうか。そうでなければ、早いうちに家族に会いたいと言わないだろう。

昨年の夏に、久々に帰って来た梨子を思い出した。太って見えたのは何か浮腫《むくみ》だったのかもしれない。「コロナで忙しくて食事が不規則なせいよ」という梨子の言葉を信じたが、今にして思えば少しだるそうだったようにも思う。

「梨子、どっか悪いの？」

思い切って聞くと、笑いで返された。

「全然。心配しないで」

「何時に行けばいいの？」

「午後四時とかなら絶対いる」

明日は夫と父を早退させよう。病気か、あるいは何か困ったことが起きているのではないか。母親のカンだった。

夜、福太郎は純市のタクシーに同乗し、ご機嫌に帰って来た。

そして、明代の顔を見るなり言った。

「あの後、客がまた二人来てさ。五円の日本茶飲みながら双六やカルタで大盛り上がりだよ。これから少しずつ文化講座もやるって言ったら、もう喜ぶ喜ぶ」

純市もおべんちゃらのように、

「新製品の方言カルタとか祭り双六とか、若鮎さんたちが色々と商売のアイデア出してくれてね」

と言ったが、明代はそれどころではない。

梨子の電話と、浮腫の疑いを伝え、何か病気ではないかという不安を話した。二人は「考え過ぎだよ」とすぐに否定したが、その根拠がない。

むしろ、福太郎のつぶやきがリアルだった。

「人生ってのは、帳尻が合うようになってんだよな。いいことばかりも、悪いことばかりも続かねえんだ」

明代も純市も黙った。福太郎の言うことは確かだからだ。俊の進路は衝撃だったが、やりたいことに邁進《まいしん》している。雀躍堂の利益もあがっている。どう考えても戸山家はうまく回り過ぎており、ここらで何かあってもおかしくない。

明代には、ずっと気になっていたことがあった。

「ねえ、コロナじゃないかしら」

「コロナ?! 梨子が?!」

純市が驚いて叫んだが、これが最もありうることだ。

梨子は医師や看護師と違い、コロナ患者に直接触れることは少ないと言っていた。むろん、医師も看護師も、触れる時には、完全防護服だろう。だが、医療関係者は他の職種より、コロナウイルスに晒《さら》されているのではないか。

純市が否定した。

「コロナなら、来いと言わないよ」

「もう治ったんだと思う。だけど後遺症がひどくて、気力もなくなって……早めに家族に会っておこうとか。だるくて寝たきりとか、テレビでよく後遺症のことやってるでしょ……」

純市は一笑に付した。

「そうだけど、梨子は何かあればすぐ家族に会いたがるキャラじゃないだろう」

それはその通りだ。仕事が忙しいと、こっちから電話をかけても迷惑そうにする。年末年始も電話だけで、帰って来ない。梨子のマンションには引っ越しの時と、その後に一回か二回行っただろうか。

福太郎が静かに言った。

「後遺症じゃねえと思うよ。梨子はコロナの現場にいて、人間は死ぬってことをハッキリと感じたんじゃねえか？　突然、この世と別れる日が来るってな。いつも俺ら老人の頭から離れねえことを、コロナは二十代の梨子にも感じさせたんだよ」

明代も純市も黙った。

「その時、やっぱり一番大事なのは家族って気がついた。時間がある限り、会っておこうってな」

この話は、一番説得力があった。だが、明代は、何がしかの病気ではないかという思いを消せなかった。

帰って来た俊に話すと、即答された。

「結婚だろ。結婚だよ」

「結婚?!」

誰も考えてもいなかった。

「絶対、ご対面だよ。相手は仕事の関係で、明日しかあいてないとかでさ」

「結婚なら前もって言うでしょうよ」

「あの姉ちゃんだもん、三日前に出会って即決とかありそうじゃん」

人は「話がある」と言われると、なぜか悪いことを考えがちだ。

福太郎が恥ずかし気もなく、前言を翻《ひるがえ》した。

「結婚だな。間違いねえよ」

さっきまで「家族のありがた味に気づいた」と言っていたのにだ。純市も、

「ありうるな」

と安堵の表情を見せた。

明代だけは、どうしてもそこまで楽天的にはなれなかった。

翌日、会社とサロンを早退した純市と福太郎は、自宅前にタクシーをつけた。二人が着がえている間に、明代は朝のうちに買った冷凍食品や缶スープを、タクシーのトランクに積みこむ。万が一を考えて、病後に役立つものばかりだ。

埼玉の岩谷市から東京の港区までは、高速を使っても小一時間はかかる。昨日の「結婚かも」というハイテンションは、一晩寝ると鎮まっている。車窓の外を眺めながら、三人は、

「三月の空だねえ。冬とは全然違う」

「ね。もう桜も終わったし。季節のめぐりは早いわよねえ」

「すぐ入道雲だよ」

「そうすりゃ、すぐ紅葉だ」

と、「春の次は夏、夏の次は秋」という、当たり前のことを話し続けた。

梨子のマンションは、芝公園《しばこうえん》に建つ。勤めている御成門医大病院は、地下鉄都営三田《みた》線の御成門駅近くにある。職住が一駅の利便性だ。

ただ、マンションは芝公園駅から徒歩で十五分以上かかるし、いささか古

い。広さは八畳と六畳の一ＬＤＫだが、遠さと古さで家賃は安い。若い梨子が一人で暮らすには適当なところだろう。

ドアの前に立った三人に緊張の色があった。明代がチャイムを押した。

「はーい！」

梨子の声がして、すぐにドアが開いた。元気そうだ。

「あがってあがって。何よ、大きな袋さげて」

「お土産よ。レンチン食品とスープ」

「えーッ！　ありがと！　嬉しい」

八畳のリビングに入ると、まったく見たことのない男が、

「お呼びたてしまして」

と立ち上がった。

やっぱり結婚か⁈　と思った瞬間、男の腕で赤ん坊が眠っているのが見えた。

梨子がおくるみをずらし、赤ん坊の顔を出した。

「私の子だよ。男の子で二ヵ月。パパがこの人」

男は赤ん坊を抱いたまま、丁寧に頭を下げた。

「藤田聡《ふじたさとし》と申します。御成門医大病院で臨床工学技士をやっております」

三人は突っ立ったまま、状況がつかめずにいた。

「僕は新潟出身で、梨子さんより一つ年下です」

梨子は明るく、

「どこでもあいてるとこに座わって。もう何かと仕事が大変でさァ、病院から近いんでこの人が転がり込んで来たわけよ。で、当然ながら子供ができた。そうだ、ビールの用意、してあるよ」

と冷蔵庫を開けた。作っておいたのか、春雨の中華風サラダや煮物も出す。夏に太って見えたのは浮腫ではなく、お腹に子供がいたからか。

藤田は赤ん坊を、まっ先に福太郎に手渡そうとした。

「え……俺？」

思わずひるんだ福太郎に、梨子が言った。

「そ。この子の名前、寿太郎《じゅたろう》っていうから」

「寿太郎……」

「うん。ジイちゃんから勝手に二文字もらったの。二人を合わせると『福寿』

になって、縁起がいいじゃん」

寿太郎は福太郎の腕に移され、小さな口を開けて眠っている。梨子が頰を突いた。

「ジュタ、ひいジイちゃんだよ。あ、何か笑ったみたいな顔した。ジュタ、嬉しいの。よかったねえ。じゃ次はジイジとバァバに抱っこしようね」

寿太郎は純市に、そして明代にと手渡しで回された。

「ああ、赤ん坊の匂いがするわ……」

遠い昔、梨子からも俊からも匂っていた。思わず頰を寄せると、寿太郎は目を開けた。

「ママ、ジュタが見てるよ。ジュタ、『僕のバァバ』だってわかるの？　いい子だねえ」

純市はかすれた声で言った。

「梨子、ビールだ。ビールくれ」

明代は寿太郎を誰にも渡さず、匂いをかいでいた。

第八章

ビールが来る前に、福太郎にまた寿太郎が回ってきた。

「お前、どこから来たんだ？　え？　よくうちに来てくれたなァ。行くとこいっぱいあっただろうによ」

寿太郎がふんわりと笑ったように見えた。

「あッ！　笑った」

声をあげた福太郎を、梨子がつついた。

「本当に笑ってんのかどうか、わかんないらしいよ。まだ二ヵ月だしさ。でも、目はとっくに見えてるの。今も動く物を目で追うよ」

今度は明代が寿太郎を抱き取った。小さな足の裏をコチョコチョすると、やっぱり笑っているように見えた。

「ジュタ、くすぐったいの？　ちゃんと笑ってるよねえ。おお、いい子ォ！」

今度は純市が奪った。恐る恐るながらも、しっかりと抱く。

「家族がふえるっていいよなァ。それも、澄んだきれいな目で見られるとさ、何か生きる力が湧いてくるよな」

「な。それもこんな若い子がふえるんだから」

福太郎の言い方に藤田が笑った。

「若い子って、まだ生後六十日ですよ」

「これほど若い子と会うと、サンタマムのバカ社長どもが後期高齢者に見えるよ」

ビールやツマミをテーブルに並べていた梨子が、みんなを呼んだ。

「遅くなりましたーッ。ビールでーす」

またも寿太郎は明代の手に渡っている。明代は注意深く抱いたまま、テーブルに着いた。

「ああ、赤ん坊ってあったかい。梨子も俊もそうだったと思うけど、あまり昔で忘れた」

頬ずりしながら、ビールグラスを上げる。

「梨子、何で今まで黙ってたんだ。籍は？」

「入れた。だから藤田梨子。そっちの籍抜いたの、気づかなかった？」

「気づくかよ。戸籍なんて普段、チェックしないよ」

藤田が頭を下げた。

「知らせそこなったのは、僕の仕事のせいが大きいんです。申し訳ありませんでした。電話一本できないことはなかったのに、すみませんでした」

「この人の言う通りなのよ。もうコロナで日に日に重症患者がふえて、追い詰められて。集中治療室は八床あったんだけど、あっという間に満床だもの」

「僕は医師と協力して、ECMO《エクモ》を管理運用する技士なんです」

「ECMOって、テレビでやってましたが、人工肺ですよね？　重症患者の最後の砦《とりで》とかって」

純市が聞くと、藤田はうなずいた。三年制の専門学校を出て、臨床工学技士の国家試験に合格していた。そして、梨子と同じ大学病院に勤めている。

「この人が就職したのはコロナ前よ。だけど臨床工学技士って『病院のエンジニア』とか呼ばれてね。専門学校で人工心肺装置とか人工呼吸器とかを学んでるわけ。人工透析器や心臓のペースメーカーとかもね。だけど突然、聞いたこともないコロナでしょう。それもどんどん重症者が増える。ＥＣＭＯを扱える医師も技士も看護師も、圧倒的に不足よ」

そんな中で、藤田はＥＣＭＯの専門医と連係して、重症患者の回復に夜も昼もなかったという。

「ここに来てＥＣＭＯはメディアでもよく取りあげていますが、患者の太もものつけ根や首に管を挿入します。体の外には装置があって、管から吸い上げた血液を、装置に通すんです。重症患者は血液内に酸素が不足してますから、装置はその血液に酸素を溶けこませて、再び体に戻します」

「肺に代わって血液に酸素を与えて、体に循環させるわけよ。その装置がＥＣＭＯで、国内に約二千二百台あるって言われてる。だけど、その十分の一以下しか稼働してないって。取り扱える人が足りないからよ」

ニュースでも、専門的な知識が不可欠だと報じていた。取り扱える人材が少ないとなれば、結婚だ妊娠だとプライベートの報告ごときは後回しにもなろう。釈然としないながら、三人ともそう思った。何よりも、寿太郎というあまりにも大きなプレゼントに、他のことはどうでもよくなったところもある。

「何しろコロナで外出は自粛だし、ジュタを見せられないじゃない。この人と相談して、感染が一段落してからにしようってなったわけ。それに電話で言うより、私としてはジイちゃんに直接『寿太郎って名前よ』って、最初に抱っこさせたくてさ。どんな顔するかと思って。その気持、わかるでしょ」

「わかるわかる」

福太郎は簡単なものだ。名前を聞いた瞬間に、籠絡《ろうらく》されている。

「申し訳ありませんでした。こうなったら、いっそびっくりさせようって気もあって」

藤田も新潟市の両親に、今朝、電話で伝えたと言う。

「両親も初孫なものですから、もう大喜びでした。ぜひ、両家の顔合わせ会食をと申しておりますので、コロナが一段落致しましたら、ご都合をお伺いさせて下さい」

かしこまって言う藤田をよそに、福太郎が、

「痛ッ！　痛いよ、寿太郎」

と、どこか嬉しそうに声をあげた。明代に抱かれた寿太郎が小さな腕を伸ばし、福太郎の頬をさわっている。

「爪切ってもらえ、寿太郎。そうか、福太郎ジジのホッペタ、好きか。ん？」

「バァバの頬っぺも。ホラ、ペタペタ」

明代は小さな手を自分の頬に当てた。

「上手上手。ペタペタ」

純市はアッチからコッチから、スマホで写真と動画を撮るのに夢中だった。

「しかし、藤田さん、よく梨子みたいに勝ち気で我がままな娘と結婚しましたね」

「ちょっとパパ、それを親が言うか？」

「見てくれよ。イヤァ、ジュタはいい顔してるなァ」

スマホを見ながら大喜びする純市に、梨子は今さらながら孫の持つ力を思わざるを得なかった。

「だけど、梨子の父親として、娘を選んだ藤田君の気持、わかりますよ。男でも女でも、一番つまンない人間は『毒にも薬にもならない』ってタイプです。ま、梨子は……」

「パパ、どっちだっての？」

「薬、薬！　薬に決まってんだろ」

「何かわざとらしい。ママも薬？」

「ママも薬、薬。ま、時に猛毒だな。それが交互に来て、藤田君、僕はこのトシまで毎日、飽きませんよ」

福太郎が純市のグラスにビールを注ぎ、ほめた。

「純市君にしてはいいこと言うね。確かに毒にも薬にもなンないヤツは、使いようもねえもんな」

藤田は苦笑し、明代は寿太郎に頬ずりしながら、どうでもいい話には耳も貸さない。

純市は自分と同じに、あまりスター性のない藤田を娘婿としてすっかり気に入っていた。

「それにね、藤田君」

「はい」

「毒も積もれば薬になるんだよ」

「そういうこと、ありましたかッ」

「全然ないな」

福太郎が膝を叩いて笑った。

若鮎サロンは予想以上に盛況が続いていた。

一度訪れた客はまた訪れる。それも友達を連れて来ることが多い。老人ゆえに体力や根気が続かず、一時間くらいで帰る人もいる。すると必ずサキが名刺を渡し、

「いつでもまた来て下さい。ぜひお友達もご一緒に」

と微笑む。名刺をもらうことなどない老人たちは、嬉しそうだ。

春子が声をあげた。

「サキさん、名刺作ったの？　私も作る。一枚ちょうだい」

「どうぞ、どうぞ」

福太郎がチラと見ると、名刺には「ボードゲームカフェ若鮎　スタッフ　村井サキ」とだけあった。商店街の役員までビッシリと並べられていた名刺ではない。福太郎の頰に笑みが広がった。

一日あたり十人は来る老人たちは、双六やカルタにも歓声をあげる。一方、お茶を飲みながら昔話や自慢話、病気自慢に夢中なグループもある。老害同士でやっている分には、何の問題もないというものだ。

久保昭男《くぼあきお》という八十三歳の常連客は、青森の鰺ケ沢《あじがさわ》出身で、来ればすぐに桃子と「青森、いいでばすのォ」と津軽弁で夢中で話す。ゲームはほとんどしない。

「久保さん、あんだ、ピンクの稲荷寿司、覚《おん》えじゃが？」

「わいわい！　懐《なづ》がしいじゃ。津軽だば、刻んだ紅生姜《べにしょうが》ば入れるんだいなァ」

「おいの家だば、食紅もへで、色とばもっと濃ぐしてのォ。もち米入ってらはんで、腹もぢ良くて、ごちそうだったいのゥ」

「久保さんどごさも、チリンチリンアイスあったべ？」

「あったあった！」

久保と桃子は嬉しくてハイタッチをした。

「花見だの運動会だのさ、店出《で》であったいな」

「婆《ば》さまがアイス缶ば載せだリヤカーとば引いで、カネばチリンチリンって鳴らして来るんだいのォ」

「青森の味だいな……懐がすでばなァ」

吉田が寄って来た。

「俺の自慢の女房と、仲よくなりすぎるなよ。ま、お互いそこまでの元気はないか」

「昔は元気あったっきゃのォ。なしてこしたに年取ったがさ」

「でもさ、いい時《どぎ》もあったんだはんで、よしとさねばの」

「自慢の女房、いいこと言うだろ?」

「まんだそう言うんだが」

三人は声をあげて笑った。

久保も家では思い出話などできないのだ。「やめてよ、聞きたくもない」とピシャリとやられるのだろう。存分に話す顔には艶が出ている。

サキと春子は客の男二人と「奪陣」というゲームに血相を変えていた。単純な陣取りゲームなのだが、先々を読んで後退や三回のパスが許されており、個人の性格がくっきりと出る。

口癖のように「死にたい」と言い、懐メロを毎日聴いては若い時代に涙している春子だった。ところが、グイグイと戦闘的に相手の陣地に入って行く。

対戦する男の一人は、

「オイオイ！　そう来るかよ」

と叫び、もう一人は合掌する。

「頼む、春子さん。俺の陣地は忘れて、あっちを攻めて」

春子はまんざらでもない表情で、

「あっちもこっちも、全部取ってやるわッ」

と激しい。

サキは相手の陣地を取らず、自分の小さな領地を必死に守り抜く。敵から十《と》重《え》二十《はた》重《え》にガードする。

福太郎は面白いものだと眺めながら、コーヒーコーナーに向かった。そこでは竹下と客の男女がコーヒーを飲んでしゃべっていた。竹下が真顔で言った。

「俺ね、昔の同級生とか知りあいが病気してるとか、今じゃ歩けないとか、手術しただの引き込もってるだのと聞くとさ、申し訳ないけど何かホッとするんだよ」

「わかる。俺だけじゃないってな」

「アタシの方がマシだわって、確かに力が湧いたりするよねえ。誰にも言えないけど」

竹下は肯定されて、嬉し気だった。

「たぶん、どこのジイサンバアサンも、友達とかの病気は元気の素《もと》なんだよ」

「その通りなんだよ。だけど、家じゃこんな話できないし、しても絶対に年寄りの気持、わかんないよな」

「ここは何でも言えて、一人前に扱ってくれて、何か生き返った気になるのよねえ……」

福太郎は話の仲間に入り、

「そう言ってもらえて嬉しいですよ。もっと色々とやりますから、淋しそうな高齢者がいたらぜひ連れて来て下さい」

と、いかにもリーダーらしく言った。そう言いながら突然、心に寿太郎がすべり込んでくる。一日中、すべり込んでくる。あの柔らかい肌、小さな指、きれいな目、寿太郎がいつもいる。幸せが体中に広がり、つい優しくなる。

客の一人が福太郎に聞いた。

「うちの一番下の孫、小学校二年生なんですけど、ここに連れて来ていいですかね。ボードゲームで俺と遊ぶのが大好きで」

寿太郎の姿を心の中で転がしながら、福太郎はすぐに答えた。

「ぜひどうぞ。実は私にもひ孫ができましてね。まだ生後二ヵ月ですが、私の名前にちなんで寿太郎っていうんです」

「それは幸せだなァ」

「イヤァ」

「アタシにも一歳のひ孫がいるの。女の子。バババカですけど、あんなに目鼻の整った子、ちょっといないと思いますよ」

「うちの孫は中二の男の子ですけど、僕の散歩に必ずつきあってくれる。家族と距離を置きたがる年齢なのに、ジイジだけは別なんですよ」

「で、お小遣いあげるんでしょ」

「そ！　親に隠れてね、孫も期待してるのわかるしね」

「年寄りがお金持ってても意味ないの。欲しい年代の孫にどんどんあげればいいのよ」

「どんどんは持ってないよォ」

別に面白くも珍しくもない話だが、ドウッと笑い声があがる。

「寿太郎が中二になるまで、僕は生きてないですよ。その時、九十九歳ですから。でも寿太郎と散歩したいなァ。赤ん坊ながら大きくていい体してるんで、いい少年になってると思うんですよ」

「散歩、できますって。孫やひ孫を思うと百五十歳まででも生きようって、気合いが入りますもん」

あとは我先に、孫とひ孫話の垂れ流しだ。

悲しい話は一人で耐えることもできるが、嬉しい話や喜びの話は、誰かに言わないと耐えられない。寿太郎の微笑むような表情や、プクプクの「アンヨ」

が浮かんでは消えた。

明代は寿太郎が見たくて見たくて、掃除をしていても、川越ガイドの下調べをしていても、姿が浮かぶ。匂いを思い出す。

純市が撮った動画や写真は、全部スマホに取り込んである。困るのは、何をしていても中断して、見てしまうことだ。何回見ても可愛い。何回見ても幸せが広がる。

「私の孫……か」

頬がゆるむ。

掃除機を止め、下調べを中断し、見てはつぶやいていたが、とうとう我慢できなくなった。さもさり気なく、梨子に電話をかけた。

「梨子、そっちの近くに急用ができたのよ。あとでちょっと寄るね」

あわただしく言って電話を切った明代に、梨子はあきれた。

「見えすいたウソ。この近くって、三田に何の急用があるのよ、まったく」

それから一時間もしないうちに、明代は梨子宅のチャイムを押した。玄関が開くなり、赤ん坊の甘い匂いがする。

「ジュタ、元気だったの。そんなにバァバを見ないでよォ」

と、薄気味悪い声を出している。

「ママ、三田の用はすんだの？」

そんなこと知るか！ である。明代は寿太郎を抱き上げ、
梨子が差し出す哺乳びんを受けとると、寿太郎に含ませた。二ヵ月の孫は全身を祖母に預け、のどを鳴らしてミルクを飲む。

ああ、無防備で何の力もない赤児なのだ。

この子は信長になる必要も、ベートーベンになる必要もない。この子はこの子でいい。たとえ凡庸な人間になっても、生まれて来ただけで奇蹟なのだ。明代は高い体温の赤児を抱き、勢いよくミルクを吸い込む口を見ながら、そう思った。

そして、学芸会では、電柱でもパラボラアンテナでもいいと思った時、反射的に里枝が浮かんだ。

明代に笑われて、孫をバカにされたと思っただろう。「シンデレラと電柱」という取り合わせに、つい吹き出したのだが、里枝の怒りは激しくて当然だ。

孫もいない他人が、何を笑うのかと腹わたが煮えくり返ったのだと、今にして思う。

すぐに「上の子五歳、下の子二歳」と言ったり、年賀状に書いたりする老害の人の気持もわかった。

今まで、そんな賀状は「ハイ、老害」「ハイ、老害」とバッサバサと捨てていた。実際、他人にとっては別に可愛くもなく、姿形もそこらの子供と見分けがつかない。それでも、祖父母は「上の子五歳」などと言ったり書いたりするだけで、心がほころぶのだ。

明代も誰かに言いたくてたまらなかった。寿太郎がどんなに可愛いか、いい目をしているか、標準よりどれほど大きいか。耐えられないほど言いたかった。

世間には、決して孫やひ孫の話をしない老人はいる。立派だが、その心はどうなっているのだろう。

明代に抱かれてグングンとミルクを飲む寿太郎に、母の頰がゆるんでいると梨子は思った。

「ママが来てくれると助かるよ。時間があったらいつでも来て。ママがジュタを見ててくれれば、私は他の用ができるし」

梨子はとうに明代の本心を知っており、親孝行のつもりだった。一方の明代とて梨子の親孝行をわかっていた。だが、恥ずかし気もなく渡りに舟だ。断る理由などない。

「ママで役立つなら、いつでも言ってよ。育児休暇っていつまで？」

「一年だから、来年一月まで。でも、それと関係なく、ママ、来てよ。頼むね」

明代は寿太郎の頰をさわり、

「ジュタァ、バァバがいつでも来るからね」

と甘い声を出すのだから、もはや救いようのない老害の人だった。

俊が松木ファームに入って、まだ一ヵ月だが、家族の目には一気に大人になったように思えた。

寿太郎の誕生に、

「僕は十八で叔父さんかよ」

と照れながらも、繰り返し写真を見た。だが、祖父や両親のようにとろけてはいない。

「明日は草刈りなんだ。田んぼの畔《あぜ》や畑の周囲の除草は、春の大事な仕事でさ。うちは有機農業だから、除草剤は使わないし」

一ヵ月目の丁稚のくせに、早くも一丁前に「うち」と言う。

福太郎はそれを聞いて、純市・俊・寿太郎と続けば雀躍堂も盤石だったのにと、つい思う。

翌朝、俊は七時前にはファームに着いていた。草刈機の準備や段取りを再確認する。松木からはすでに、

「夏になると、作業の半分以上が除草だからな」

と言われ、草刈機の扱い方も丁寧に教わっていた。機械は長い柄の先に刃がついており、それを押しながら刈って行く。十八歳の若い筋力が動く姿に、松木はさすがに嬉しそうだった。

「やっぱり頼もしいね。慣れたら、ジイサンの半分の時間でやっちゃいそうだ

な」

その言葉に応えたいと、俊はジイサンにはできない速さで、機械を操った。勢いよく刈られた草は、すぐに山をなした。

いい気分でブンブンと機械を振り回し、刈って行く。みごとな速さで刈られる雑草を、松木はどんなにほめるだろう。その時だった。

「俊ッ！」

と松木が鋭く叫んだ。当然ほめられると思っていた俊を前に、怒りで震えているように見えた。

「お前、作物の苗と雑草の区別がついてるのかッ」

「え……」

「見てみろ。雑草と一緒に作物の苗も、全部刈ってるじゃないかッ」

「え……」

「え……ということは、わかってないんだな。刈ったとこ見てみろ。雑草もないけど、苗もない。根こそぎ全部、刈り取った」

俊は謝ることも忘れ、茫然とした。

「初心者が時々やる間違いだ。だけど、これまで懸命に植えて来た苗はゼロになった」

「……すみません」

「じゃすまない。こっちは商売なんだ。お前みたいに速けりゃいいだろと、一気に刈るから、こういうことになる。速かろう荒かろうでは困るんだよ」

「はい」

美代子も走って来た。

「あらまァ、きれいに刈ってくれたもんだ。俊、師匠も雑草と苗の違いは教えたはずよ。これは俊の勉強不足。植物図鑑を買って、頭にその姿を叩き込みなさい」

「はい。すみませんでした」

俊は丸刈りになった畑を見て、力が抜けた。ふと見ると、松木は無言でまた草を刈り始めている。

農業にメンテナンスはないのだ。刈ってしまえば、手当てはできない。この失敗は大きい。俊を雇わなければ、起こらなかった失敗だ。

昼休み、明代が持たせてくれた握り飯も、ノドを通らなかった。畑の脇に置かれたベンチには、いつも四季の風が渡る。四季の太陽が照る。弁当をここで食べるのは楽しみだったが、今日は食欲が出ない。

どうやれば取り返せるのか。取り返すには、いつどんな作業があるのか。

「俊」

顔を上げると、スーツ姿の透がカバンを下げて立っていた。

「どうしたんですか、突然」

「客と会って、その帰り。お前こそどうした？　握り飯、食わないで下向いて」

俊は自分の大失敗を話した。

「僕みたいな丁稚を引き受けるって、師匠にもすごいリスクなんですよね。やっと気づいた。だけど引き受けた以上、師匠も怒りの持って行き場がないですし」

それっきり黙る俊の横で、透は青空をまぶし気に見上げた。

「どうする」

「どっかで取り返します。まだ全然わかりませんけど、どっかで。必ず」

「何倍も取り返せるよ。まだ一ヵ月だもんよ」

透は俊の握り飯をひとつ取り、頬張った。春の霞んだような青空を眺めて、手についた飯粒も無言で食べる。

「透さんこそ、どうしたんですか」

「まあな」

透はおかずのトリの唐あげもつまんだ。

「何かガックリ来ちゃってさ。何となく畑に来たくなったというか。めげて畑に来たがるキャラじゃないんだけどな」

透はそう言って笑った。二人は黙り、並んで青空を見た。

「俺さ、前からやりたいプロジェクトがあったんだよ。ロスにいた時に考えついて」

透は青空に向かって、ペットボトルの茶を飲んだ。

「農作物の日本への輸出ルート、そのプロジェクトだよ。これを企画書にして出そうと思って、準備してた。だけど、日常業務に追われて、最近やっとできあがってね」

「問題ないじゃないですか」

透は妙に元気に続けた。

「問題大あり。出そうと思ったら何とォ！　二ヵ月も前に後輩がそれと同じことを考えて、企画書を出してた。で、プロジェクトが動き出すんだってよ」

「それって、その後輩が透さんのアイデアを盗んだってことですか」

「全然。ヤツが自分で問題意識を持って、自分で考えて、自分で企画書を書いた。アメリカにいたこともないヤツが、たいしたもんだよ」

透は、カラになったペットボトルを握りつぶした。

「俺、この先、どれほどのヤツらとどれほど戦って生きるのかと思ったら、何だか急に疲れちゃってさ。緑が広がる畑でも見るかって、乙女《おとめ》だよなァ、俺」

俊は黙って握り飯を食べた。透は青々と続く畑を見ていた。

「透さん、いっそ会社やめて、ここで農業やりませんか。給料はグンと下がりますけど、僕、人間相手にすり減るのは損な人生だと思う」

「人間はどんな動きをするかわかんないからな」

透は刈り取った雑草が積んである上に、横になった。作物の苗が大量に混じっている。

「俊、昼休み終わるから行け。俺はここで昼寝して帰る。ああ、いい匂いだ、草」

「農業、やりませんか」

「人間相手に、二十代からすり減るのも刺激的ではあるんだよ……。年取って死ぬ時、どっちがよかったと思うか、わかんないけどな」

目をつぶった透の横で、俊はひとつ残ったからあげをつまんだ。苗を刈ってしまった自分は、弁解のしようもない。損害を与えた。だが、また植えれば必ず育つ。人間と違って、どんな動きをするかわからないことはない。

死ぬ時に振り返ったなら、作物を相手に生きた自分をよかったと思い、いい人生だったと満たされるだろう。

よほど心身が疲れていたのか、透は雑草と苗の山で寝息を立てていた。

この日、サロンでは「花札史」の講座が開かれていた。

講師の池本正和《まさかず》は遊戯史に詳しい社員で、福太郎のご指名だ。映像を使いながらの話はわかりやすい。

「花札はとかく任侠のものと思われがちですが、日本が生んだ独自のカルタです。ですから花カルタとも言うんです。画面を見て下さい。一組四十八枚に、十二ヵ月の花が描かれています。日本の四季に添った花が、とてもきれいでしょう？」

ピンクのTシャツの若鮎たちも、客たちもノートを取っている。画面を見るたびにメガネを替えたりし、私語はまったくない。

新しいことを覚えるのは嬉しい。だが何よりも、自分が一人前に扱われ、若い人が時間を取って教えてくれる。そのことが、老人たちに衿《えり》を正させている。福太郎はそう思った。

オープン当日に、たまたまのぞいてセレモニーに引っ張り込まれた二人も、次の回から友人を連れて来ていた。今では友人たちも常連だ。

池本は講義の最後に笑顔で言った。

「すごく真剣に聴いて下さって、僕もやり甲斐があります、次は花札のメジャーな遊び、『こいこい』のルールを説明して、その後で実際に対戦します。絶対に休まないで下さいよ。来い来いですよ」

老人たちは、こんなつまらない駄ジャレにも笑い、「行く行く！」と大声で返した。

客がみな帰った後、若鮎たちは心地いい疲れを感じていた。もう何杯目だろう、インスタントコーヒーをゆっくりと飲み合う。

「福さん、この分で行くと客が入りきらなくなるかもよ。どうする？」

「いやいや、簡単にそこまでは行かないよ」

今、雀躍堂がよく使う飲食店や小売店などに、チラシを置いてもらっていた。また、営利目的でないと知ると、マンションの受付に置いてくれるところもあった。

だが、それが「集客」に結びつくほど、甘くはない。福太郎は当然わかっている。

しかし、桃子も楽天的だった。

「私も吉田と心配してたの。人数がふえるに決まってるわよ。ね、アンタ」

「うん。老人はよ、外では遠慮しなきゃなんないことだらけなんだよ。若い人の気にさわることをチョロッとでもやれば、『老害』とか言われてさ。それがここでは何でもできる。昔話、思い出話、自慢話。病気のことも死ぬのが恐いことも、みんなオッケーじゃないかよ」

「アンタの言う通りよ。私らは夫婦でいっつもしゃべってるから幸せだけど」

「そうじゃない人が多いからな。ここに来れば誰かがいる。それでゲームまで教わって、遊びをせんとや生まれけむだよなァ。なァ、コーヒー五円だし」

吉田と桃子は笑顔でうなずき合う。

サキがうんざりしたように、

「ハイハイ、お幸せでよござんすね、お二人は」

と皮肉ったが、全然通じない。サキはもう無視して、持論を展開した。

「老いるということは、人間の能力を越えた事象ですからね。どうにもならないんです。だけど、若い人はそれがわからない。すぐに老害と言ったり、バカにしたり。そういう時、老人たちが何も感じてないと思ったら、大間違いですよ。加齢とともに自分が消されていく哀しさ、感じてますよ」

福太郎もそれは承知していたが、皆が心配するほど一気に客はふえっこない。元経営者にはよくわかっていた。

しかし、そう断じて若鮎たちの高揚に水をかけることはない。そこも元経営者である。

「もっと人がふえたら、一人三時間とかに制限するなり考えようよ。もう一部屋ほしいところだけど、それはこの先だな」

「だけど、俺らの出すアイデア、方言カルタとか祭り双六がビジネスになりゃ、もう一部屋くれるだろうよ」

「その時はいい部屋をもらうよ。だからビジネスにしてくれよな」

そう言って伸びをしながら、福太郎の胸にまた寿太郎が浮かんだ。ああ、死にたくない。あの子が大きくなっていくところを見たい。雀躍堂を継ぐとか継げとかの問題ではない。ランドセルを背負って、やがて中学生になって、高校に入る。二十歳になった時、どんな男になっているだろう。

福太郎は「今の俺のまんまで、あの子が大きくなるのを見たい……」と痛切に思った。だが、小学校入学を見られるかどうか。どんどん老いて、どんどん体も頭も動かなくなる。老いは人間の能力を越えているのだ。これだけが平等なのだ。

明代は久々の川越ガイドをやりながら、自分でも気づいていた。つい寿太郎が思い浮かび、笑顔がふえて言葉が優しくなる。

「皆さん、これから菓子屋横丁に行きますが、ここは昔ながらの駄菓子などが色々あって、子供たちにも大人気なんです。有名ですから皆さん、ご存じですよね」

客から声があがる。

「もちろん知ってます。でも今度、孫を連れて来たくて、子供が喜ぶ店をぜひ案内して下さい」

「ガイドさん、アタシも孫三人に、いい店を自慢したいの。バァバは何でも知っているっていつも言うんで」

隣席のバァバがすぐに反応する。

「で、いつもアレ買って、コレ買ってなのよねえ。アナタのとこも？」

見知らぬ同士でも、孫の話となると何十年来の友人である。

「うちもよォ。孫の魂胆は見え見えなのよ、もうッ」

「だけど、バァバは断れないのよねえ。くっついてこられると」

いつもなら老害にうんざりする明代が、笑顔で言っていた。

「川越近くにはお孫さんが喜ぶ場所、色々あるんですよ。お孫さんの年齢にもよりますけど」

すぐにみんな、口々に言った。

「うちは上が五つ、下が二つ」

「うちは上が十二、下が十よ」

「あらァ、大きいのね。うちは上が八つのお姉ちゃん、下が四つの弟よ」

バァバ定番の「上が」「下が」にも、明代はムカつかない。そればかりか、自分から、

「いいですねえ、バァバとお出かけできる年齢で。うちなんてまだ二ヵ月なんです」

「あらァ、可愛い！　赤ちゃんってホントにホントに可愛いのよねえ」

「まして孫だもの。で、ガイドさん、菓子屋横丁以外にはどこがお勧めなの？」

「そうでした、そうでした。川越水上公園《すいじょう》は入間川《いるま》の土手沿いにあって、子供たちが思いっ切り走り回れます。春はお花見、夏はプールも楽しめますよ」

さっき、孫の塊胆は見え見えと言ったバァバが聞いた。

「友達に聞いたんだけど、ムーミンパークっていうのがあるんですって？　森とか湖のテーマパークで、ムーミンのショーとか色々あって」

「あら、孫が喜びそうね」

「いいわね、連れて行きたいわ」

身を乗り出すバァバたちに、明代は言った。

「ムーミンバレーパークは、飯能《はんのう》にあるんです。川越からはちょっと離れてますよ」

「そうか。菓子屋横丁と一日ですますのは、バァバには難しいか」

明代が「私も行ったことはないですが、難しいかも」と返事をする前に、バァバたちが声をあげた。

「大丈夫よ。うちの孫なんてバァバを守りたがるもの。五つのくせしてイッパシの男ぶるの。バテたら必ず助けてくれるわよ」

「あれは不思議よねえ、手を引いたりしてくれるのよねえ」

明代はこの老害にうんざりするどころか、ムーミンバレーパークを行く自分と寿太郎を思った。寿太郎はきっと、

「バァバ、大丈夫？　僕につかまって」

などと言いながら、ムーミンのテーマパークに目を輝かすのだろう。

何という幸せかと思った。それに、五十四歳の自分は、寿太郎が結婚するまでをずっと見届けられるかもしれない。

あんなに小さな命が、あんなに小さな生き物が、こうも幸せな気持にしてくれる。これまで思いもよらないことだった。

ガイドを終えて帰る時、明代はセーヌ堂に寄った。店内には「春限定」として花籠の形をした小箱があった。そこに春限定のチューリップやスミレのクッキーが詰め合わされている。

明代は迷わずそれを買った。里枝の孫の杏奈にだ。来る途中のコンビニで、

怪獣やゴジラのチョコレートも買ってある。「下の子は二つ」の翔にだ。

孫に対する明代の態度に怒り、里枝は春子をサロンから退会させるという嫌がらせに出た。

しかしやがて、もう一度仲間に入れてほしいと謝りに来た。いわば明代に屈したわけで、どれほど悔しかっただろう。

孫老害の里枝からは、電話の相手をしてほしいというだけでなく、家族焼き肉の動画を見せられたり、手作りの七夕《たなばた》飾りをほめてやってと言われたり、ちょっと油断するとやられる。

断る方が面倒なので、明代はイヤイヤながらも型通りに応じてきた。しかし、今になると里枝の気持が理解できる。

何よりも、電柱の役に吹き出したことは悪かった。もしも今後、寿太郎があんな笑われ方をしたなら、私はその人とのつきあいをやめる。だから、里枝も私と距離を置いた。当然だ。

寿太郎のあの柔らかい頬を思うと、里枝が謝罪に来たように、自分もそうしようと決心がついた。

ドアチャイムを押すと、里枝が出て来た。私の顔を見るなり、

「おめでとーッ」

と叫んで抱きついてきた。

「よかったねえ！　嬉しいよ、私」

予期せぬ反応に驚く明代を、リビングに引っ張り上げた。

「ひ孫が嬉しくて、福太郎さんがサロンで言ってるんだって。寿太郎って名なんだよォって。私、うちの義母《はは》から聞いて喜んでたの」

「ちょっと待ってよ。うちの父、ひ孫の話をサロンでしてるの？」

「そりゃ、するでしょうよ。嬉しいもの」

みっともないと思いつつも、気持はわかる。私にしても誰かに言いたくて我慢できないのだ。存分に孫の話ができる里枝と、仲直りしたいという本音は確かにあった。

「突然だったのよ。梨子から電話が来て孫と会わせられて。もうびっくりよ。それまでずっと、何も言わないんだもの」

「ねえ、可愛くて言葉になんないでしょ」

すぐにうなずくには、まだ見栄があった。

「明代、コロナが去ったらジュタ君抱っこさせてよ」

「ちょっと、うちの父は外で『ジュタ』なんて呼び方まで言ってるの?」

「そりゃそうよ。自分の名前から取ったんだもの。たまんないわよ」

さすがの明代も恥ずかしさのあまり、話を変えた。

「これ、可愛くて言葉になんない杏奈ちゃんと翔君にあげて」

花籠クッキーの小箱と怪獣のチョコレートに、里枝は手を叩いた。

「喜ぶわァ。すぐ送る。ありがとう」

「私こそごめんね。孫ができて初めて、祖父母の気持がわかったっていうか」

里枝はコーヒーをいれながら、かぶりを振った。

「明代の態度で、私の方こそやっとわかった。孫の話を外でするのは、これはもう完全な老害だなって。イヤ、それは前からわかってたのよ。わかってたけど、自分がやってる気はなかった」

「いや……」

「たいていはみんな、我慢して聞いてくれるから、気がつかないのよ。それに

『孫の話はやめて』なんて誰も言えないし。こっちはもう可愛くて可愛くて、口に出さずにいられないんだから」

「それが自然体なんだって、私もわかったわよ」

「わかっちゃダメだよ。自然体なんておバカのやることよ。自然体なんてそのまんまなんだから。頭も使わないし、やせがまんもいらない。どんなことに対してもまんまなんだから。自然体こそが人間らしいんだって叫ぶ人たちはいるけどさ、要は自然体しかできない頭なのよ」

明代は笑った。

「何よ、すっかり変わっちゃって。里枝となら孫の話をしてもいいんだと思って、謝りに来たのに」

「孫のこと話していいのは、ごく近い身内だけよ。いくら友達でも、親戚でも、話すと老害扱いだよ」

明代は今日のガイドで、つい寿太郎の名を出したことを思い出した。一言だけでも話したくて、たまらなかったのだ。自分から「孫の喜ぶコース」に話を持って行ったことは確かだ。

里枝の言葉に、ふと友達が言っていたことが甦《よみがえ》った。

彼女はどこだかの市民講座で、エッセイの書き方クラスに申し込んだという。講義の初日、三十人の受講生を前に女性講師が命じたそうだ。

「書きたいことを書いて下さい。ただし、孫の話は禁じます。孫の話をきちんとしたエッセイにするのは、初心者には難しいんですよ。孫がどんなに可愛いかを書きたい人には、この講座は向きません」

次の回では七人が来なかった。女性講師は、

「毎回こうですよ。だから受講生を多めに取ってるんです。新聞の読者投稿欄も、孫の話が多いでしょう。私にも孫はいますから、可愛いのはわかりますよ。でも、孫の話は身内だけでして下さい。そのくらいの我慢、何十年も生きてきたんですからできるでしょ」

と、残った受講生に言い渡したそうだ。

「里枝の言う通りね。孫のことは聞かれたら答えるだけでいいんだよね」

「違う、違う。聞かれたことにだけ答えるの。聞かれたこと以外は言わない。ホント、明代のおかげで、私も老害予備軍で済んだよ」

謝りに来てよかった。私もほとんど老害の道まっしぐらだったと思った。でも……とも思う。実の子供をしのぐほど可愛くて、いとおしい者を口に出したいのは当たり前のことではないか。それが「おバカにもできる自然体」であったにしても、二十四時間聞かされるわけでもない。時にそれにつきあうのも、人間の度量だろう。

寿太郎のおかげで、すっかり人間が変わってしまったと、明代は苦笑した。

「そうだ、明代、非常事態宣言も解けたし、来週でもセーヌ堂でランチしない？　姑がまたサロンに行ってくれて、ホントに助かる。おごるよ」

「割りカン割りカン。いいよ、来週ならいつでも」

里枝と元に戻れる。寿太郎の顔がまた浮かんだ。胸があったかくなった。

このところ、福太郎はよく眠れる。

サロンの来客数が多いからではない。来客数には波がある。時間制にしようかなどの景気のいい話は、まったく現実味がない。

それでも一度来た客は離れない。彼らが連れて来た友達も離れない。

「口コミ」は、海のものとも山のものともつかない他力本願だ。しかし、決してあなどれない力を見せることがある。福太郎は経営者としての体験から、確信していた。

そして、寝床で思う時がある。

仕事というものは、抗うつ薬なのだ。

サロンのように利益とは無縁の仕事であってもだ。世の中からは必要とされず、いつも頭のどこかに「死」がある老人の不安。それは「老人性うつ」なる病名にたどりつくこともある。「今、あなたの力が必要なんだ」という仕事は、それを正面から叩き壊す。福太郎は自分を考えてもそう思う。

仕事ではなくサロンに客として来る老人たちにとっても、「今日行く」「今日用」の場だ。家にも社会にも居場所がない者でも、サロンに行けば必ず誰かがいる。「一戦やるか」と申し込まれ、「よしッ」と受けて立つ。こんなことが老人にあるか？　抗うつ薬だ。

福太郎はそんなことを考えながら、ゆっくりと眠りに落ちて行く時間が好きだった。

何時間がたった時だろう。リビングの電話が鳴り続けて目がさめた。窓の外は、少し白み始めたかというところだ。時計は五時を示していた。

「何だよ、朝っぱらから」

福太郎は寝返りを打つだけで、起きなかった。だが、電話は鳴り続ける。純市夫婦も俊も、寝室は二階だ。福太郎だけが階段を避け、一階に寝ている。二階にもベルは聞こえているはずだが、誰も起きてくる気配はない。なおもベルは鳴り続ける。福太郎は舌打ちして、起き上がった。転ばぬようにアチコチにつかまって歩く。

受話器を取ると、相手は、

「福さん？　吉田」

と言った。

その瞬間、福太郎はいっぺんに目がさめた。きっとまた「緊急事態宣言」が出たのだ。早朝のニュースでやっていたに違いない。

「吉田、どうした」

声が上ずっているのが、自分でもわかった。

「桃子が死んだ」

「え……え？」

「死んだ。桃子が」

「え?!」

福太郎はソファに座わったが、震えが止まらなかった。まったくわけがわからないながら、これは嘘でも夢でもない。それだけはわかった。

ソファの上の膝掛けを、震える体に巻きつけた。

「吉田、寝呆けるなよ。ぐっすり寝てるだけだろ」

「いや。冷たくなってる」

福太郎は黙った。

吉田は妙に冷静だった。

「俺がトイレに起きて、戻って来た時に桃子のベッドにつかまったら、たまま手に触れて。冷たかった」

「死んでたってことか」

「ああ。そのままにしてある。まだ誰にも話してない」

「すぐ行く。そのまま待ってろ。動かしたり、触わったりするな。そのまま待ってろ。いいな」

福太郎は受話器を置くや、二階に向かって叫んだ。

「純市君ーッ、明代ーッ。起きろーッ」

いつも純市が枕元に置いておく携帯電話も鳴らし続けた。

外がゆっくりと明るくなってきた。

純市はすぐに警察と、桃子のかかりつけ医に電話をかけた。自宅で突然死した場合、事件性の有無を確かめるため、警察に知らせる必要がある。かかりつけ医も駈けつけ、この急死は「虚血性心不全」とされた。すぐに死亡診断書が出た。

桃子はほんのりと笑みを浮かべ、ベッドに横たわっていた。

吉田がその胸元に、桃子が片時も離さずに持ち歩いていたスケッチブックを置いた。妙に気がきく。自分が何をやっているか、わかっていないのではないか。

「最期まで幸せなヤツだよ。コロナで死に目にも会えないんだろ、みんな。だけど、家で死んで、こうして来てもらって」

吉田は桃子の頰を撫でた。吉田も微笑んでいるように見えた。

コロナによる死ではなかったため、桃子の家族葬が許された。列席者は家族に限られ、吉田の他には長男の篤《あつし》夫婦が名古屋から、次男の悟《さとし》夫婦が北海道から来ていた。

福太郎、サキ、それに純市夫婦は吉田の自宅で待機していた。しかし、サロンは吉田の強い意向で、平常通りに開けられ、竹下と春子の二人がスタッフとして出ていた。

夜七時、銀糸の布で包まれた遺骨を抱いて、吉田が帰って来た。位牌を抱く篤、遺影を抱く悟、その妻たちが続く。

「色々とありがとう。無事に済んだ」

吉田は静かに頭を下げた。福太郎もサキも黙って一礼した。

あの桃子がこうなってしまったか。誰だって必ずこうなるとわかっていても、言葉が出ない。

福太郎とサキは線香をあげた。遺影の桃子は、ピンクの若鮎スタッフのTシャツを着て、歯を見せて笑っている。いつもの可愛らしい桃子だ。

篤と悟の妻が酒肴と寿司を用意し、お清めの席を作った。

あまりに急なことで、何を言えばいいのか誰もわからない。ただ黙ってビールをチビリチビリと飲む。

リビングの祭壇に置かれた遺骨、これが桃子なのだ。桃子はこの四角い箱にいる。何かのたびに、

「ね、アンタ」

と吉田を見た桃子は、四角い箱の中でそう言っているかもしれない。

福太郎は吉田に微笑んだ。

「しばらくしたら、桃子さんを偲《しの》ぶ会、やろうな。集まるのが大好きだったもんな」

「ありがたいね。そりゃあ、桃子は喜ぶよ」

吉田は取り乱すことも、涙を流すこともなく、しっかりしていた。あれほど

仲のいい夫婦だったのに、突然、一方が消えてしまった。吉田は、それがまだ理解できていないのではないか。

福太郎は八重が死んだ日を思った。長患いの間、できるだけそばにいて、話せるうちはとにかく言葉をかわした。切ない別れではあったが、突然いなくなられるよりよかったかもしれない。

吉田が寿司をつまみ、むしろ明るく言った。

「幸せなヤツだよ。偲ぶ会をやってもらえるばかりか、普通の老人はさ、死が近づくのが恐くておびえるんだよ。だけど、桃子のヤロー、全然苦しみもしないで、入院も手術もしないで、気がつくと死んでんだもんよ」

サキがうなずいた。

「本当ね。誰だって桃子さんみたいなサヨナラに憧れるわよ。私だってよ」

福太郎も寿司をつまんだ。

「いっつも当たり前のように言ってたよな。死ぬってことはこの世での仕事が済んで、神さんが戻って来させるだけのことだって」

「言ってた言ってた。死ぬってことは、神さんのいるお山に引っ越すだけのことだってな」

「母は僕らが子供の頃から、そう言ってました」

悟の言葉に、篤が思い出したようにクリアファイルを手にした。

「そうだ、岩木山の写真があったんだ」

一目見るなり吉田が驚いた。

「それ、金婚式の時に、俺と行った青森で撮った写真だよ。な、篤」

「うん。俺と悟で青森旅行プレゼントして。こっちが恥ずかしくなるくらい、二人して喜んで」

「悟、その写真、どこにあった？」

「お袋のスケッチブックに。昨日、見つけた。好きでいつもはさんであったんじゃないの？」

それは岩木町から見た、恐ろしいほど大きな岩木山だった。津軽平野を見降ろし、まさしく威容だった。ここには神がいる。間違いなくいる。誰もがそう思う山だった。

サキが安堵したように言った。

「桃子さん、このお山に引っ越したんなら安心だわ。よかったねえ」

吉田は静かにうなずき、何も言わなかった。ただ、十五年前に撮った岩木山の写真を見つめていた。あの時、桃子はお山に向かい、津軽平野で跳ねていた。

吉田は写真を遺影の横に置き、穏やかに言った。

「みんな、俺は一人残されたけど心配いらないからな。福さんもいるし、サロンの仲間も大勢いる。桃子がいなくなって、そりゃ淋しいよ」

そう言って一息ついた。

「だけどあいつ、いっつも言ってたろ。『死んでもいなくなるんじゃないからね』って。『お祭りとか盆踊りの時は、お山から帰って来るからね』ってな。たぶん、俺には帰って来たことがわかると思う」

福太郎もそう思った。一番大切な人にだけ、気配を感じさせるのだ。

そう言えば、八重は死んでこの方、一度も気配を感じさせないなと思う。

吉田は福太郎とサキが帰る時、両脇に息子夫婦を置いて、力強く言った。

「俺はまたサロンにも行くし、また遊んでくれよな」

福太郎は肩を叩いた。

「任せろって。しかし、ホントに安心したよ。仲よすぎた夫婦で、立ち直れないんじゃないかって、本気で心配した」

吉田は「大丈夫」というように、指でマルを作った。

「いつだったか俳句の本を読んでたらさ、そこに良寛《りようかん》の一句があったんだよ。『死ぬる時節には死ぬがよく候《そうろう》』。桃子はこれだよ。死ぬべき時に楽に死んで、幸せだ。だから俺も、何か安心して幸せなんだ」

二人の息子夫婦に囲まれ、そう言う吉田は桃子に見せたいほど堂々としていた。

吉田の姿が消えたのは、それから一週間後のことだった。

第九章

吉田がいないことに、最初に気づいたのは竹下だった。

吉田の意を汲み、葬儀当日もサロンを開けていたため、竹下と春子はまだ線香をあげていなかった。初七日までは息子たちがおり、吉田も少しは気も紛れるだろう。二人はそう考え、その翌朝に出向くことにした。

先に着いた竹下が、玄関のベルを押しても返事がない。新聞受けには朝刊がなかったので、それを取ったことは間違いあるまい。

古いが一軒家であり、竹下は庭へ回ってみた。桃子が手入れしていた一重《ひとえ》のバラが、いい匂いを放っている。しかし、リビングに入るガラス戸はレースのカーテンが閉められ、叩いても返事がない。

勝手口のドアは施錠してある。大声で呼んでみた。

「吉田ーッ、いるのかーッ」

ちょうど着いた春子が、杖をついてゆっくりと庭に回って来た。

「何なのよ、ベル鳴らせばいいじゃない」

「鳴らしたけど、出て来ねえんだ」

「え……？　でも、レースのカーテンってことは、夜用の厚いカーテンを開けたってことでしょ。起きてはいるのよ」

「そうか。そうだよな。新聞も取ってたし」

竹下は窓越しに、カーテンのすきまをのぞいた。

「中で倒れてるんじゃねえよな……。よく見えねえな」

春子が携帯電話をかけ始めた。ガラス戸を通し、リビングから固定電話の呼出し音が聞こえた。

「出ないね。ケータイ持たない人は、こういう時困るわよね」

二十回ほども鳴らし続けたが、誰も出なかった。

今度は竹下が携帯電話を取り出した。

「福さん？　竹下。春子さんと吉田のとこ来てるんだけど、いねえんだよ」

福太郎は笑った。

「息子二人とモーニングにでも行ったんじゃねえか？」

「女房死んで、昨日が初七日だよ。明けてすぐモーニングに行くか？」

そう言われるとそうだとも思うが、二人の息子夫婦がいる。心配することもない。

しかし、竹下は心配している。

「吉田が昨日、サロンにいる俺に電話くれたんだよ。それがすごくしっかりしてて、俺と春子さんのこと、ねぎらったりするんだよ。無理してる感アリアリでさ。俺、何か気になったんだよな」

それは福太郎も気になっていたことだ。だが、吉田は九十歳だ。今時の自然体とは違う教育を受けている。それは福太郎もだ。

今は男も女もないが、当時は「男たる者」という教育を徹底された。

吉田はたぶん、女房を亡くして、取り乱して号泣するということを恥じている。毅然と受け入れるべきだとしている。

福太郎は竹下にそう言った。竹下もそんな教育を受けて来ただけに、わかるはずだ。だが、竹下はどうにも不安が消えないらしい。あれほど仲のよかった夫婦だ。突然一人残されて、毅然とするにも程があるということか。

すると、電話が福太郎から明代に代わった。

「竹下さん、ごめん。今、父の電話聞いていて、思い出したの。吉田さんとこの息子さん夫婦、今日の朝九時だったかには帰るって」

「そうなのか。じゃ、吉田が送って行ったとか」

「もしかしたらね。だとしたら、ちょうど家を出たとこじゃない？　長男は名古屋だから新幹線、次男は札幌だから羽田よね。そこまでは行けないから、たぶん岩谷駅まで見送りに出たんだと思う」

「そうか。そうだよな。イヤァ、安心した。じゃ、俺と春子さん、線香は夕方にして、今からサロンに行く。福さんに伝えて」

春子も隣りで、安堵したように笑った。

サロンには新規の客が三人もいた。リピーターの客が連れて来た友人たちだ。

雀躍堂の女子社員が、丁寧に「一寸先ゲーム」を教えている。社員たちも、この部屋でちょっと息抜きするのが楽しみになっていた。

夕方四時、サロンを閉めると竹下は吉田に電話をした。これから春子と焼香に行くと伝えたいのだが、出ない。

ベルが鳴り続ける。息子たちを今朝九時頃に駅まで見送ったにせよ、もう八時間がたつ。おかしい。

竹下は福太郎と相談し、あの家の大家に電話をした。昔から竹下クリーニング店の客で、番号を知っていた。大家は、

「すぐに見てきて、電話します。昨日もゴミ捨て場で会ったし、息子さんの家に一緒に行ったんじゃないですかねえ」

と言う。

もしもそうなら、福太郎には伝えるだろう。不安がつのる中、二十分ほどして大家から電話が来た。

「合鍵で中に入ったんですけど、留守でした。イヤ、風呂場もトイレも見ましたが倒れてるとかはないです」

「そうですか。息子さんの連絡先、わかりますか。何か心配で」

「いや、知らないんですよ。以前と違って、個人情報がどうたら面倒なんで」

「緊急連絡先、知らないんですか」

「今、ホームセキュリティの見守りサポートって言うんですか、あれに入ってる人が多いんで」

「吉田も入ってますか？」

「いや、入ってないですね。入ってれば警備会社のシールが貼ってありますから」

竹下は大家に礼を言い、電話を切った。

「福さん、岩谷市役所では、高齢者の緊急連絡先を調べてあるはずだよ。俺も書いて出したもの」

「市役所が個人情報を教えるもんかよ」

「そうか……。警察に言うか？」

福太郎は、今の段階で警察に言うのは早いと思った。本当に息子の家に行っているかもしれないのだ。

突然、サキが思い出したように言った。

「そう言えば、上の息子さん、確か名古屋の一番大きなスーパーに勤めてるって言ってた。『母がうちのパックの安い天むすが好きで』って、遺骨を見ながら涙ぐんでたの」

それなら早い。サキはすぐにスマホで調べ、名古屋最大のスーパーマーケットは「中京マート」だとわかった。大代表に電話し、人事課につないでもらった。

あれこれと聞かれたが、母親の葬儀のことを話すと納得したようだ。篤に回してくれた。やはり、ここに勤めていたのだ。今朝東京を発ち、篤は帰った日の午後から会社に出ていたのだろう。

篤は丁寧に葬儀などの礼を言い、福太郎の問いかけに、

「え？　父はこっちに来ていませんが」

と言葉を飲んだ。

「今日は、弟夫婦が朝八時前には羽田に向かい、僕らもみんなで玄関で見送りました。その後、僕らは九時台の『のぞみ』で、父は一人で玄関に立って見送ってくれました。岩谷駅にも来ていません」

と一気に言った。

「岩谷駅にも行かなかったんですか」

「はい。玄関を出たところで手を振っていました」

福太郎は明るく詫《わ》びた。

「私ら年寄りは心配性で、つい余計な心配をして。吉田夫妻は友達が多いので、誰かのとこでしょう。かえって申し訳ありません」

「申し訳ないのはこちらです。一応、弟にも電話をしますが、父が一人で札幌に行ったとは思えません。もしそうなら弟から僕に電話があるはずですし」

それはそうだ。

サロンの若鮎たちは誰も口にはしなかったが、「後追い自殺」を心配していた。あの夫婦の仲のよさ、一人残された夫のカラ元気を考えると、それもありえないとは言えまい。不安だった。

福太郎は篤との電話を切るや、俊に連絡した。

「消防団の力も貸してくれ。友達のところに行ってりゃいいが、何か違う気がするんだよ」

やがて、克二をリーダーに五名が集まった。松木も心配し、俊を仕事途中で参加させてくれた。

サロンの若鮎たちも消防団員も、吉田はそう遠くまでは行っていないと考えていた。いくら杖をつかずに歩けると言っても九十歳だ。年齢にしては確かに健脚で、それが自慢とはいえ、やはり歩きは心もとない。

陽が落ちて、すっかり暗くなるまで消防団を中心に、懸命に捜した。

吉田と桃子が好きな公園、散歩道、カフェ、どこにもいない。消防団員らは、県立岩谷高校の脇を流れる小川付近も丁寧に見回った。小川には柵があり、落ちる心配はないが、上流から下流まで見た。

吉田の姿はどこにもない。

福太郎の不安がつのる中、携帯電話が鳴った。

「篤です。今、岩谷の実家に着きました。はい、会社は早退して。鍵を持っていますので家に入りましたが、この時間でも帰っていません」

「消防団も総出で捜してるけど、見つからねンだ」

「本当にご迷惑をおかけして申し訳ありません。今夜帰って来なければ、明朝警察に言います」

「うん。その方がいいな。今、サロンのみんなと、あと消防団も一緒にそっちに行くよ。警察に言うこととか相談しよう」

篤は力ない声で、また礼を言った。やはり後追い自殺を心配しているのではないか。


吉田のいないリビングに、若鮎四人と克二、それに俊が集まった。純市と明代も駆けつけた。

「他に吉田が行きそうな場所、あるか？」

そう言う福太郎自身にも、他の誰にも、もはや心当たりはなかった。夫婦の「思い出の場所」と言っても、ここ何年かは半径五百メートルがいいところだ。そこは丁寧に探し終えている。

あとは、吟行やスケッチ旅行先か。それらの地はあろうが、場所も聞いていない。

時計は夜八時を回り、庭も玄関先も暗い静けさの中にある。吉田の気配はない。

「長男として本当に心苦しいのですが、明日の朝、どうしても抜けられない仕事があります。今夜、最終の『ひかり』で一度帰らせて下さい。本当に申し訳ありません。明日、仕事が終わりましたら、すぐに戻りますので。すみません」

平謝りの篤に、サキが穏やかに言った。

「お仕事第一になさい。そうでなくても、あなたは今朝名古屋に帰って、また戻って来たのよ。もう警察にお願いして、消防団とタッグを組んでもらうんですから、他の人がいたところで用なしなの」

これがクレームのサキかと、福太郎は二度見した。サキだった。

篤は自分の膝に頭がつくほど、深くお辞儀をした。

「僕ら息子二人は、これまで自分のことだけ考えて、親は放ったらかしでした。幸い仲がいいですし、いつ死んでも当然の年齢なのに、実際に死ぬとは考えてもいませんでした」

春子の声も優しかった。

「いいのよ、それで。あなたは仕事をきちんとやって、家族をきちんと守って、自分も幸せになることを考える年代なの。うちにも息子がいますけど、自分たちが幸せになることが、一番の親孝行。それを見届けたいから、親も頑張れるの」

これが死にたい春子かと、福太郎はまた二度見した。春子だった。

篤の目は潤んでいるように見えた。老女二人の言葉が響いたのか。それとも母親を失い、父親も不明になって、初めて親不孝に気づいたのか、わからなかった。

夜は更けていった。篤が最終新幹線のギリギリまでいたというのに、吉田は帰って来ない。

福太郎は春子とサキに、タクシーを呼んで帰るように勧めた。だが、二人は動こうとしなかった。

重い空気が流れる中、克二が唐突に言った。

「青森に行ったんじゃないですか」

思いもよらぬことだった。

克二は仏壇を見た。遺影の桃子を守るように、岩木山の写真がある。夫が撮ったこれを、妻は十五年ほどもスケッチブックにはさんでいたのだ。

「奥さんがそれほど好きな場所ですよ。行っても不思議はありません」

青森か……岩木山の津軽平野か……。ありえないことではない。

吉田の年齢や脚力を考え、遠くには行けないと思い込んでいたのは甘かったかもしれない。

春子が声をつまらせた。

「克二さんの言う通りかもしれない……。お山に帰った桃子さんと会うには、岩木山のある町に行くしかないって……」

誰もが黙る中、竹下が大きく息をついた。

「だけど、いくら何でも青森は遠すぎねえか？　吉田が昔は乗り鉄、撮り鉄だったからって、今は九十だよ、九十歳」

それは福太郎も思う。

「誰かがついて行くんならともかく、一人で行くのは無理だよ。それに家の中を見てると、突然思い立って、フラーッと出かけた感じだろ」

確かに台所の流しには、洗っていない茶碗や皿があった。篤は、冷蔵庫に残り物のおかずや飲み残しのお茶もあると言っていた。

「九十歳が一人で、フラーッと青森は無理だよ」

俊がすぐに同意した。

「新幹線の当日券を買って、その列車に間違いなく乗車して、それに泊まるところも探さないとならない。一人でそれはとてもできないですよ」

克二が遮った。

「俺、一人じゃないんだと思う」

「えーッ？　誰かついて行ったってことですか？」

「いや、同行二人」

俊には意味がわからなかった。

「何ですか、ドーギョーニニンって」

克二は苦笑した。

「四国の巡礼者は、一人で歩いていても一人じゃないんだよ。いつも弘法《こうぼう》大師と二人で歩いてる」

サキが言葉をついだ。

「弘法大師、つまり空海《くうかい》よ。端からは一人にしか見えない巡礼者でも、実はずっと空海と二人連れということ。巡礼者はそれをわかってるから心強いし、淋しくないし、力が出るの」

克二がまた岩木山の写真を見た。

「今の吉田さんの心境を考えると、桃子さんと同行二人で、思わぬ力が出ているかもしれません。桃子さんの故郷を、二人で歩いている……」

春子が声をつまらせた。

「昔、八代亜紀《やしろあき》が歌ってたの。自分が生きている支えはたったひとつで、それは故郷へ帰る夢があるから……って」

懐メロばかりを聴いていた春子は、その歌に思ったという。

「故郷のある人が羨ましくてね。生きている支えにまでなるんだもの。私は岩谷で生まれ育って、このトシまで岩谷を出たことがなくて。桃子さんはいっつも津軽の話をしてたじゃない。お山に引っ越す桃子さんを、吉田さんは送ってったのよ……」

そうだ、きっとそうだ。吉田は桃子と同行二人で青森に向かったのだ。

その時、竹下が身を乗り出した。

「俺たちも青森に行こうよ。いや、警察にはもちろん頼むんだけど、それとは別に俺たちも青森に行くんだよ。吉田は津軽平野のどっかで、岩木山を見てると思うんだよな」

福太郎が首を振った。

「津軽平野のどこに行くんだよ。よそ者の俺たちには、あの広い平野のどこに行きゃいいのか、わかるわけねえだろ。第一、行ったところで吉田が本当に青森にいるのかもわからねえんだ」

サキはスマホを見ながら断じた。

「東京と新青森、往復で三万五千三百四十円です。ホテルも入れたら、一人五万円近くにもなる。年金暮らしには無理です」

また、みんな黙った。

竹下が自嘲した。

「そうか、年寄りは体力も経済力もない。もう旅はできないんだな……」

そうであるだけに、「結婚五十年目に撮った岩木山の元に、桃子と行こう」と、吉田はフラーッと出て行ったのではないか。

翌日、札幌から急遽《きゅうきょ》やって来た悟は、福太郎に同行してもらい、警察に行方不明者届を出した。

サロンには春子と竹下がおり、サキと消防団の有志が今日も捜しに集まっていた。松木の厚意で、俊も来ている。

警察で詳しく事情を聞かれ、悟は桃子が突然亡くなったことを話した。福太郎は吉田はもしかしたら青森にいるのではないかと伝えた。

警察はすぐに青森県警に連絡を入れた。県警は吉田が行きそうな地の所轄署に、事情を話した。

消防団も人数をふやして当たり、警察から帰るや福太郎も悟も加わった。克二は会社の半休を取って、午後から参加していた。しかし、手がかりさえない。青森県警からも返事はない。

「俊、俺はやっぱり吉田さんが突然思い立って青森に行った気がするんだよ。いつも東北新幹線は大宮から乗ってんだろ？」

岩谷からは東京駅に行くよりずっと近い。岩谷市民の多くは、大宮駅を利用していた。

「吉田さんは、大宮駅にはどう行ってた？」

「さあ……聞いたこともないですけど……。川越線で一本ですから、たぶんそれで」

「たいていは川越線使うよな」

「吉田さんはよく、山本《やまもと》駅近くの店のゼリーを消防団に差し入れてくれましたし」

川越線の山本駅は、大宮駅のひとつ手前だ。

「そうだったな、ゼリー。『桃子が好きな桃ゼリー』って、毎回言うんだよな」

「はい。川越線で大宮駅に行っていた証拠だと思います」

克二は唐突に言った。

「俊、川越線に乗ってみよう」

「え？　何でですか」

克二はふと思ったのだ。吉田が山本駅で途中下車し、亡き桃子の好きな桃のゼリーを買う。その後、タクシーで大宮駅まで行ってもワンメーターだ。そして新幹線で新青森まで向かう。

話を聞いた俊も、ありえないことではないと思った。

二人はすぐに川越線に乗り、山本駅で降りた。

店の名前がわからなかったが、スマホで調べた。桃ゼリーが有名な店はすぐにわかった。そういえば「果蜜庵《かみつあん》」だった。

地図で見ると、駅の裏に川があり、土手が続いている。店は川の向こう側で、土手を下って小さな橋を渡るとまん前だ。少し先の遊歩道を通れば、土手を下らないですむ。

若い二人の足では、三分も歩かないうちに土手に出た。

「克二さん、遊歩道はあっちに見えますよ。楽かもしれないけど、何か遠回りじゃないすか」

「そうだよな」

克二と俊は軽々と土手を下った。デコボコで歩きにくいと言えば歩きにくいが、とりたてて急斜面ではない。雑草が大きく伸び、青くさい匂いをこもらせている。二人はそれをかき分けるように、速足で降りていく。

その時、俊が大声を上げた。

「ああッ！　ああッ！」

少し先を下っていた克二が振り向いた。

「どうした」

「吉田さん、いたッ！　吉田さん、大丈夫ですかッ」

俊の声に、克二が駆け戻って来た。

吉田は雑草の茂みに倒れていた。

「吉田さんッ、俊ですッ。吉田さんッ」

吉田は血の気のない顔で動かない。鼻に手をやると、弱いが呼吸を感じる。

ここには定期的に、清掃や整備業者などが入っているだろう。だが、毎日ではあるまい。もし、昨日やっていなければ、倒れた人間は見つけられない。それも、雑草の茂みに横たわっている。

吉田を動かさず、克二はすぐに救急車を呼んだ。吉田の足元には、ショルダーバッグが口を開けて転がっていた。斜面の途中には、財布も家の鍵もペットボトルの水も転がっていた。

克二が大声で聞いた。

「吉田さん、遊歩道を通らなかったんですか」

反応はない。

おそらく昨日の朝に転倒し、動けないまま夜を過ごした。五月が近いとはいえ、昼とは大きく寒暖差のある中、ジャンパー一枚で夜明けを迎える。そして今、もう午後三時だ。九十歳にはどんなに過酷だったかと、克二は血の気のない吉田に、自分の上着をかけた。

本人はかつて降りていた土手の坂を、当たり前に降りたのだろう。年齢も脚力も忘れていたが、桃子は桃のゼリーが好きだった。それだけは忘れていなかった。桃のゼリーを買って青森に行こう。そう思ったのだろう。だが、買う前に転倒していた。

吉田は救急車で搬送され、入院翌朝には意識が戻った。

幸い骨折はなく、打撲と低体温症と診断された。そして順調に体力を回復し、七日目には退院を果たしたのである。回復力に驚いた医師も看護師も、「稀有《けう》な九十歳だ」とほめたと言う。

それが吉田をますます力づけ、駆けつけた息子たちが高齢者施設に入居を勧めても、頑として首を縦に振らなかった。

息子たちは今回の一件で、もう一人にしておくのは無理だと思い知らされていた。同居よりは施設に入ってもらう方が、吉田本人も息子たちも安心だ。そして、息子たちは父親が老後資金を貯めてきたのも、子供に迷惑をかけないためだとわかっていた。

コツコツと貯めてきた資金で、父親は妻の葬儀を出し、入院費もまかなった。若い日の節約で、誰にも迷惑をかけない老後だ。

退院当日、福太郎が手伝いに行くと、ちょうど篤が廊下のソファで説得しているところだった。福太郎が遠慮して離れようとすると、篤が止めた。

「戸山さんからも勧めて下さい。いくら言ってもダメなんですよ。お父さん、埼玉の施設に入れば友達も訪ねて来てくれるし、施設の中でも友達ができるし」

すでに退院の服に着換えた吉田は、無言だった。

「外出許可をもらって、サロンにだって行けるよ」

無言だった。福太郎は口を出す立場でもない。

「お父さん、それが一番幸せなんだよ。誰にとっても」

何も言わない父親に、篤は小さくため息をついた。

その時、吉田が言った。

「もう少し娑婆《しゃば》にいさせてくれ」

篤が黙った。

福太郎には、吉田の気持が苦しいほどわかった。施設は本人をも家族をも楽にしてくれる。食事から風呂、趣味の会まで致れり尽くせりだろう。

だが、もうしばらく、面倒くさくて、腹が立ったり、嘆いたり喜んだりする生活がしたいのだ。いずれすぐに、それもできなくなる。だからこそせめて、自分が納得するまではその場にいさせてほしい。

老害と言われ、同じ命でも若者よりは下に置かれ、何のために生きているのかと思われたとしてもだ。それこそが喜怒哀楽の渦まく娑婆なのだ。

吉田はそこを離れて、致れり尽くせりの環境には入りたくなかった。

「篤君、まずは市役所に相談してみねえか。ヘルパーさんとかデイサービスとか、色んなサービスを受ければ、一人で暮らせる手があるかもしれねえし。俺たちも高齢で役には立てねえけど、サロンで一緒に楽しむことはできる。ちょっとでも何かあったら、すぐ連絡するからさ」

吉田は福太郎に、わざとらしく手を合わせてニッと笑った。

「それにね、篤君。サロンには若いメンバーもいるから、頼りになるよ」

「えッ⁈　若いメンバーもいるんですか」

「ああ。サキさんはまだ七十九だ」

篤は天を仰いだ。

八日ぶりに家に帰った吉田を、サキと春子が待っていた。

「サロンは休日だし、せっかくだから、退院祝いの席を用意しましたーッ。今の今まで明代さんと里枝さんも手伝ってくれてたの」

庭にいた竹下が手を上げた。

「よォ、お帰り！　見てくれよ、これ」

前からあった粗末な庭テーブルには、クロスが掛けられている。

「小汚ないクロスを、うちの店でスペシャルクラスのクリーニングしたからよ。サービスだよ、退院祝いの。見てみな、見違えたろ」

竹下はそう言いながらもせっせと椅子を並べ、クッションを置いて行く。

まん中には花まで飾ってある。

「松木さんの奥さんからだ。さすがだよ、今咲いている野菜の花だってよ」

大きなガラスびんに、黄色や紫色などがあふれている。花の隣りで、写真の桃子が笑っていた。

「えーと……花はだな……その薄紫がジャガイモとか言ってたな。黄色いのは菜の花だろ。その蝶々みたいなのが、エンドウ豆？　いや、エダマメだっけな、ソラマメだっけな。ま、どっちでもいいよな、豆だよ」

竹下はグラスや皿を並べ、サキがそうっと料理の大皿を運んで来る。春子はヨタつきながらも箸やフォークをそろえる。明代と里枝が作ったらしく、エビチリソースやサラダや八宝菜などが並ぶ。

福太郎がグラスを掲げ、

「吉田、おめでとう！　カンパーイ！　もう勝手に動くなよ」

と発声するとドウッと笑いがあがり、ビールをのどに流し込む。春子が、

「ウーッ！」

とうなると、竹下が毒づいた。

「一口しきゃ飲めねえのに、一丁前に『ウーッ』かよォ」

またも笑いがあがる。空はもはや五月の青さ、輝きだ。風も初夏の匂いをさせて、野菜の花にそよぐ。

娑婆だ。

吉田も福太郎もそう思った。

その一言で、なす術もなく名古屋に帰った篤にこの姿を見せたかった。

蜂が飛んで来て、テーブルのまわりをブンブンと回り始めた。竹下が、

「アッチ行け」

と、おしぼりを振ると、サキが止めた。

「ちょっと。桃子さんはハエも追い払わなかったんでしょ。ハエにもコロナ鍋を食べさせたの。ね」

「ね」と言われた桃子は、フレームの中で笑っている。

ここで桃子の話をしていいのかどうか、福太郎にはわからなかった。だが、全然しないのも変だ。さり気なく、最初に言ってくれたサキはありがたい。

吉田が真面目《まじめ》な顔をした。

「俺、桃子が死んでよかったと思うこと、あるんだよ」

どう答えていいのか。

「俺のこと心配する人がいなくなっただろ。これは本当に楽だよ。病気でも仕事でも何でも、桃子が心配するから隠したり……ウソまでついて」

吉田はゆっくりとビールを飲んだ。

「強がりでも何でもないよ。本当に楽になった」

いい笑顔を見せた。

「あと……桃子があっちにいると思うと、死ぬのが恐くなくなったってかさ」

スペシャルクリーニングのクロスを、風が揺らす。

「昨日の晩、『明日は退院だ』と思って寝てると、桃子が夢に出て来てな」

やはり、桃子のことを話したいのだろう。そして、それを聞いて受け取めるのは、婆婆の若鮎たちしかいない。

福太郎が促した。

「桃ちゃん、夢で何か言ってたか」

「何かいっぱい言ってた。朝になったら忘れてたけど、お山で幸せだよォって嬉しそうだったのは覚えてる。よかったけど、夢だから信用なンないよな」

サキが手を振った。

「夢だからホントのことなのよ。夢だけがホントなの」

「え？」

「吉田さん、江戸川乱歩《えどがわらんぽ》、知ってるでしょ」

「推理小説家だろ。読んだことないけど」

「乱歩はね、色紙を頼まれるとよく書いたんだって」

サキはバッグからボールペンを出すと、紙ナプキンに書いた。

――うつし世はゆめ　夜の夢こそまこと――

「私個人の解釈としては、『自分たちが生きているこの世は、夢なんだ。夜の眠りで見る夢こそが、本当なんだ』ってこと」

みんなが黙る中、福太郎が静かに返した。

「確かにな、人がこの世で生きるのはホントに短いよな。一瞬の夢。年取るとわかる。昔のことは全部夢だった気がする」

その実感のこもった言葉は、吉田にも響いた。後期高齢者どころか「末期高齢者」とも言える今、九十年間は短い短い夢だった。すごいスピードの銀河鉄道に乗っていた。

懸命に生きて来た気がするが、今となってはあれらは一瞬の夢だったと思う。銀河鉄道は途中で、桃子だけ降ろした。

桃子は夢ではない世界に、もう飛び出して行った。

吉田は、サキに安堵の表情を見せた。

「そうか、桃子は本当に幸せなんだ。よかった……」

竹下が冷酒に代えて、しみじみと言った。

「年取ると、すぐに帰れるんだよな。だけど帰った昔が、やっぱり夢としか思えねえっていうか……ホントにあんな日があったのかなァって」

「私ね、最近すごく母親のこと思い出すの」

春子が、飲めないビールをチョロッと舐《な》めた。

「いっぱい思い出があるのに、何でか古い商店街の豆腐屋に並んで行くとこばっかりなのよ。小学校四年くらいの私が豆腐を入れる鍋持って。取っ手が片一方グラグラしてて、母の前掛けの柄まで覚えてる」

吉田も言った。

「うん、何でもないこと覚えてんだよな。母チャンが運動会に海苔《のり》巻きいっぱい作って、家族で見に来てな。俺が友達と話してると、『武《たけし》、海苔巻き食べな！　お前の好きなでんぶ、いっぱい入れたよ』って渡されて。俺、恥ずかしくてさ、『いらないよ』って突っ返した。母チャンって言うと、あの時の顔思い出すんだよな。八十年もたつのに、申し訳なかったなって」

福太郎が笑った。

「俺、小学校の同級生の母親の顔、何でか覚えてんだよ。仲がよかったわけでもねえのによ。渡部幸男《わたべゆきお》って子。勉強できねえヤツでさ。母親は小さくてめがねかけてた」

「そういうこと、誰にもあると思うわ。私も覚えてるもん、長島信介《ながしましんすけ》のお母さん。信介にそっくりで太ってて」

そう言うサキに、福太郎は遠い目をした。

「何かいいことがあると、一番大喜びするのが母親なんだよな。ものすごく喜んでくれるから、何かあると早く話したくて走って帰ってさ。友達も、俺が今でも顔覚えてる母親のとこへ、走ったんだろうな」

今頃、彼らもどこかで「うつし世は夢」と思っているだろうか。いや、もしかしたら、もう死んだかもしれない。

明るい陽に目をあげながら、春子がポツンと言った。

「母さんって、ホントにいたのかな」

竹下がつぶやいた。

「わかんねえな、今になるとな」

「ね。でも夢だったとしても、私、あの母さんの娘でよかった」

みな、黙ってビールを飲んだ。九十代、八十代の今でも、みな同じことを思っていたのかもしれない。

こんな話は、若い人の前では決してできない。「うざい。老害」「ああ、聞きたくない」「お母さん死んで何十年たつと思ってるのよ。このマザコンが」で片づけられる。

だが、本当にこんな話が老人を慰める。「若いヤツらも少しくらい聞いてくれてもいいのに」と思っても、口には出さない。社会を動かしているのは、若い人なのだ。

福太郎は思い出した。

「そう言やさァ、子供の頃って、よく回りで人が死んだよなァ。小学校の同級生も死んだし、街でもよく『忌中』の札、玄関に掛かってたよな」

「今いる人がずっといることはないんだよな。桃子で思い知ったよ……」

そう言った後で吉田は不自然なほど陽気に続けた。

「『人はいずれ死ぬものだ』なんて、ケロッと、きいた風な口叩くのはみんな若いヤツらだよ。実感がないからケロッと」

「そ。それも『自分は知的系』って思ってるバカが言う。口先だけでケロケロ」

サキが顔をしかめると、春子がため息をついた。

「みんな、いなくなったよね」

「笑っちゃうよな。みんないたんだよな」

そう言って、吉田はテーブルの上の写真を見た。お山に引っ越した桃子が笑っている。

「桃子にしろ母親にしろ、必ずいなくなるってわかってるのに、優しくしてやったり、喜ばせたりしなかったよな」

福太郎もそう思った。母親にも妻にも後悔ばかりが先に立つ。いなくなられて気がつくのだ。どうしてもっと優しくしてやれなかったか。喜ばせてやれなかったか。話を聞いてやれなかったか。

サキがキッパリと否定した。

「特に優しくもしないで、話も聞かないで、後で後悔するって、一番幸せなことだと思うよ。だって、相手がいなくなるなんて思わないから、普通に当たり前に接してるわけでしょ。それは自然の行動よ。心の中で『この人はいつか消える。優しくしよう』なんて思って向かいあう方が、ずっと失礼だよ。後で悔やむつきあい方こそ、幸せなの」

午後の陽射しは、老いた鮎たちに久々の汗をかかせた。おしぼりで乱暴に顔を拭い、竹下が嬉し気に言った。

「ガキの頃はさァ、イチジク盗んで、汗びっしょりかいて逃げたよなァ」

福太郎が手を叩いた。

「イチジクって必ず便所の近くに植えてあるんだよな。実をもぐと茎《くき》から白い汁が出てな。だけど俺がガキの頃、一番汗かいたのは女の子のスカートめくって逃げる時だな。やったろ、吉田」

「やったやった。あと、女の子のお下げ髪引っぱって逃げたよなァ」

サキも汗を拭いた。

「大声を出しても、走っても、怒られない時代だったね、昭和は。イチジク泥棒もスカートめくりも、ガキの仕業として許してたんだよね、あの時代。やっちゃいけないことが今よりずっと緩《ゆる》かった」

福太郎は指を折った。

「自分らがあの頃十歳として、もう七十五年とかたってんだ。七十五年たちゃ、世の中は別ものだよ」

サキは白ワインをあおった。

「私らその頃に生きてきた人間だもの、そりゃ、今の人間にとっては迷惑よ。すぐ昔はよかったって言いがちだし」

春子はレースのハンカチで汗を拭いた。

「若い人は帰るほどの昔もまだないから、年寄りにうんざりするの。だけど、年寄りは『昔』っていう別の時代にポーンと帰れるんだよね」

竹下がすぐに応じた。

「そうなんだよ。『リアル若鮎』だった自分を思うだけで、何か力が湧くんだよ」

「力なんてもう実際には出ないのよ。だって昔話は必ず『若かったよね』で終わるでしょ」

サキが大声で止めた。

「いくら若い時を思い出したって、もうあの頃の力なんて出ないの。だから、思い出話はしないのッ。かえって老人の無力感に泣くだけ。覚えとけ、ジジイババア！」

福太郎は小声で吉田に「婆娑だよなァ」と言い、吉田はビールグラスを上げて応えた。

「私、こういうこと言うから、サキさんは悲しい人だとか言われるけどさ、私だって色々あったわよ。よくあんなに人を好きになれたもんだとか」

「えッ?! サキさんでもそういうことあったのかよ」

「あったわよ。だけど言ってどうする。うつし世は夢なの。若い時なんてなかったのよ」

吉田はそれを聞き、言った。

「今の若い者は不幸だよな。スマホですぐに動画を撮るだろ」

「ああ、あれは不幸だわ。若い時の証拠残すのは不幸」

「だろ。俺は桃子の動画は絶対に見ない。動いてる桃子を見たいか？」

「見たくないよな。今の人は自分の赤ん坊の頃からずっと、動画に撮られて。

ジジイになってから見たいか？　ヨチヨチ歩きの自分を、若い親と若い祖父母を」

若鮎たち五人は、動画には残っていない若き日々を思い出していた。世の中の老人全員に、若い日々があった。若い日の親がいた。人を好きになり、人をだまし、人に裏切られ、人を出し抜き、生きて生きて年を取った。そして今、「うつし世は夢」に到達した。

婆婆はいいなァと思う。どこの老人たちにも、そう思わせたい。だから、老いた鮎たちがサロンを続けるのだ。

福太郎は大きく伸びをした。

「人の寿命ってのは、ちょうどいいとこでちゃんと終わるんだよな。あいつもこいつもみんないなくなって、どこ行ったんだかなと思う頃、自分にもちょうど寿命が来るんだよよ」

吉田が、

「その通りだよ。桃子が……」

と言った後で、言い直した。

「人がいなくなると、少しずつこの世に未練がなくなる」

「うん。一人二人っていなくなるたびに、自然にそうなる。いい時期に用意されてるんだよ、寿命は」

サキも大きく伸びをした。

「そうよ。私、若い時に戻りたいとは全然思わない」

竹下がつぶやいた。

「俺、またあの母親と暮らせるんなら、若い時に戻ってもいいな……」

誰も反論しなかった。いたのにいなくなった母親。今ではいたのかどうかも夢のような母親。その遠い姿が浮かんだ。

すると、春子が八宝菜の残りを全部、自分の皿に入れながら陽気に言った。

「私ね、ひとつだけ希望があるのよ。ここにいるみんなより、一日でも早く消えたい」

若鮎の全員が、「俺も」「誰だってそうだよ」「お前らを見送りたくねえよ」と騒ぎ、竹下がトドメを刺した。

「春子さんよォ、そンだけ食っちゃ寿命の最後はアンタだよ。全員を見送ってくれよな」

以前の春子と違い、平気で笑う。そして、大皿に残った料理を、有無を言わせずみんなの皿に取り分けた。

「吉田さんは桃ちゃんと二人分！」

「こんなに食えないよ」

「食うの。桃ちゃんの分だもん」

サキが福太郎に囁いた。

「吉田さん、もっと桃子さんの話してもいいのにね」

「うん。何となく淡々としてるよな」

見ると、吉田は二人分の料理と元気に格闘していた。

やがて、西に傾く準備を始めた太陽が、人生の傾きも終盤の老人五人を照らした。夕日のせいか酒のせいか、みんなの頬が赤い。

ここにいるみんなが、ずっとはいない。赤い頬も青白くなる。

誰もがほんの短い間、神からの用事でこの世に来ている。そう思った時、福太郎は誰にも優しくなれると思った。

明代はほとんど毎日、喜々として梨子のマンションに通う。耐えられないほど初孫を見たい。

梨子はまだ産休中であり、明代に毎日来てもらうほどのことはないが、ひたすら親孝行だと思っていた。

もちろん、来れば色々とやってもらえるし、食材やおかずの差し入れも助かる。夫は今はとても育児休暇は取れないが、コロナがおさまれば「ガッツリ取るよ」と言っている。

明代は寿太郎をお風呂に入れることが、何よりも好きだった。両手にガーゼを握らせると、湯の中で落ちついて小さな体を伸ばす。抱える頭が日に日に重くなってくるようで、それも嬉しい。細いながらも両脚をグイグイさせる可愛さときたら、明代はとろけそうになる。

梨子はいつも、横でそれを見ている。

「コロナでこの子を新潟まで連れて行けないし、でも向こうのジジババも見たがるわけよ」

「そりゃそうよ。あちらも初孫でしょ」

「だから動画を送ったんだけどね。ダンナの実家って、市街地から少し離れた集落なのよ。そしたら、ご近所の人たちがみんな動画を見たがって、来るんだって」

「ああ、赤ちゃん珍しいんだ。岩谷だって珍しいわよ。ご近所が『寿太郎ちゃん、いつ来るの？　さわりたい、赤ちゃん』って言うもの」

少子高齢多死社会が進む今、赤ん坊は未来への象徴なのだ。町に子供があふれていた時代は、本当にあったのだろうか。

「ジュタ、流して終わりよ。いい子にしてたねえ。お風呂、好きなの」

甘い声を出す明代に、梨子はガーゼのバスタオルを渡した。

「うちの病院もね、やっぱり高齢者がすごく目立つよ。私が入った頃より目立つ」

そう言って、梨子は笑った。

「たまに整形外科の待合い室の前を通ると、何かホッとするんだよね。スポーツでケガした学生とかが結構いるんだわ。ああ、日本にも若い人がいた！　って思うよ」

明代はガーゼタオルで寿太郎を拭き、

「ジュタはその人たちよりもっと若いもんねえ」

と、さらに声が甘い。そして、

「赤ん坊は非力なんだから、何でもやってあげたいと思うのは当然よね」

と言うと、梨子が言下に返した。

「非力なのは、これまで頑張って来た老人も同じだよ」

「だけど、あっちは老害、こっちは子宝」

あまりにズバリと言う明代に、梨子は首をすくめた。毎日、老人と一緒にいる人の実感なのだろう。


コロナの感染者数は、どうにもおさまらない。四月下旬あたりには、またも緊急事態宣言が出るのではないかと噂されていた。

サロンはクチコミも効を奏し、ほぼいつも満席だった。当然ながら感染防止策は厳しく、消毒からマスク、検温、アクリルの仕切り板等々を徹底していた。

ソーシャルディスタンスのために、入室者は午前と午後に分け、予約制にしていた。その上、入退室の際にはテーブルから椅子まで、若鮎たちが消毒液で拭きまくる。仕事がふえて、むしろ喜んでいる。

「余計なカネがかかるよなァ」

福太郎はぼやくが、すべて雀躍堂から無料で分けてもらっていた。

吉田が今日から出てくるという朝、福太郎が突然言った。

「今日の午前は特別に、吉田に俳句講座やってもらおうと思ってさ。ごめんな、もう本人に話してあるんだよ」

「えーッ！　えーッ！」

あり得ないとばかりに驚くサキに、福太郎は手を合わせた。

「人助けだと思ってよ。そりゃ、講義できるタマじゃねえよ。だけど力づけてやりたくてな。三十分だけって言ってあるから」

春子が予約者名簿を広げた。

「講義を聞かされる不運な人は六人。ま、みんな桃子さんのこと知ってる人だし、いいんじゃない？」

竹下もうなずいた。

「いいよ。吉田は泣くこともしねえで、青森にも行けねえで、一人で耐えているからいいよ、講義くらい」

サキも致し方なく賛成したが、自分が江戸川乱歩を話す方がよほど面白いと、内心では思っていた。

始まる直前に、カメラを持った剛が入って来た。突然の孫の出現に、竹下は驚いた。

「何だ、お前」

「吉田さんの講義をさ、SNSにアップするんだよ。消防団員が救助した九十歳が、こんなに元気になったってことでさ。消防団のPRにもなるだろ」

丁稚の俊も会社員の克二や透も来られず、剛は張り切っていた。

「不運な六人」が集まると、福太郎はすぐに挨拶した。

「アタマ三十分だけ、吉田さんの俳句講座をやります。皆さんもよくご存じの桃子夫人の水彩画とともに、すぐれた句集も出版された人です。では、吉田さん」

吉田は資料を持って前に進み出た。妻のことで礼を言うと、話し始めた。剛は表情をアップでとらえる。

「妻を突然失い、私はまったく立ち直れていません」

初っ端からこう言った吉田に、若鮎たちは驚いた。

「今、正直に言いましたのは、こういうことが夫婦には起こりうるからです。どうか、自分のこととして聞いて下さい。妻を失った今、私を支えているのは、絵と俳句、それを夫婦共通の趣味としていたことです。それを思う時、妻は私の隣りにいます」

福太郎がサキに囁いた。

「吉田、うまいね。いい引っ張りだ」

「ホントに。このまま奥さんの話をしてくれる方がいいですよ。あんな自己流の俳句なんて語られちゃあ」

吉田は白板に書いた。

——廃線の枕木にいる月見草——

グーッと近づく剛のカメラに、吉田は言い切った。

「私は鉄道の句を専門に読む俳人ですが」

サキがつぶやいた。

「俳人と来た！　よく言う」

「これは自分でもいい句だと思いましたところ、妻が喜んだんです。『アンタ、才能あるよ。普通、枕木に咲く月見草って、やるんじゃないの？』って」

吉田の言葉がつまった。そして震える声で、

「妻は『枕木にいる』と擬人化したところに、小さな命への愛を感じると。……廃線の石ころだらけの地面に咲く月見……草への……私の愛……に気づくのは……妻だから……です……。皆さん、夫婦でやれる趣味を……」

そこまで言って、吉田は絶句した。サキはほくそ笑んだ。

「福さん、見てよ。ジジババたち、もらい泣きしてる。大成功じゃん！」

「よしッ。これなら、妙な俳句を教える前に三十分たつな」

吉田は鼻をかむと、大きく息を吸った。

「誰しも、夫とか妻を現実に失わないとわからないんです。生き残った者は、

死んだ人間が心の中にいるから……生きて……いけるんだと。妻に死なれた日も……私は……一句詠みました」

泣きながら、白板に書いた。

――仏壇の妻の窓辺に桃の花咲く――

そして、声を震わせた。

「俳句は実際にあることの描写ではないと、私は思っています。仏壇の横に窓はありませんし……庭に……桃の木もありま……せん。でも……でも……桃子はいるんです。いるんで……す……桃子は」

ウォーンという声を上げて、吉田は泣き出した。

福太郎はサキの耳元で言った。

「泣き過ぎじゃないか」

「今までの反動です」

「皆さん、夫婦は……どっちかが先に死ぬんです。死なれて初めて……今までの毎日こそが幸せだったとわかります。……どうか、どうか晩年は夫婦で……夫婦で認めあって楽しめる何かを……見つけて下さい。もう桃子とは何もできない私……からの……羨望をこめて言わせてもらいます……」

ジジババはハンカチで、涙を拭っている。

剛までが指で涙をはじいた。

「……お互いがいるうちに……どうかたくさんしゃべって下さい。……桃子がいなくなって初めて……わかりました。最初に忘れるのは、声なんです」

吉田は自分もハンカチを使い、懸命に言った。

「顔も姿も思い出せるのに……声が……」

ジジババはハンカチで鼻までかんでいる。

「もう一回、もう一回だけ、あの声で、あの笑い方の桃子と話したいです」

吉田は泣き笑いで話を締めた。

「私は今、生活にまったく張り合いがありません。二人で見ていたテレビも見なくなりましたし、毎晩八時過ぎに寝てしまいます。今日、こうして皆さんの前に立てて、私の方こそ張り合いになりました。ありがとうございました」

撮影しながら泣いていた剛が、大声で返した。

「いいお話を、ありがとうございましたッ！」

すると、ハンカチを握りながら、ジジババが一斉に立ち上がった。そして泣きながら拍手を送った。剛もカメラを置いて、手を叩いている。

サキが福太郎をつついた。

「スタンディングオベーションですよ。みんな泣いてますよ。剛君まで！　イヤァ、大成功！　笑える」

「笑えるは失礼だろう」

と言いながら、福太郎も笑いそうだった。

この日はもうひとつ、いいことがあった。東京は池袋の老人施設「満月ホーム」から、ボードゲームを指導してほしいと依頼が来たのだ。

「老人が、老人のために老後を尽くすという姿勢こそ、高齢化社会の新しい生き方です」

嬉しすぎる言葉だった。「やっと社会が俺たちについて来た」と福太郎はゾクゾクした。

交通費しか出せないが、何とか来て欲しいと言う理事長に、若鮎たちの血がたぎった。福太郎の、

「遊び道具は人を幸せにするんだよ。老人を幸せにするんだよ」

という言葉にも力が入った。


その準備の最中、四月二十三日のことである。第三回目の緊急事態宣言が発表された。四月二十五日から五月十一日までの十七日間だ。

これも先はわからない。延長に次ぐ延長ということはありうる。感染状況によっては、夏が過ぎても、秋が過ぎてもマスクをつけ、今までのようには動けないことさえ考えられる。

満月ホームの話も、期限なしの延期になった。

老人の一日は、先のない人間の絞り出すような一日なのだ。それも、延期に次ぐ延期をしのいで、ついに開業したサロン。そして満月ホームの訪問依頼に至るまで、幾度天に上げられ、幾度地に叩きつけられたか。

そこから立ち直ることは、若い人であっても楽ではない。まして老人は、まず自分に残された時間の少なさを計算する。それだけで、頭からも心からも体からも一気に力が抜けていく。

だが、春子は明るい声をあげた。

「何よ、十七日間ぽっち。こっちは一月七日から三月二十一日の二ヵ月半だって経験してんだ。それをうまく生かしたんだから、今回も色々やることあるよ」

いつもいつも死にたいと言っていた春子が、笑い飛ばしたことに、福太郎は改めて心動かされた。

吉田の声は吹っ切れていた。

「桃子がお山に帰って、俺、やっとハッキリとわかったんだよ。親はさ、子供に迷惑かけたくないって思い過ぎ。迷惑かけないようにカネためて、迷惑かけないように楽しむこともやらないで、迷惑かけないように食いたいものも我慢して、老後のカネためて生きて」

「一番の問題は、そういう暮らしをする親を、子供自身が望んでないってことよね」

「サキさん、それなんだよ、それ。俺と桃子は、葬式代とあと少しためただけで、楽しんで二人して生きてきたからさ、ホントに思い残すことないんだよ」

福太郎は講義で号泣した吉田を思った。良寛ではないが「泣く時は泣くがよろしい」のだ。泣くべき時に泣く方が、人は楽になる。

「桃子の分も、俺は老人のために生きるからな。それは俺のためなんだよな」

自分たちは鍛えられた。福太郎はそう思った。もう後退はしない。自分たちは自分の趣味や自分磨きのためではなく、老人を元気にするために生きるのだ。

「この年齢《とし》になって、高揚したり絶望したりって経験は退屈しないよなァ」

福太郎はそう言って、提案した。

「満月ホームの入居者たちに、宿題出さないか。解除になったら行くから、それまでにやっといてくれって」

一斉に拍手が起きた。

「いいよ、それ。宿題出しとけば、解除になった後で必ずまた声かかるもんな」

竹下の言う通りだった。期限なしの延期になり、いつの間にか「なかった話」になるのは悲しい。鍛えられた割りにはせこいが、立ち消えは困る。何としても訪問して一緒にゲームをやり、一緒に笑いたい。

「サキさん、宿題につける挨拶文は任せるよ。で、その手紙と一緒にカルタと双六を先方に送ろう。これなら誰でもできるし、みんなでやりながら、俺たちを待つようになるだろ」

「いいわ、それ。宿題としてさ、何月何日に誰と誰が何をやって、勝ったか負けたかをつけてもらうのよ」

サキと吉田のやり取りを聞き、春子が首をかしげた。

「勝敗つけるって、まずくない？」

福太郎が断じた。

「一人前に扱うんだから、つけるよ」

春子はケロッと前言を撤回した。

「そうか。そういうつまんない気配りが日本人をダメにするのよね」

春子は元々、こういう明るさだったのだろう。苦笑しながら、福太郎はサキに頼んだ。

「サキさん、手紙にはさ、『ぜひ他のホームにもご紹介下さい。カルタと双六は雀躍堂が提供致しますので、郵送料だけご負担下さい』って書いて。カルタや双六は社長を脅して出させるよ。だけど郵送料まではなァ」

「そりゃそうだ。これを知って、他のホームからも依頼がありそうな気がする」

「消防団のチューブナンタラだっけ？　あれでもＰＲしてもらえるしな」

「うちの孫、剛がすっかり感動して泣いてただろ。ちゃんとＰＲしてくれるよ」

前回の緊急事態宣言で、そろって老害返りした時とは明らかに違っていた。他人の役に立てる自分というものが、こんなにも老人を変えてしまう。いや、他人の役に立てることは、きっと若い人でも子供でも変えてしまう。

福太郎は、自分たちの選択は正しかったと心の底から思った。すると吉田の独り言が聞こえた。

「我が人生に悔いなし……だな」

桃子にもここにいてほしかった。そう思ったのだろう、目尻に涙がたまった。

福太郎は高揚する気分を引きながら、純市の契約タクシーで帰宅した。

純市は同乗せず、出張先から直接帰っていた。明代が夕食の配膳をしながら、

「ねえ、パパ」

と、恐る恐る福太郎に聞いた。

「私はさっき知ったんだけど、四月二十五日からまた緊急事態宣言だってこと、聞いてるよね」

「ああ、まただよ」

「で、パパ、どうするの？ その間、サロンは閉じるんでしょ？ どうするの？ どっか行くとこ、あるの？ まさか、ずっと家にはいないよねえ。デイサービスとかもやってないのかしら。でも、密になんないようにやってるよね。聞いてみようか。家にいても退屈でしょ」

高揚した気持に、冷や水をぶっかけられた。

純市は何も聞こえていない顔をして、夕刊を読んでいる。

福太郎は明代を正面から見た。

「父親はまた老害返りするに決まってるってか？　頼むからどっか外で時間つぶしてくれってか？」

「またそういうことを、そんなこと言ってないでしょ。パパは家にずっといたら退屈でしょって心配……」

「してねえだろ。また山本和美の話やら自慢話聞かされるくらいなら、昼間はどっかに消えてくれってんだろ」

「すぐひがむ。私はパパのためを思っ」

「てねえだろ。純市君ッ」

「はいッ」

「新聞たためッ」

「はいッ」

福太郎は娘夫婦を正面から見た。次の瞬間、微笑して、深々と頭を下げた。

「申し訳ない。お前たちの気持は至極当然だってこと、よーくわかってる。毎日、老害を浴びせられちゃたまんねえよな。わかってる」

「あ、いや……」

 取り繕おうとする純市を、「余計なことを言うな」と明代が強くつついた。

「だけどな、年取ると昔話とか自慢話とか愚痴とか嘆き節とか、それを言ってる時だけが楽しくてな。生きてる実感があってさ。いつまでも仕事にしがみつく老人たちもそうさ。その仕事だけが自分を生かしてくれてるんだよ」

何とか取り繕おうとする純市を、明代が「黙れ」とばかりに今度はつねった。

「老害ってのは若い人には迷惑で、老人には生きてる証なんだ。この二つを何とか共存させられないものかと、俺はずっと考えてたよ」

「無理よ」

明代が一言で断じると、福太郎はまた微笑んだ。どうも無気味な笑みだと、純市は引いた。すると、福太郎は小首などかしげて微笑んだのだから、ますます薄気味悪い。

「純市君、俺はアンタに教えられたよ」

「な、何をですか」

「そうよ……この人が何を」

明代も不安で声がひきつっている。長いこと娘だったのでわかる。この父親の、この微笑の恐さをだ。

「純市君に教えられるまで、俺はまったく考えたこともなかった。礼を言う」

福太郎はまた頭を下げた。明代と純市は不安気に、さらに引いた。

「純市君は言ったろ。世の中で一番つまらねえのは毒にも薬にもならねえ人間だって。そうなんだよ。人間として生まれた以上、人は毒か薬にならにゃいかんのだよ。どっちにもなれねえ人間には、魅力というものがまったくねえんだ」

福太郎はそう言いながら、芝居がかって間《ま》を取った。

「老害は若いヤツらには毒だ。だけど老人には薬なんだよ。な、老害は毒にも薬にもなってんだ。珍しいよ、こんなの」

明代はどう反論しようかと、ワナワナするばかりだった。福太郎の声は勝ち誇っている。

「若いヤツらはたっぷりと毒の魅力を味わえ。こっちもたっぷりと薬の魅力を振りまくからよ。イヤァ、老害ってヤツは一挙両得だよ。純市君に教えられた」

明代はやっと、上ずった声で反論した。

「パパ、老害は毒じゃない。単なる迷惑よ」

福太郎は、叫ぶ娘とうつむく婿を見て、歯切れよく言った。

「バカ娘、迷惑は毒の一種だ」

悠然と出て行く福太郎を、明代と純市は呆然と見送った。

「老人が若い者に遠慮することはねンだよ」福太郎はそう思い、会心の笑みを浮かべて風呂場のドアを開けた。

あとがき

老害をまき散らす老人たちと、それにうんざりして「頼むから消えてくれ」とさえ思う若年層。両者の活劇のような物語を書けないものかと、かなり前から考えていました。

というのも、昨今はメディアも友人知人たちも、「終活」「遺言」「死ぬ前にやっておくこと」などの話題の多いこと。メディアは「早い方がいい」と、五十歳代から煽《あお》ります。

そうなると、後期高齢者以上は頭数に入れてもらえない「いない人」です。でも、います。もしかしたら老害は「俺らを忘れるな」という「生きている証《あかし》」のアピールかもしれません。

困ったことに、老害の人たちは自分がそうであることに気づきません。昔話も自慢話もクレームをつけたがることも、「生きている証」であればこそ、何度でもやります。物忘れが激しいので、いくらでも繰り返します。

なのにどこかで、自分は若年層から嫌われていると感じているものです。老人を婉曲《えんきょく》に別枠に入れる世間。それも感じているはずです。「年を取るのはそんなに悪いかッ」と叫びたいし、「こんな日本を作るために自分たちは戦争や貧困に耐えてきたのではない。後の世のために身を粉《こ》にしたのに、この扱いは何だッ」とぶちまけたいのは当然です。

一方、老害側にいくら言い分があろうと、彼ら彼女らをお守《も》りする若年層のストレスは破格です。でも、口には出しません。老人いじめのようで、後で必ず落ち込むからです。それより我慢しよう、どうせ老人の先は短いんだと自分を慰めます。でも人生百年。若年層が先に消えるかもしれません。

本書では、父親の老害に耐え切れなくなった娘が、とうとうキレます。現実社会ではまず言えない本音を、父親に叩きつけました。八十代半ばの父親は反省し、二度とやらないと謝罪。その哀れっぽい姿に、娘は言い過ぎたと落ち込むのです。ところが父親は、裏で老獪《ろうかい》な逆襲を企《たくら》んでいました。日頃、頭数に入れてもらえない老人たちと手を組んでです。

本作は八十代、九十代の群像劇にしたいと思いました。「老害」という現実の他に、「人生はあっという間だった」と実感している年代だからです。ともに過ごした者たちの多くは消え、自分もすぐです。百年近く生きても、人生は一瞬の夢。父や母と一緒に暮らした昭和の日々は、現実だったのだろうか。葬式しかない将来と、もはや夢としか思えない過去。

そんな老人たちであっても、命がある以上、どう生きたらいいのか。少なくとも、若年層に押しつけられた趣味や挑戦などの「自分磨き」ばかりではない。そう思います。

そして、私自身に重ねてみました。私は今まで多くの方々から多くを教わって生きてきましたが、それを社会に少しでも還元し、伝える年齢だと気づかされています。つまり「自分磨き」ではなく「利他」ができないか。小さいことでも主体的にそれができれば、力が湧くはずです。

本書でも老害者たちが、いくら墓場が近くても動き始めます。ところがそれも、若年層にとっては傍《はた》迷惑で、かえって困る。活劇は終わりません。

本書を書くにあたり、四十七歳で脱サラして埼玉県の越谷で遊佐農場を営む遊佐謙司さんにお会いし、脱稿まで幾度もご教示いただきました。また、故郷を象徴する舞台の青森に関しては、弘前《ひろさき》出身でNHK青森放送局の對馬菜採子さんに、地理、文化から方言指導に至るまでお世話になりました。第七章に出てくる「津軽弁かるた」(監修・イラスト　渋谷龍一／制作・発行　Discovery Creative)も、彼女が送ってくれた資料のひとつです。そして、現役消防団員の加藤光彦さんにも多くを教わりました。ありがとうございました。

さらに、抜群のイラストを描いて下さった丹下京子さん、洒落《しやれ》た装幀にして下さった宮川和夫さん、そして『終わった人』『すぐ死ぬんだから』『今度生まれたら』の高齢者三部作に続いて今回も担当され、高齢者の私を巧みなアメとムチで走らせた編集者の小林龍之さん、ありがとうございました。

そして誰よりも、本書をお読み下さった皆様に御礼申し上げます。

令和四年九月

東京・赤坂の仕事場にて

内館　牧子

解　説

和田秀樹（精神科医）

多様性とか差別厳禁とかいう時代なのに、日本で唯一許されるようになっているのが高齢者差別だろう。

「高齢者は集団自決」などという自殺教唆のような犯罪的差別発言をした人間が、堂々とテレビに出続ける。

これが「ＬＧＢＴは集団自決」とか「在日外国人は集団自決」と言ったなら、どれほどの騒ぎになっただろうと想像してほしい。

高齢者が一件事故を起こせば、高齢者全員が免許を返納しろだの、平均で一日七件も交通死亡事故が起こっているのに、高齢者の事故のみ大きく報じられるだの、テレビ局もやりたい放題だ。

先日もタレントに女子アナを性上納する手引きをしたというような企業風土を批判するのに、経営トップが高齢であるという「老害」が問題にされた。

そして、社会にはそれをすんなり受け入れる土壌があり、高齢者の多くは素直に、このような差別やバッシングを受け入れる自虐のようなものがある。

本書も、高齢者が嫌われても仕方がないという情景を、かなりリアルに描くところから始まる。

ただ、高齢者の味方でありたい私からすると、解説を書けとか言われても、これはステレオタイプだなと反発したくもなる。

まず主人公の福太郎《ふくたろう》。

過去に功成り名遂げた人で、自慢話が止まらない。

確かに高齢者は少し前のことの記憶があいまいで、過去の記憶のほうがはるかに鮮明なので昔話をしがちだ。

そして自己愛というか、承認欲求というか、そういうものが現実世界で認められることが少ないので、自慢話を人に聞かせ、受け入れることを強要して、それを満たそうとする傾向はないわけではない。

さらに老化で前頭葉の機能が落ちると、感情や話にブレーキがかけられないということも起こりがちだ。

そういう意味では、こういう高齢者は確かにいるし、その被害を被る人は少なくないだろう。

でも、そういう高齢者は一割もいない。

こういう人が目立ってしまい、老害の典型のように思われるのだ。

クレーマーのサキさんだって同じようなものだ。有能であったがゆえに、「かくあるべし」思考が強く、その「かくあるべし」通りに動かない人間に激しい憤りを覚え、厳しく糾弾してしまう。

こういう人は自分にも厳しいし、現役のころは信頼も厚いのだが（ときに部下に厳しすぎて、現在の価値観ならパワハラ扱いされかねないが）、職を離れると、そのかくあるべしを押し付ける相手が無関係の人（一般的には市役所の職員やレストランの店員）になってしまうので、まさに老害と化す。

さらに歳《とし》をとると前述のように前頭葉の機能が落ちて、その怒りにブレーキがかかりにくくなるから、まさに暴走老人になってしまうことがある。

そういう意味ではサキさんは、やはり典型的な、昔はまじめ人間、今は暴走老人といえるパターンだ。

ただ、老害といわれる人の多くは、二十四時間というか、いつも「老害の人」ではない。

機嫌のいいときや、普通に話しているときは、常識ある、人のいい老人であることが多い。

本書では、福太郎の思い付きで、彼らが居場所を得て、人からも喜ばれることを通じて、ものの見事に変貌する姿が描かれる。

彼らは運よく認知症にならないで済んでいる人たちだが、認知症介護で私が経験的に重視していることは彼らの機嫌を取ることだ。

認知症の人の問題行動は通常機嫌が悪いときに起こる。機嫌のいいときは、ニコニコしていて、いいおじいちゃん、おばあちゃんなのだ。

本書に出てくる老害の人たちは、そういう意味で、彼らが変わったのではなく、機嫌のいい状態、生きがいのある状態のときの自然な姿といえる。

人間には長所も短所もある。

短所のない人間はいないし、逆に長所のない人間もまずいない。しかし、短所が目立ってしまうときや場もあれば、長所が目立つときや場もあるということだろう。

ともすれば短所が目立ちがちな高齢者が長所を活かせる場を見つけたのが本書の妙なのだろう。

ということで、本書はこれからの高齢者との共生の一つの手本を見せてくれる名著なのだが、やはり頭が下がるのは、内館牧子さんの人間観察眼だ。思春期の子供、中年期の女性、そしてその夫たち。高齢者だけでなく、それらの世代の課題と特色を見事に描いてみせる。

老害をただ断罪するのではなく、高度成長期を生き抜き、あるいは、学歴社会や受験競争を経験したであろう、「今の高齢者」を、勝手な先入観とは違う形で描いている。

今の高齢者は知的レベルも高く、日本が先進国になったときに現役時代を経験し、こちらが想像するようなジジババではない。

だからこそ、リアリティをもってこの物語が読める。

私が高齢者を専門とするからかもしれないが、そのあたりのことが、勝手に若い人が考える高齢者像を押し付けられると、いくらフィクションであっても読む気がしない。

七十五歳で免許返納とか騒ぐ、テレビのコメンテーターたちは、今の七十五歳がいかに若いかもしらない。

こういう人たちが、八十歳の人が重機を使って雪下ろしをしている場面を中継しても、矛盾に気がつかないで、すぐ翌日には高齢者へのステレオタイプな偏見をまき散らす。

ただ、いくら若々しくしていても、死が突然襲ってくるという現実や、それをどう乗り越えるかなどというテーマも本書にはおりこまれている。さらにコロナ禍が高齢者にどのような影響を与えたのかもきちんと描いている。あれも過去のことでは済まされない人災だと私は感じている。

終盤の吉田《よしだ》の失踪など、簡単に大団円を迎えずにサスペンスも与えてくれるなど、名脚本家内館牧子さんならではのストーリー展開も含めて、高齢者だけでなく、高齢者のことがわからないで困っている人にも、なるべく多くの人に読んでもらいたい、見事な高齢者エンターテインメント作品といえるだろう。

●本書は二〇二二年十月に、小社より刊行されました。
文庫化にあたり、一部を加筆・修正しました。

|著者|内館牧子　1948年秋田市生まれ、東京育ち。武蔵野美術大学卒業。1988年脚本家としてデビュー。テレビドラマの脚本に「ひらり」（1993年第1回橋田壽賀子賞）、「毛利元就」（1997年NHK大河ドラマ）、「塀の中の中学校」（2011年第51回モンテカルロテレビ祭テレビフィルム部門最優秀作品賞およびモナコ赤十字賞）、「小さな神たちの祭り」（2021年アジアテレビジョンアワード最優秀作品賞）など多数。1995年には日本作詩大賞（唄：小林旭／腕に虹だけ）に入賞するなど幅広く活躍し、著書に映画化された小説『終わった人』や『すぐ死ぬんだから』『今度生まれたら』『迷惑な終活』、エッセイ『別れてよかった〈新装版〉』など多数がある。東北大学相撲部総監督、元横綱審議委員。2003年に大相撲研究のため東北大学大学院入学、2006年修了。その後も研究を続けている。2019年旭日双光章受章。

老害《ろうがい》の人《ひと》

内館牧子《うちだてまきこ》

© Makiko Uchidate 2025

講談社文庫

定価はカバーに
表示してあります

2025年4月15日第1刷発行

発行者──篠木和久
発行所──株式会社　講談社
東京都文京区音羽2-12-21　〒112-8001
電話　出版（03）5395-3510
　　　販売（03）5395-5817
　　　業務（03）5395-3615

KODANSHA

デザイン─菊地信義
本文データ制作─講談社デジタル製作
印刷───株式会社DNP出版プロダクツ
製本───株式会社DNP出版プロダクツ

Printed in Japan

落丁本・乱丁本は購入書店名を明記のうえ、小社業務あてにお送りください。送料は小社負担にてお取替えします。なお、この本の内容についてのお問い合わせは講談社文庫あてにお願いいたします。

本書のコピー、スキャン、デジタル化等の無断複製は著作権法上での例外を除き禁じられています。本書を代行業者等の第三者に依頼してスキャンやデジタル化することはたとえ個人や家庭内の利用でも著作権法違反です。

ISBN978-4-06-539087-0

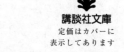

講談社文庫刊行の辞

二十一世紀の到来を目睫に望みながら、われわれはいま、人類史上かつて例を見ない巨大な転換期をむかえようとしている。

世界も、日本も、激動の予兆に対する期待とおののきを内に蔵して、未知の時代に歩み入ろうとしている。このときにあたり、創業の人野間清治の「ナショナル・エデュケイター」への志を現代に甦らせようと意図して、われわれはここに古今の文芸作品はいうまでもなく、ひろく人文・社会・自然の諸科学から東西の名著を網羅する、新しい綜合文庫の発刊を決意した。

激動の転換期はまた断絶の時代である。われわれは戦後二十五年間の出版文化のありかたへの深い反省をこめて、この断絶の時代にあえて人間的な持続を求めようとする。いたずらに浮薄な商業主義のあだ花を追い求めることなく、長期にわたって良書に生命をあたえようとつとめるところにしか、今後の出版文化の真の繁栄はあり得ないと信じるからである。

同時にわれわれはこの綜合文庫の刊行を通じて、人文・社会・自然の諸科学が、結局人間の学にほかならないことを立証しようと願っている。かつて知識とは、「汝自身を知る」ことにつきていた。現代社会の瑣末な情報の氾濫のなかから、力強い知識の源泉を掘り起し、技術文明のただなかに、生きた人間の姿を復活させること。それこそわれわれの切なる希求である。

われわれは権威に盲従せず、俗流に媚びることなく、渾然一体となって日本の「草の根」をかたちづくる若く新しい世代の人々に、心をこめてこの新しい綜合文庫をおくり届けたい。それは知識の泉であるとともに感受性のふるさとであり、もっとも有機的に組織され、社会に開かれた万人のための大学をめざしている。大方の支援と協力を衷心より切望してやまない。

一九七一年七月

野間省一